[澳] 加思·尼克斯（Garth Nix）/ 著　李娜 / 译

天地出版社 | TIANDI PRESS

**图书在版编目（CIP）数据**

古王国传奇. 4, 阿布霍森 /（澳）加思 · 尼克斯著；李娜译. —成都：天地出版社，2019.5
ISBN 978-7-5455-4370-4

Ⅰ. ①古… Ⅱ. ①加… ②李… Ⅲ. ①长篇小说—澳大利亚—现代 Ⅳ. ①I611.45

中国版本图书馆CIP数据核字（2018）第274211号



**著作权登记号 图字：21-2017-136**

# 古王国传奇4：阿布霍森

GUWANGGUO CHUANQI 4：A BU HUO SEN

出品人　杨　政
著　者　［澳］加思 · 尼克斯
译　者　李　娜
责任编辑　张秋红　沈海霞
装帧设计　思想工社
责任印制　葛红梅

出版发行　天地出版社
（成都市槐树街2号　邮政编码：610014）
网　址　http://www.tiandiph.com
http://www.天地出版社.com
电子邮箱　tiandicbs@vip.163.com
经　销　新华文轩出版传媒股份有限公司

印　刷　河北鹏润印刷有限公司
版　次　2019年5月第1版
印　次　2019年5月第1次印刷
成品尺寸　145mm×210mm　1/32
印　张　11.25
字　数　262千
定　价　45.00元
书　号　ISBN 978-7-5455-4370-4


咨询电话：（028）87734639（总编室）
购书热线：（010）67693207（市场部）

# 目　录

C O N T E N T S



## 第一部

## 第二部



## 第三部

# 序章

雾气从河面上弥漫开来，白色巨浪一般，与城市上空的烟尘交织、混合在一起，各色流行报纸冠以“烟雾”称号，《考威尔时报》则称之为“毒雾”。散发着恶臭、既寒冷又潮湿的浓雾，就是危险的代名词。最浓的时候，人会窒息，最轻微的咳嗽也会恶化为肺炎。

不过，浓雾最危险之处不在于它的肮脏和致病性，而是它最基本的特点。考威尔的浓雾像一个幔帐、一道面纱，让这城市颇引以为傲的煤气灯都暗淡起来，人们看不清，也听不清。浓雾笼罩之下，街道漆黑一片，所有的声音都变得混沌起来，为谋杀和暴乱设下最好的背景。

“雾丝毫没有消散的迹象。”国王塔齐斯顿的贴身保镖丹姆德如是回报。虽然他清楚地知道，浓雾只是单纯的自然现象——工业废气与河流水气混合而产生的，但他言语间还是透着厌恶。在他的家乡——古国，浓雾一般是肆行魔法师用法力造成的。“另外……电话坏了，而且护卫队人手不足，大部分都是新人，没有任何我们熟悉的面孔。陛下，我认为您不应该前往。”

塔齐斯顿站在窗前，透过百叶窗凝视外面。不久前，示威人群中有人用弹弓对着国王的窗子射击。随后，使馆关上了所有的窗户。

古国大使馆官邸位于一座有围墙的公园内，离街道有五十码[1]远，在此之前，从未有半块砖头被扔进使馆。

塔齐斯顿多次尝试深入咒契，借此获取力量和魔法。他们身在界墙以南五百英里[2]处，加之天气寒冷无风。只有北风呼啸时，他才能稍微感觉到自己体内的魔法。

塔齐斯顿很清楚，妻子萨布莉尔对魔法的感觉更加微弱。他看了一眼妻子，她一如往常地坐在桌前，写最后一封给老朋友的信——也许是某位杰出的商人，也许是安塞斯蒂尔议会的某位议员。她许以黄金、支援或引见的机会，又或者含蓄地威胁，如果支持克罗里尼，将数以千万的南方难民安置于古国领地，将会有什么后果。

塔齐斯顿还是不习惯萨布莉尔穿安塞斯蒂尔服饰，尤其是今天穿的正装。身着蓝白相间的无袖长裙，胸前戴着阿布霍森银铃，身侧配剑，这才是她应有的装束。而不是现在这样，银色长裙，一边肩上披着轻骑兵皮衣，深黑色的发髻上顶着一顶奇怪的小方帽。她的银色网织手袋里装着一把小型自动手枪，但这绝对替代不了她的剑。

当然，塔齐斯顿今天的衣服也让他不舒服——安塞斯蒂尔硬领衬衫，领带过紧，外套又起不到任何保护作用。任何锋利的刀片要划破他双排扣的细羊毛大衣，就像切黄油一样轻而易举，更不必说子弹了……

“是否要我转达您不能前往的歉意，陛下？”丹姆德问。

[1] 码，长度单位，1 码 =0.9144 米。
[2] 英里，长度单位，1 英里 = 1.609344 千米。

塔齐斯顿蹙眉，看向萨布莉尔。她曾在安塞斯蒂尔求学，比他更了解这里的人民和统治阶层，因此历来由她负责界墙以南与安塞斯蒂尔的外交事宜。

“不，”萨布莉尔说着站起身，干脆利落地用印章封上了最后一封信，“议会今晚将举行会议，克罗里尼很可能在会上提出他的《强制遣送法案》。多弗斯集团可以帮我们投反对票阻止议案通过。所以我们必须出席他今天的露天派对。”

“这么大雾，举办露天派对？”塔齐斯顿问。

“他们才不管天气如何呢。”萨布莉尔说，“到时候，我们就站成一圈，一边喝绿色的苦艾酒，一边品尝造型优雅的胡萝卜，然后假装度过了极其愉快的时光。”

“胡萝卜？”

“萨琳说，这在多弗斯家是时尚，跟他老师学的。”萨布莉尔回答。

“她对这些倒是很了解。”塔齐斯顿撇撇嘴——不过是冲着胡萝卜和苦艾酒，不是萨琳。萨琳是他们学生时期的老朋友，曾给予他们很大帮助。和二十年前在威沃利学院就读的其他人一样，萨琳目睹了肆行魔法兴起，越过界墙，在安塞斯蒂尔胡作非为的一幕。

“我们要去，丹姆德，”萨布莉尔说，“不过有必要执行之前讨论的计划。”

“恳请您原谅，阿布霍森夫人。”丹姆德回答，“我不确定计划能保证您的安全，事实上情况可能会更糟。”

“但是会更有趣，”萨布莉尔说，“车备好了吗？我去穿上大衣和靴子。”

丹姆德勉强点点头，离开房间。塔齐斯顿从搭在躺椅椅背上的一堆衣服中挑出一件黑色的大衣，耸肩穿上。萨布莉尔则穿上了另一件男士外套，然后坐下来换男士靴子。

“丹姆德的担心不无道理，”塔齐斯顿边说边伸手扶起萨布莉尔，“而且雾这么浓。如果在古国，这肯定是有恶意的预谋。”

“这雾再自然不过了。”萨布莉尔回答。他们亲密地站在一起，为对方系好围巾，然后轻轻吻过彼此的脸颊。“我同意，可能有人利用浓雾对我们不利。但是，只要多弗斯站在我们这边，塞尔家族置身事外，我们就能建立起一个反对克罗里尼的联盟。”

“除非能证明我们并没有拐走他们珍爱的儿子和外甥，否则恐怕很难。”塔齐斯顿低声反驳。不过他的注意力集中在自己的手枪上，确认两支枪都处于弹夹满弹，击锤放下，保险关闭的状态。“我们应该多了解一下尼古拉斯（尼克）雇的向导。我确信以前听过赫奇这个名字，但绝对不是好事。如果我们在大南路遇到他们就好了。”

“相信很快就会收到艾丽米尔的消息。”萨布莉尔边检查自己的手枪边说，“或者萨姆（萨姆斯）会联系我们也说不定。我们必须相信孩子们能准确判断，现在先集中精力处理好眼前的事。”

塔齐斯顿想到孩子们的判断力忍不住苦笑。他递给萨布莉尔一顶带黑色带子的灰色呢帽，和他自己戴的一样。然后取下她头上的小方帽，把头发别在呢帽里面。

“准备好了吗？”他问。萨布莉尔系好了腰带。戴上帽子，竖起衣领，围巾堆得高高的，现在他们看起来与丹姆德和其他卫兵没有两样。这也正是他们的计划。

除了两辆重装甲赫德－野兔汽车的司机，外面还有十个卫兵待命。萨布莉尔和塔齐斯顿走到他们中间，与他们挤在一起，即使墙外有敌人窥视，浓雾掩盖下也很难分辨谁是谁。

四人分别坐在两辆汽车的后座上，其余八人站在踏板上。司机早已发动了汽车，排气管排出温热、轻飘的尾气，看起来比浓雾还要淡一些。

在丹姆德信号的指示下，车队出发了。汽车发出一声长鸣，提示门卫把门打开，外面的安塞斯蒂尔警察将示威人群分开。近几天，总是有人群围在使馆门口，他们大部分是克罗里尼的支持者，其中也包括雇来的暴徒和煽动者，都戴着克罗里尼祖国党的红色臂章。

尽管丹姆德很担心，不过警方做得很好。他们把人群分开，两辆车得以快速通过。有人投掷砖块和石头，打在加固的玻璃和装甲钢板上弹开，并没有击中站在踏板上的卫兵。不一会儿，人群就被甩在身后，成了浓雾中一片嘈杂的阴影。

“护卫队没有跟上来。”丹姆德说，他站在前车司机旁的踏板上。警方派一支骑警分遣队保护塔齐斯顿和他的王后阿布霍森。到目前为止，他们都算尽忠职守。但这一次，骑警们还在他们的马旁站着观望，没有跟随车队一起。

“也许他们把命令搞混了。”司机透过开着的三角窗说，但听起来他自己都不相信。

“我们最好改变路线，”丹姆德命令，“左前方，走哈拉尔德街。”

汽车加速超过一辆重载卡车和一辆马车，随后紧急刹车，左转进入宽阔的哈拉尔德街。这是一条比较现代的步行街。街道两旁每隔一段距离就装着煤气灯，使整条街相对明亮些。不过即便如此，浓雾之下，车速仍然不能超过每小时十五英里。

“前面有情况！”司机大声报告。丹姆德抬头看了一眼，忍不住咒骂了几句。车灯的强光划破浓雾，他看到一大群人堵住了街道。虽然看不清横幅上的字，但很容易认出是祖国党的示威活动。更糟糕的是，现场没有警察控制他们。目之所及，没有一个蓝盔警官。

“停车！后退！”丹姆德说。他向后面的车挥了两下手，意思是“有麻烦”，“撤退！”

两辆车都开始倒退。与此同时，人群向前涌来。之前他们一直沉默，现在开始高喊口号，“外国人滚出去！”“我们的国家！”有人投掷砖块和石头，所幸暂时还砸不到车子。

“后退！”丹姆德再次大喊。他拔出手枪，放在腿边。“再快一点！”

后面的车子快退到路的尽头时，他们之前超过的卡车和马车突然横过来挡住了退路。几个蒙面男子从两辆车上跳下来，四散跑开，雾气随之颤动。他们个个带枪。

不出丹姆德所料。

埋伏。

“出来！出来！”他用枪指着武装分子大喊，“开枪！”

他身边的卫兵打开车门做掩护。随后，他们迅速开火，手枪的枪声和新式冲锋枪尖锐的嗒嗒声交织在一起。冲锋枪远比陆军的老式莱文枪更好用。塔齐斯顿的卫兵都不喜欢用枪，但是他们来到界墙以南后一直在练习使用枪械。

“不要伤到平民！”塔齐斯顿命令道，“目标是武装分子！”

伏击者可不这么小心翼翼。他们有的躲在车底，有的藏身于邮箱后面，有的趴在低矮的花坛墙外的人行道上，疯狂地射击。

子弹在街上乱飞，防弹车周围更是枪林弹雨。尖叫声、喊声与连续不断的爆裂声、炮火的嗒嗒声，混杂在一起，刺激着耳膜。几分钟前还急切向前涌的人们，此刻都惊恐万分，慌不择路地逃离。

丹姆德冲到蜷伏在第二辆车引擎后面的卫兵身旁。

“到河边去。”他大喊，“穿过广场，从华登石梯下去。那里停着两艘船。浓雾里刺客追不上。”

“我们可以冲回大使馆！”塔齐斯顿反驳道。

“这是早有预谋的，警察已经叛变了，至少大部分叛变了。您必须离开考威尔，离开安塞斯蒂尔！”

“不！”萨布莉尔喊道，“我们还没有完成……”

她话没说完，就和塔齐斯顿一同被丹姆德猛地推到一边。丹姆德飞身越过他们，凭着传奇般的敏捷，他一把抓住正朝他们滚来的黑色圆筒，圆筒后面拖着长长的尾烟。

一枚炸弹。

丹姆德抓住炸弹，迅即丢了出去。可惜，他还是不够快。

炸弹在空中爆炸了。烈性炸药和金属碎片立刻夺走了丹姆德的性命。冲击波震碎了半英里内所有的窗户，一百码以内的人被震得耳鸣眼花。真正有破坏性的，是数不清的金属碎片。它们在空气中急速穿梭，从石头或金属上反弹回来，扎进血肉。

爆炸过后，除了煤气灯破碎后气体的燃烧声，一切都沉寂了。浓雾被爆炸激荡开来，周围一片清明。微弱的阳光透过，现场触目惊心。

汽车周围和下面都是尸体，所有的卫兵都倒下了。防弹车的玻璃已经破碎，车内的人倒在了血泊中。

几分钟后，幸存的刺客从他们藏身的矮墙后面爬出来，昂首向前，兴高采烈地相互祝贺。他们扬扬得意地把武器随意地悬在手臂下，或斜挎在肩膀上。

他们旁若无人地谈笑，丝毫没有察觉声音有多大。他们受到强烈的冲击，近乎麻木，思维也近乎停止。但不是因为刚才的爆炸，不是因为每走一步就更加清晰的可怕景象，也不是因为在这样一场惨剧中活下来的侥幸。

真正的冲击是，时隔三百年，考威尔街头再次出现国王和王后同时被杀的一幕——而这一次，是他们所为。

# 第一部

## 第一章

# 宅邸被围

从考威尔向北大概六百英里，将安塞斯蒂尔和古国分隔开来的界墙另一侧，另一场浓雾正在形成。自界墙往北，古国的魔法开始运行，而安塞斯蒂尔的现代技术则无用武之地。

这场雾与它南方的远亲有所不同。它不是白色的，而是像积雨云一般的深灰色；它不是自然形成的，而是肆行魔法造就的。雾气从远离水源的山顶积聚成形，在空气中弥漫开来。暮春午后的燥热本可以将雾气蒸腾殆尽，但这场雾却依然在向四处扩散。

迎着阳光和微风，雾气从山顶开始蔓延，席卷着一路向南向东，细小如枝蔓的卷须，争先恐后地逸出。在从山顶延伸出半里格[1]后，其中一支卷须钻进云里，越过宽阔的瑞特林河，然后在河对岸下沉，如一只蟾蜍般蹲坐于河的东岸，吐出新的雾气。

很快，雾气如同两只手臂，笼罩在瑞特林河的东西两岸。阳光依然照耀着中间的河面。

[1] 里格，长度单位，1 里相当于 4.8 千米。

河流和雾气分别以不同的步调向长崖涌动。河水一路猛冲，越流越急，然后在大瀑布骤然跌落一千多英尺[1]。雾气则缓慢而阴森，越升越高，越来越浓。

在离长崖几码远的地方，雾气戛然而止，但浓度和高度有增无减，威胁着坐落于瀑布边缘的河中小岛，岛上高耸矗立的白墙内是一座带花园的房子。

雾气没有漫过河面，也没有在上升途中向前倾斜。一种无形的力量阻挡了浓雾，保护着岛屿，让明媚的阳光依然照耀在白色的墙壁、美丽的花园和红色的瓦房上。雾是一种武器，但这只是战斗的第一步部署，是围攻的开始。战线已经拉开，府邸周围的攻势已经备好。

河水环绕的小岛上就是阿布霍森的府邸，是历代阿布霍森的家。阿布霍森执掌维护生死边界的大权。他们手握法铃，也使用肆行魔法，但他们既不是役亡师，更不是肆行魔法术士，他们能将擅入生界的死灵送返冥界。

浓雾的制造者很清楚阿布霍森此刻并不在府里，她和她的丈夫，也就是国王，被诱骗到了界墙南侧，很有可能被就地解决。那也是主人计划的一部分。计划早已谋定，只是最近才真正开始执行。

这是个庞大的计划，涉及多个国家，但核心在古国。战争、暗杀和难民都是计划的一部分。一个诡计多端、狡猾难测的头脑操控

[1] 英尺，长度单位，1 英尺 =0.3048 米。

着一切，他为实现这个计划已等了几个世纪之久。

但是与任何计划一样，这个庞大的计划也不可避免地存在意外和问题。房子里有两个人，一个是被住在瑞特林河源头冰山里的女巫送到南方的年轻女子。那些居住在瑞特林河源头冰山里的女人被世人称为珂睐，她们能从冰中看到遥远的未来，也会极力将现实引向她们期待的方向。这个年轻女子身上穿的红色马甲表明她是二级助理图书馆馆员，也意味着她是出类拔萃的法师。

造雾者见过她，一头黑发，皮肤白皙，肯定不超过二十岁，一个乳臭未干的小丫头而已。在此前一场激烈的战斗中，她听到有人呼喊这个年轻女子的名字。

莉芮尔。

相比之下，还有一个对手要有名得多，尽管目前掌握的情况有些相互矛盾，但他很可能更棘手。那是一个年轻男子，或者说是个大男孩，他的卷发与父亲如出一辙，黑色的眉毛很像母亲，同时还继承了父母的高大身材。他就是国王塔齐斯顿和萨布莉尔的儿子——萨姆斯。

萨姆斯王子应该是阿布霍森的继承人，继承《亡者之书》和七只法铃的力量。但是造雾者目前对此产生了一些怀疑。她已经很老了，很了解这个奇特的家族以及他们位于河中央的宅邸。就在昨晚，她还和萨姆斯战斗了一番，但他战斗的方式并不像阿布霍森，而且他使用咒契魔法的方式也很奇怪，一点都不像皇室成员，也不同于阿布霍森。

萨姆斯和莉芮尔还有两个伙伴——一只脾气糟糕的小白猫和一

只颇为友善的黑棕相间的大狗。不过，他们显然不只是动物这么简单，但他们究竟是什么，至今还不清楚。他们很可能是某种被束缚的肆行魔法精灵，效力于阿布霍森和珂睐。关于这只猫的情况还明朗一些，他叫作莫格，某些书籍上记载过，有些关于他的猜测。对于这条狗则完全无迹可寻，她可能才诞生没多久，亦或太古老，任何记录她的书都已化为尘埃。造雾者更倾向于后者。年轻女子和她的猎犬均来自珂睐大图书馆。她们很可能像那座图书馆一样深藏不露，拥有未知的力量。

他们四个联合起来可能是强大的对手，是不可忽视的威胁。但是，造雾者不需要与他们正面交手，当然这也不可能，因为宅邸有魔法和急流的双重庇护。她的任务是确保把他们困在房子里。宅邸被围时其他地方的计划正一步步展开，直到莉芮尔、萨姆和他们的同伴无能为力，无法挽回败局为止。

想到这些，戴面具者克萝尔发出一阵不满的咝咝声，雾气在她头顶翻腾。她生前是个役亡师，从不受命于人。但一招不慎，如今成了为人奴役的亡魂。主人没有让她穿过第九重门。她被召回现世，却不再是活着的生命。她现在是一个死灵，受法铃束缚，被神秘的力量支配。她讨厌听命于人，但别无选择，只能服从。

克萝尔垂下双臂，指尖生出几缕羽毛一般的雾气。她周围全是尸卒，有几百几千具腐烂化脓的尸体。克萝尔并没有把这些腐尸的灵魂带出冥界，但召唤出他们的人赋予她发号施令的权力。她举起一只瘦长的黑影般的手臂指向前方。尸卒叹息着、呻吟着向前行进，冰冷僵硬的关节和断裂的骨头发出咯吱咯吱的声音，周围的雾气随之旋动。

“西岸至少有二百个尸卒，东岸至少八十个。”萨姆斯说着站直身子，把青铜望远镜转向一旁，“我没看到克萝尔，但我猜她一定就在附近。”

他想起上次见到克萝尔时的情景，不禁打了个冷战，一团邪恶的黑影盘旋在他头顶，她的火焰之剑几乎就要落在他身上。其实这一切就发生在前一天晚上，却恍如隔世。

“也可能是其他肆行魔法师制造了雾霭。”莉芮尔说。不过，她也很犹疑，现在的雾和前一晚克萝尔来的时候一样，她能感觉到它们被同样的法力所支配。

“雾。”在供观测者坐的高脚凳上巧妙维持平衡的坏狗说。要不是能够说话，并且脖子上戴有咒契符的项圈，她看起来与其他黑棕色的大型混种狗并无两样，而且是那种经常谄笑和摇尾巴的狗，不会经常狂吠或低吼。“我觉得已经浓重到足以称之为雾了。”

坏狗、坏狗的女主人莉芮尔、萨姆斯王子和阿布霍森的猫仆莫格，此刻都在阿布霍森府邸北面塔楼最高层的瞭望台上。

瞭望台的墙壁完全透明，几乎看不到有任何东西支撑。莉芮尔瞥到房顶时不由得感到紧张。墙壁不是玻璃，也不是她所知道的任何材料，这无形中让她更加不安。

但她不想让别人看出她的紧张，所以坏狗刚说完，莉芮尔立刻点头，借以掩盖自己的颤抖。不过她的手还是出卖了她，她把冰凉的手放在狗的脖子上，希望获取一点温暖，也从狗戴着的项圈上的咒契符中得到一点安慰。

已经过了正午，但太阳仍然直射在宅邸、小岛和河面上，两岸雾气浓重，已经形成了几百英尺高的雾墙，但雾气仍在翻腾爬升。

毋庸置疑，浓雾是肆行魔法生成的。它不像自然形成的雾气那样从河面升起，或伴随着下沉的云。它从东西两岸同时涌来，尽管逆风却可以迅速涌动。开始时很稀薄，但每分每秒都在变浓。

还有一点很奇怪，河水在南边长崖处骤然跌落，大瀑布喷溅起阵阵水汽，雾气却没有与水汽混合，而是戛然而止，界限分明。

尸卒紧随浓雾而来。尽管害怕湍急的河水，但他们还是笨拙地沿着河岸往前爬。浓雾深处，有股力量驱使着他们。几乎可以肯定的是，那股力量来自蒙面克萝尔——曾经的役亡师，现在的高阶死灵。克萝尔很可能还保有肆行魔法的掌控能力，同时又在冥界获得了新奇的暗黑能力，莉芮尔认为这两种能力让克萝尔更具危险性。昨天晚上在河岸的战斗中，莉芮尔和坏狗暂时赶走了克萝尔，但那谈不上是胜利。

莉芮尔可以感觉到尸卒的存在和浓雾的魔法本质。虽然阿布霍森的宅邸位于深水湍流中央，为魔法所护，有卫兵把守，但她仍然忍不住颤抖，好像有冰凉的手滑过她的肌肤。

没人对莉芮尔的颤抖投以微词，但她自己十分羞愧，因为大家都盯着她。萨姆、坏狗和莫格，他们安静地等着，好像她要做出智慧的决定或发表高深的见解。莉芮尔突然感到巨大的恐慌。她不习惯主导谈话，更不必说其他任何事情，但她现在是阿布霍森的继承人。萨布莉尔在安塞斯蒂尔期间，莉芮尔就是唯一的阿布霍森，尸卒、浓雾和克萝尔都是她必须面对的问题。而真正的威胁是赫奇和尼古拉斯在红湖挖掘的东西，与那相比，这些都是小麻烦。

莉芮尔心想：我必须假装镇定，必须表现出阿布霍森的样子。如果自己假装得足够好，或许我自己也会相信。

“除了步行石阶，还有其他进出宅邸的路吗？”她突然问道，同时转向南面，看着水中通向东西两岸的石阶。莉芮尔想，称它为步行石阶其实不太恰当，跳跃踏石可能更合适，因为它们靠近瀑布边缘，每两块石头之间至少相距六英尺。一旦踏错，河水会立即把人卷走，让人坠落瀑布，然后在下落很长距离后，被飞流直下的河水击碎在崖底。

“萨姆？”

萨姆摇摇头。

“莫格呢？”

这只小白猫蜷缩在一个蓝色和金色相间的坐垫上。坐垫原本放在瞭望台的凳子上，小白猫一把将它扫到地上，自己舒服地趴在上面。尽管有猫的身形，莫格却并不是一只真正的猫。从他项圈上的咒契符和小法铃——安眠者岚纳——来看，他绝不仅仅是一只会说话的猫。

莫格睁开一只碧绿的眼睛，打了个大大的哈欠。项圈上的岚纳叮当作响，莉芮尔和萨姆也不自觉地打了个哈欠。

“萨布莉尔带走了纸翼，所以我们没办法飞出去，”他说，“即使我们有纸翼，也必须突破血鸦的包围。我想我们可以乘船，但尸卒会在沿岸穷追不舍。”

莉芮尔望着浓重的雾气形成的高墙，她成为阿布霍森继承者刚两个小时，现在已经有些不知所措了。她唯一的想法是，他们必须逃离宅邸，尽快赶到红湖，找到萨姆的朋友尼古拉斯，阻止他挖出那个被封存于地下深处的东西——不管那是什么。

“或许还有个办法。”坏狗开口道。她从凳子上跳下来，在莫格身边转圈，她把脚高高抬起，又重重落下，脚下仿佛是柔软的草坪，而不是冰凉的石头。走着走着，她突然瘫倒在莫格身边的地板上，爪子重重地拍在莫格脑袋附近，说道：“虽然莫格不会喜欢。”

“什么办法？”莫格弓着背嗞嗞地叫着，蜷成一团的身体又缩紧了一些，好像有些不满，“除了步行石阶，乘纸翼飞出去，还有划船，我想不到还有别的办法了——要知道我从宅邸建成就一直住在这里。”

“但是，在河道分流，岛屿形成的时候，”坏狗平静地说，“在筑墙者建起高墙前，当第一任阿布霍森的帐篷在如今长着无花果树的地方搭起时，你可不在这儿。”

“确实如此，”莫格承认，“但你也不在吧。”

莉芮尔感觉莫格后半句话中带着一丝犹疑，或是怀疑。她认真地盯着坏狗，但她只是用两只前爪挠着自己的鼻子，没有继续说下去。

“无论如何，曾经还有一条路。如果它仍然存在，就是在地底深处，而且很可能危险重重。有些人或许会认为跨过步行石阶，杀出尸卒的包围更安全些。

“但你不这么认为？”莉芮尔问，“你认为还有别的选择？”

莉芮尔惧怕尸卒，但不至于害怕到不敢面对它们，她只是对自己的新身份还不太适应。也许像萨布莉尔这样的阿布霍森，在法力最强的盛年，可以轻松跨过踏石，放倒克萝尔，击溃影手卒和其他死灵。莉芮尔觉得如果是自己对付它们的话，多半会被击退返回步行石阶，而且很有可能落入河中，最终在瀑布下粉身碎骨。

“至少我们应该考虑一下。”坏狗说。她伸展身体，爪子差点儿碰到莫格，然后慢慢站起来打了个哈欠，露出雪白尖锐的牙齿。莉芮尔确定，坏狗的这些动作都是为了惹怒莫格。

莫格只是眯眼看着坏狗。

“地下深处？”莫格喵喵叫着，“你说的是我所想的那儿吗？我们绝不能到那里去！”

“她早就不在那儿了，”坏狗回答，“当然可能有些东西还在游荡……”

“她？”莉芮尔和萨姆斯同时问道。

“你们知道玫瑰园里的井吧？”坏狗问。萨姆斯点点头，莉芮尔则努力回忆自己穿过小岛到达宅邸的路上是否曾看到一口井。她依稀记得看到过很多玫瑰，它们的枝蔓爬满离宅邸最近的草坪东侧的花架。

“其实可以爬到井下，”坏狗继续说，“虽然井又深又窄，但井下有更深的洞穴，通过洞穴可以到达瀑布底下。然后我们要再次爬上悬崖，但我想我们可以从再西边一点的地方往上爬，绕过克萝尔和她的爪牙。”

“井里全是水，”萨姆斯说，“我们会被淹死的！”

“你确定？”坏狗问，“你往井里看过吗？”

“嗯……这倒没有，”萨姆说，“井口被盖住了，我记得……”

“你说的‘她’是谁？”莉芮尔坚持问道。以往的经验告诉她，坏狗在刻意回避这个问题。

“在那里住过的某人，”坏狗回答，“拥有强大而危险能力的某人。井里可能还有些她的残余。”

“‘某人’，是什么意思？”莉芮尔严肃地问，“怎么可能有人住在阿布霍森之家的地底深处？”

“我从来不去那口井附近的任何地方，”莫格插嘴道，“我记得是卡利尔曾经试图开掘禁地吧。结果呢？命丧地底的黑暗角落，我们又何必再去送命呢？”

莉芮尔看看萨姆，又望望莫格。但她马上后悔了，因为游移的目光暴露了她的怀疑和恐惧。现在她是阿布霍森继承人，必须做出表率。萨姆之前毫不掩饰对冥界和死灵的恐惧，他希望能躲在受到重重保护的家里。但至少此刻他克服了自己的恐惧。如果她不做出表率，萨姆又如何继续坚持下去呢？

莉芮尔是萨姆的姨母，虽然她没有作为姨母的感觉，萨姆也只比她小几岁，但她还是觉得对外甥有一定的责任。

“坏狗！”莉芮尔命令道，“坦白回答我，那下面是谁，或者……是什么东西？”

“嗯……很难用语言表达，”坏狗边说边摆了摆前爪，“也可能那里根本就没人。如果有的话，我想可以把她称为创立咒契时的残余物，就像我以及很多其他不同形态的东西。如果她或者她的某些部分还在那里，那么，她仍然很危险，一种……原始的危险。当然这是很久以前的情况，都是人们的传言、记录，甚至……想象。”

“为什么她会在井下呢？”萨姆斯问，“为什么在阿布霍森之家的地下？”

“确切地说，她不在任何地方。”坏狗用一只爪子挠着鼻子，不与任何人对视，“她的一部分投射在这儿，所以如果她还存在于某个地方，那很可能就在这儿。”

“莫格？”莉芮尔问，“你能解释一下坏狗的话吗？”

莫格没有回答。他双眼紧闭，在坏狗说话的时候，他已经蜷缩成一团睡着了。

“莫格！”莉芮尔又喊他。

“他睡了，”坏狗说，“岚纳让他入眠了。”

“我觉得他在想睡觉的时候只听岚纳的话，”萨姆说，“希望凯瑞格比他睡得更沉。”

“你愿意的话我们可以去看看，”坏狗说，“不过，如果他醒了我们一定会知道。岚纳比撒拉奈斯法力弱一些，但必要时也会把猎物束缚得很紧。凯瑞格的法力依赖于他的追随者，他的能力就是好好利用他们，而这种依赖也有可能让凯瑞格一败涂地。”

“什么意思？”莉芮尔问，“我以为他是一个肆行魔法师，现在成了高阶死灵。”

“他可不只是个高阶死灵，”坏狗说，“他还有皇室血脉，对他人的控制力根深蒂固。在冥界，凯瑞格在效忠者身上留下烙印，摄取他们的力量为自己所用。如果不是萨布莉尔无意中用一种极为古老的咒语化解了这股力量，凯瑞格很可能获胜。至少，能暂时获胜。”

“为什么只是暂时？”萨姆问道，他有些后悔自己提起凯瑞格。

“我想他最终也会做你的朋友尼古拉斯现在所做的事情，”坏狗说，“挖出些本应永远深埋地下的东西。”

大家默然无言。

“我们在浪费时间。”莉芮尔终于开口说。

她又看向西岸的雾，感觉那里的尸卒远比看到的多，虽然看到的也不少。这些腐烂的尸卒，在雾中徘徊，等待敌人出现。

莉芮尔深吸一口气，下定了决心。

“坏狗，如果你认为我们应该走井下的路，那我们就走这条路。但愿我们不会遇到什么残余。说不定，她很友善，我们可以跟她聊天……”

“不！”坏狗大声吼道，大家都吓了一跳。莫格甚至都睁开了眼睛，不过看到萨姆望着他，他又立马闭上了眼睛。

“怎么了？”莉芮尔问。

“如果她在那里，虽然这种可能性不大，你也绝对不要和她说话，”坏狗说，“绝对不能听她说话，也不要以任何方式接触她。”

“有人听过她说话，或接触过她吗？”萨姆问道。

“那些人过后都死了，”莫格抬头说，“我想也没人活着穿过她的门厅，他们绝对是疯了才那么做。我真想知道在卡利尔身上到底发生了什么。”

“我以为你睡着了，”莉芮尔说，“不过，如果我们不打扰她，她应该也不会管我们吧。”

“我担心的不是她怀有什么恶意，”莫格说，“我担心的是她会注意到我们，哪怕只是一点点。”

“也许我们应该……”萨姆说。

“应该怎样？”莫格怪声怪气地问，“乖乖躲在这里吗？”

“不是，”萨姆平静地回答，“如果这个女人的声音如此危险，那么也许我们应该准备好耳塞，用蜂蜡或者什么塞住耳朵。”

“没用的，”莫格说，“如果她开口说话，你全身的骨头都会听到。如果她唱歌……我们最好祈祷她不要唱歌。”

“我们可以避开她，”坏狗说，“相信我的鼻子，我们能找到路。”

“卡利尔是谁？”萨姆问道。

“卡利尔是第十二任阿布霍森，”莫格回答，“最不值得信任的人。他把我关押了很多年，那口井大概就是那时挖的。卡利尔失踪后，他的孙子放了我，并继承了他祖父的法铃和头衔。我可不想像卡利尔一样，更不想在一口井里遭遇不测。”

莉芮尔突然感觉雾气中有什么变化，不禁打了个冷战。静静潜伏在雾气深处的东西正在移动。她可以感觉到，那是比影手卒更强大的存在，此刻正在浓雾中若隐若现。

克萝尔离宅邸越来越近，差不多已经到了河岸。或者那不是克萝尔，而是一个法力与她相当或者更强的死灵。也许是她在冥界遇到过的那个役亡师——赫奇。他也烧伤了萨姆。透过外套的袖口，萨姆手腕上的疤痕依然清晰可见。

那件外套也很神秘，上面绣着四分之一的皇室塔楼，还有一个数千年不曾出现的纹样，筑墙人用的泥铲。不过改天再细细研究吧，莉芮尔的大脑已经够累了。

萨姆注意到莉芮尔的目光，他扯了扯衣服上的金线，那是用来在亚麻衣料上绣筑墙人标志的。萨姆慢慢注意到，影像做的外套很合心意。首先，它是新的，不是从发霉的衣柜或者放了几百年的洗衣篮里拽出来的。所以他穿这件外套可能是注定的。他是个筑墙人，同时也是王子。不过这意味着什么呢？据萨姆所知，筑墙人已经消失了几千年，他们把自己的血肉之躯也筑进了界墙，筑成了咒契石。

萨姆在想，这是否也将是他的命运。他是否也要以自己的生命为代价去建造什么东西呢？或者至少会失去这个有血有肉的身躯，变成生命的另一种形式？萨姆想，严格说来，筑墙人并没有死去，而是作为咒契石和界墙活着。他们更像是变形或者说变身了。

当然他并不热衷于这样的变身。不过，望着外面的浓雾，感觉到雾中令人胆寒的死灵，他觉得自己更可能会被杀死。

萨姆又摸了摸胸前的金线，得到些许安慰，对死灵的恐惧也变淡了。他从来不曾盼望成为阿布霍森，筑墙人似乎更有趣，虽然他不知道那意味着什么。而且这能让妹妹艾丽米尔抓狂，也是额外的好处。因为她永远不会相信他压根儿不知道成为筑墙人是什么意思，不是他不愿意而是他没办法跟她解释。

如果他还能再见到艾丽米尔的话。

“我们最好赶紧动身。”坏狗说道，莉芮尔和萨姆吓了一跳。莉芮尔刚才一直盯着外面的浓雾，陷入了沉思。

“对。”莉芮尔不再看外面。她不止一次希望她现在在珂睐的大图书馆，而不是这里。她曾梦想穿上白色长袍，戴上银白色的月光石冠，成为真正的珂睐之女。但现在这个梦想必须被深埋心中。她现在是阿布霍森，眼前正有一项伟大而沉重的任务等着她。

“对，”她重复道，“我们最好赶紧动身，走井下的路出去。”

## 第二章

# 深入井下

做出决定后，他们花了一个多小时准备出逃的行头。莉芮尔发现自己上一次穿盔甲还是在多年前的搏击训练课上，不过这次影像做的盔甲比珂睐学校军械库的锁子甲要轻便许多。盔甲到莉芮尔的膝盖，袖子是长长的燕尾状，由相互重叠的鳞片做成，看不出是什么材质，不过相当轻巧舒适。而且，莉芮尔很庆幸它没有刚上过油的钢铁的味道。

坏狗跟她说鳞片是一种叫作“钶希尼”的陶瓷，用咒契魔法制造的，尽管它比任何金属都要坚固、轻巧，但鳞片本身并没有魔力。它的制作方法早已失传，近千年来再也没有人制出过新的铠甲。莉芮尔抚摸着鳞片，意外地发现自己在想“萨姆可以做出这样的盔甲”，虽然她这想法毫无缘由。

莉芮尔在盔甲外面穿了件绣着金色星星和银色钥匙的外套，法铃带系在外套上。萨姆不情愿地带上了神笛，莉芮尔则把暗镜放在口袋里，她很可能需要用镜子查看往事。

长剑尼希玛，她从珂睐带来的弓和箭袋，还有一个影像准备的轻便小背包，这就是她的全部行装。背包里装了各种必需品，不过她还没来得及看有些什么。

下楼和萨姆、莫格会合前，莉芮尔在房间墙上挂着的高大银色镜子前停了几秒钟，照了照镜子。镜子里的人一点儿也不像一个珂眯的二级助理图书馆馆员。她看到的是一个表情严肃、战士一般的年轻女子。黑色的长发用银色发绳束在脑后，而不是散开来遮掩脸庞。她不再穿着图书馆馆员的马甲，手握的也不是图书馆馆员的短剑，而是长剑尼希玛。但她还不能完全放弃之前的身份。她从马甲松散的线团里抽出一根红色的丝线，在小手指上缠绕了几圈，做成一个圆环。然后把它绑起来，塞进放着暗镜的小袋子里。她可能永远不会再穿上那件马甲了，但马甲的一部分会永远陪着她。

莉芮尔心想，她现在是阿布霍森了，至少表面上看起来是。

作为阿布霍森继承人，新身份和权力最明显的标志就是法铃带。去年冬天，这个法铃带突然出现在阿布霍森宅邸时，萨布莉尔将它给了萨姆。莉芮尔把铃袋一个个松开，用手指慢慢抚过法铃，感受冰凉的银质法铃和桃木铃柄，还有金属和木材中肆行魔法与咒契魔法之间的微妙平衡。莉芮尔小心翼翼，尽量不让法铃发出声音，但即使是手指在法铃边缘的触摸也足以唤起每一个法铃的声音和魔力。

最小的法铃是岚纳，有人称之为安眠者。它的声音像甜蜜的摇篮曲，让听到的人陷入沉睡。

第二只法铃是墨思锐尔——醒灵者。莉芮尔尤为轻柔地触摸它，因为墨思锐尔负责平衡生死。使用得当，铃声会把死灵带回生界，但也会把持铃人送入冥间。

基佰司是第三只法铃——漫步者。它可以给予死者短暂的行动自由，或者让他们到达持铃人指定的地方。然而，它也可能对持铃人有反噬作用，让他们行进到不想去的地方。

第四只法铃名为戴芮姆——演说者。根据《亡者之书》记载，这是一只最具音乐性的法铃，也是最难驾驭的法铃之一。戴芮姆可以让长久沉默的死灵开口讲话，可以揭露秘密，甚至让人具有读心术。它也有役亡师渴望的黑暗力量，可以让伶牙俐齿的人永远闭嘴。

贝尔基是第五只法铃的名字——思想者。贝尔基可以修复在冥界被磨蚀的心灵，恢复死者的思维和记忆，当然也可以消除生者或死者的记忆。役亡师常用它来摧毁敌人的精神，但有时它也会让役亡师自己精神分裂，因为贝尔基喜欢自己的声音，会伺机行使自己的意愿。

第六只法铃是撒拉奈斯，也被称为禁锢者。撒拉奈斯是阿布霍森最喜爱的法铃。它力量强大，值得信赖。撒拉奈斯被用来管束死者，让他们遵循持铃人的愿望和指令。

莉芮尔不愿碰第七只法铃，但忽视最强大的法铃显然不是明智之举，尽管它冰冷可怖。

阿斯塔睿尔——哀恸者。它能将所有听到铃声的人送入冥界。

莉芮尔抽回手指，按顺序检查每个铃袋，然后一一扣好，系带松紧适度，用一只手就可以打开，然后她把法铃带披挂好。现在七只法铃属于她了，她已经继承了阿布霍森的法器。

萨姆正坐在门前的台阶上等她。他穿着相似的盔甲，带着相似的装备，只是没有弓和法铃。

“我在军械库里找到了这个，”他说着举起一把剑，倾斜剑身，让莉芮尔看到被刻在上面的咒契符，“这不是一把有名的剑，但被施了咒语，可以杀死死灵。”

“总算下来了。”莫格坐在台阶上，尖酸地说。

萨姆没搭理莫格，从袖子里抽出一张纸递给莉芮尔。

“这是我让信鹰送到巴赫德林的消息。”

那儿的哨所会把消息送到界墙，然后再一路寄到安塞斯蒂尔。那里的人会……通过一种叫作电报的设备，发给在考威尔的爸爸妈妈，所以消息是用电文写的，没见过电文的人可能会觉得很奇怪。刚从艾丽米尔那儿飞来的鹰，要一两周后才能再送信。除了它，鹰房里还有四只鹰。两只去拜里塞尔给艾丽米尔送信，另外两只去巴赫德林。

莉芮尔低头去看纸上萨姆工整的字迹：

致国王塔齐斯顿和萨布莉尔

安塞斯蒂尔考威尔市古国大使馆

通过信鹰抄送艾丽米尔

宅邸被尸卒和高阶死灵克萝尔围困。赫奇为役亡师。尼克与赫奇一道在湖边挖掘邪灵。我与莉芮尔阿姨及莫格和莉芮尔的咒契狗前往，尽力阻止。请求支援。

萨姆斯于夏至两周前。

莉芮尔觉得信确实写得很奇怪，但讲得通。鉴于信鹰有限的脑容量，即使没有电报机，电文也是比较合适的沟通方式。

“希望信鹰能够送到。”莉芮尔说着，把信纸递还给萨姆。浓雾中潜伏着血鸦群，那是一群死灵控制的尸鸟。信鹰要穿过鸦群，也许还有其他危险，然后才能到达巴赫德林和拜里塞尔。

“我们不能指望信鹰，”坏狗说，“你们准备好深入井下了吗？”

莉芮尔缓步走下台阶，在红砖路上走了几步。她把背包背上肩，收紧肩带，然后抬头望向晴空。此刻，只剩头顶一小片蓝色，灰白色的雾墙席卷了三面，另一面是瀑布的水汽。

“我想我准备好了。”她说。

萨姆也提起背包，没等背上，莫格一跃而上，溜了进去，只露出碧绿的眼睛和一只毛茸茸的白色耳朵。

“记住，我是反对走这条路的，”他声明，“如果发生什么可怕的事情，或者我可能被打湿的话，要叫醒我。”

还没等大家回答，莫格扭了扭身子，窝进了背包深处，这下连眼睛和那只耳朵也看不到了。

“怎么我还要背着他？”萨姆不满地问，“他明明是阿布霍森的仆人。”

这时背包里伸出一只爪子，挠了挠萨姆的后颈。虽然没有划破皮肤，萨姆还是忍不住一缩脖子，咒骂了几句。

坏狗猛地跳起来，前爪搭在背包上。萨姆不禁往前踉跄一步，又骂几句，他听到坏狗说：“莫格，如果你不好好表现，没有人会背你。”

“而且你也别想吃到鱼。”萨姆边揉脖子边咕哝。

这些威胁丝毫不起作用，要不然就是莫格已经睡着了。总之他没再伸出爪子，也没再说一些刻薄的话。坏狗从背包上下来，萨姆调整好背肩带，他们沿着砖路出发了。

前门在他们身后关闭。莉芮尔转过头，看到每扇窗户都挤满了影像，数以百计。他们紧紧贴在玻璃上，连帽长袍看起来像某些巨型生物的皮肤，微微发光的手如同无数双眼睛。他们没有挥手，但莉芮尔不安地感到他们是在告别，他们大概觉得这位阿布霍森继承人再也不会回来了。

井距离前门只有三十码，隐藏在纠结缠绕的野玫瑰藤下。莉芮尔和萨姆必须徒手开路，每隔几分钟就要停下来吸吮被刺扎破的手指上的血。莉芮尔觉得那些刺格外细长尖锐，不过她对花所知甚少。珂睐有一座地下花园，也有咒契灯照亮的大型温室，但那主要是用来种蔬菜和水果的，只有一处玫瑰花园。

玫瑰藤被清除后，莉芮尔看到一个橡木做的圆形木盖，直径约八英尺，由其周围一圈淡白色石头牢牢固定。盖子由青铜锁链分别朝四个方向拴住，链条直接嵌入石头，螺栓固定在木头上，所以根本不需要挂锁。

锁定和关闭的咒契符在木头和青铜上流动，阳光下隐约可见。萨姆触摸井盖时，它们突然发出耀眼的光芒。

萨姆把手放在其中一条青铜链上，感受咒契符，并研究咒语。莉芮尔从他肩头看过去，一半以上的符号都不认识。但她听到萨姆喃喃自语地读出那些符号，似乎很熟悉的样子。

“能打开吗？”莉芮尔问。她知道几十种开门的咒语，也在珂睐大图书馆用咒语开启过很多不该进入的门。但直觉告诉她，她知道的所有咒语在这儿都一无用处。

“应该可以，”萨姆犹豫着回答，“这个咒语不同寻常，有很多我不认识的符号。我猜，应该有两种打开方式。其中一种我一窍不通，另一种的话……”

他声音越来越小，再次触摸链条时，咒契符离开了青铜链，飘过他的皮肤，然后又回到了木板上。

“我想应该向链条吹气，或者亲吻链条……只是必须是对的人。咒语说‘我孩子的气息’。不过，我看不出它指的是谁的孩子。或许是指任何阿布霍森的后代？”

“试试看，”莉芮尔说，“先吹一口气，万一有用呢。”

萨姆犹疑着，不过还是低下头，深吸一口气，对着链条呼出。

青铜链在呼吸中蒙上一层雾，失去了光泽，咒契符闪烁着移开了。莉芮尔屏住呼吸。萨姆起身慢慢走开，坏狗则走近四处嗅闻。

突然，链条大声作响，大家赶紧跳着退后。一截新的链子从看似坚硬的石头中出来，接着又一截，又一截。链条在地上盘起时发出嗒嗒的声音。几秒钟后，一条长六七英尺的链子落在地上，井盖上露出一角，足以让人抬起井盖。

“很好，”坏狗说，“你再来吹一下，主人。”

莉芮尔弯下腰，轻轻地对着下一条链子呼气。起初没有任何变化，她感到一阵深深的不安。要知道，她刚刚成为阿布霍森，身份岌岌可危，很容易受到质疑。

接着，链条结上一层霜，咒契符闪耀着，链接处从石头脱落，发出刺耳的声音。萨姆对着第三根链条呼气，也发出了尖锐的响声。

莉芮尔对着最后一条锁链呼气。在她吸气时，触摸链条的手指感觉到它在颤动，那是咒契符知道解封的时机到来而发生的振动，就像起跑前的运动员紧绷起肌肉。

随着所有链条松动，莉芮尔和萨姆抬起井盖的一角将它滑开。井盖非常重，所以他们没有完全把它挪开，只挪出了一个足够他们背着包爬下去的空间。

莉芮尔原本以为井下会有一种潮湿阴冷的味道，尽管坏狗说过井里没水。但大家闻到的是一种足以盖过玫瑰花香的气味，但不是陈年死水的腐味，而是一种沁人心脾的药草味，莉芮尔从未闻过。

“你猜我闻到的是什么？”她问坏狗，因为坏狗的鼻子经常能闻到莉芮尔闻不到、讲不出，甚至想象不到的气味。

“你应该闻不到什么，”坏狗回答，“除非你嗅觉最近精进不少。”

“不对，”莉芮尔平静地说，“井里有一种很特别的气味，是一种植物或者药草，但我叫不上名来。”

萨姆嗅了嗅，若有所思地皱了皱眉。

“是烹饪用的一种调料味，”他说，“虽然我不太会做饭，但是，我在王宫的厨房闻到过，应该是烤羔羊肉的时候用到过。”

“是迷迭香，”坏狗简短地回答，“还有不凋花的味道，你们可能闻不到。”

“忠于爱情，”萨姆的背包里响起低低的声音，“还有永不凋谢的花。现在你还说她不在那儿？”

坏狗没有回答莫格，而是将鼻子探入井下，然后继续往下探，嗅了至少一分钟。当她缩回鼻子时，连打了两个喷嚏，然后晃了晃头。

“陈旧的味道，陈旧的咒语，”她说，“气味已经在慢慢变淡了。”

莉芮尔也试探性地闻了闻，坏狗说得对，她现在只能闻到玫瑰的香气了。

“有个梯子，”萨姆也望着井下说，他头顶上闪着咒契唤出的光，“跟井口的链子一样是青铜的。不知道为什么看不到井底，也看不到一点水。”

“我先下去。”莉芮尔说。萨姆似乎要反对，但还是让开了。莉芮尔不清楚他是因为害怕，还是承认了莉芮尔的家族权威，毕竟她成为他的姨母才不长时间，又或者仅仅因为她现在是阿布霍森继承人。

她向井里望了望，青铜梯子在井口附近闪着微光，然后向下延伸没入黑暗。在珂睐的大图书馆，莉芮尔曾经爬上爬下，穿过很多黑暗危险的隧道。虽然也曾遇到危险，但她那时候天真无邪。如今，她感受到世界上还有更强大和邪恶的力量，厄运似乎随时会降临。围攻宅邸的死灵只是那力量展现出的很小的一部分。她记得珂睐向她展示的景象，红湖附近的坑，以及正在被挖掘的东西所散发的肆行魔法的恶臭。

莉芮尔心想，爬进这口黑暗的井只是一个开始。踏上青铜梯的第一步就是她迈向新身份的第一步，也是她作为阿布霍森的第一步。

她再次抬头看了眼太阳，刻意忽略周围攀升的雾。然后，她跪下来，小心翼翼地进入井里，双脚牢牢地踩在梯子上。

坏狗紧随其后。她把爪子伸长，像短粗的手指一样抓住梯子，比人的手指抓得还牢。每爬几级梯子，她的尾巴就会扫在莉芮尔的脸上，似乎充满激情。如果莉芮尔自己有尾巴，恐怕也不会这么兴奋。

萨姆在最后，他的咒契光仍然闪耀在头顶，莫格则安稳地待在他的背包里。

萨姆的钉靴刚踩在梯子上，井口的链条就突然收紧，发出咔嗒咔嗒的声音。他刚抽出手，井盖就一下子被拖回原位，并发出震耳欲聋的声音，差点砸到萨姆的手。

“好吧，我们不可能原路返回了。”萨姆强装乐观地说。

“如果能回去的话。”莫格低声说。他的声音很低，很可能没有人听到他的话。不过，萨姆愣了一会儿，坏狗低吼了一声，莉芮尔则继续往下爬。怀着对太阳最后的记忆，他们继续向着地底的黑暗前行。

## 第三章

# 不凋花、迷迭香和眼泪

铜梯一直向下，向下，向下。起初，莉芮尔默数着有多少个梯级，数到九百九十六时，她放弃了。他们继续向下爬。莉芮尔也召出一团咒契光，让其徘徊在她的脚下，与闪在萨姆头顶的那团相互辉映。在两个光团照耀下，铜梯在井壁上投下阴影。莉芮尔看着晃动的影子，恍惚觉得他们像是被困在了梯子上，不停地重复着相同的动作。

这是在一辆需要一直重复，永远无法停止的脚踏车上吧。这种想法不断滋长，她开始相信事实确实如此。突然间，她踩到了石头，而不是青铜梯，咒契光一下跑到她膝盖的位置。

他们已经到达井底。莉芮尔念出一个咒契符，咒契光随着咒语向上升起，盘旋在她头顶。借着光亮，她看到他们身处一个方形洞室内。洞室被从红色厚岩中开凿出来，有点简陋。洞室一端有条通道一直延伸，没入黑暗。通道旁边有个铁桶，里面有些长短不一的木头，木头顶端绑着浸油的破布，看起来像是火把。

莉芮尔向前走了几步，坏狗接着从梯子上跳下来，萨姆紧随其后。

“应该就是这条路。”莉芮尔指着前面的通道低声说，她隐约觉得，压低声音会安全些。

坏狗嗅嗅周围的空气，然后点点头。

“我是不是应该拿……”莉芮尔说着伸手去拿火把，但手还没碰到，火把就化为了灰烬。莉芮尔受惊后退，差点倒在坏狗身上，坏狗也退了几步，撞到了身后的萨姆。

“小心！”萨姆喊道。声音从井壁反射回来，越过莉芮尔传入了隧道深处。

莉芮尔小心翼翼地再次伸手去拿，其他的火把也随即化为尘埃。她的手碰到铁桶，铁桶也变为一堆生锈的碎片。

“时间总是不停地流逝啊。”坏狗的话让人捉摸不透。

“我们得继续走了。”莉芮尔自言自语地说。他们不需要火把，但如果有火把的话她会稍微安心一点。

“越快越好，”坏狗说着再次嗅了嗅空气的味道，“在这儿逗留很危险。”

莉芮尔点点头，边走边犹豫着拔出长剑。长剑出鞘，咒契符在剑刃上燃烧，十分明亮。剑名的标记沿着剑刃涟漪一般往下流动，化为一段铭文，霎时间便消失不见了。莉芮尔来不及确定这段铭文是否与之前她见到的相同，因为那些文字消失的速度太快了。

珂睐见我故我在。铭记筑墙人，铭记我。

无论铭文说的是什么，剑刃的光芒，亦或手中的尼希玛，消除了莉芮尔心头的疑虑。

她听到身后萨姆也拔剑出鞘。莉芮尔继续向前走，萨姆等了几秒钟也跟上，显然是为了避免从背后刺到坏狗或莉芮尔，莉芮尔对他的谨慎深为赞同。

隧道起初的一百步左右是用修整过的石头铺就的，之后便突然变为未加斧凿的岩洞。红色岩石不见了，取而代之的是暗淡的白绿色石头，反射着咒契光，有点刺眼，莉芮尔不由得遮住眼睛。隧道似乎是受外力侵蚀形成，而非人工挖掘而成的，其顶部、底部、墙壁上满是旋涡的痕迹。然而，这一切很古怪，全然不是应有的样子。尽管莉芮尔说不出为什么，但就是感觉很古怪。

“这绝不是流水侵蚀而成的，”萨姆说，现在他也压低了声音，“除非不同层面，方向相反的水流同时涌动，而且我从来没有见过这种岩石。”

“我们必须快点！”坏狗说，她声音里的某种东西让莉芮尔加快了脚步，那是莉芮尔从未在坏狗的声音里听到过的焦虑，也或者是恐惧吧。

大家加快脚步，同时避免被绊倒或跌入隐蔽的洞穴。大家在神秘隧道里持续走了大概几英里后，进入了另一个洞穴，同样是反光的石头，其形成原因仍然不得而知。前面有三条隧道，坏狗在三条隧道的入口处仔细嗅探，莉芮尔和萨姆则停下脚步，等候着。

洞穴的角落有一堆东西，莉芮尔原本以为是一堆石头。但当她靠近仔细看时，才发现是一堆年久风化的骨骸，其间夹杂着几块金属片。莉芮尔用鞋尖轻轻踢了一下那一堆骨头，里面有几片银质碎片，一块人类的下颌骨碎片，上面还有一颗完整的牙齿。

莉芮尔弯腰准备仔细查看金属碎片。“别碰！”萨姆急忙低声警告。

莉芮尔停住，手还伸在空中。

“为什么？”

“我不知道，”萨姆回答，后颈感到一阵凉意，“那应该是法铃的金属碎片，我想最好别碰。”

“没错。”莉芮尔起身，身体却不禁战栗。人类的骨头和法铃碎片，他们找到了卡利尔。这究竟是什么地方？为什么坏狗这么久还没确定该走哪条路？

她提出了心里的疑问，这时坏狗也停止了嗅探，右爪指着中间的隧道。

“走这条。”她说。但莉芮尔发觉坏狗并不兴奋，声音里也没有十足的把握，甚至她指方向的前爪也在踌躇。如果她是在参加辨向比赛，一定会输。

这条隧道明显比之前经过的隧道宽敞许多，也更高一些。除了空间变大，莉芮尔还感觉到些许异样。起初她不确定是哪里不对劲，后来才察觉周围的空气中寒意渐浓。脚和脚踝周围有种奇怪的感觉，好像什么东西在脚跟周围涌动，从不同方向流过来，但隧道里并没有水。

难道……有水？当莉芮尔直视前方或俯视地面时，她只看得到岩石。但用眼角的余光，她能看到幽暗的水流从他们身后涌来，奔流而过，然后又折返回去，像拍打岸边的波浪，试图把他们拍倒，将他们一路冲回原处。

她由此想到了冥水，心里很是不安。不过，除了渐浓的寒气和余光里河流的影像，她并没有觉得他们在冥界。相反，她所有的感官都分明地告诉她，她一直在现世，尽管是在地下深处一条诡异的隧道里。

这时，她再次闻到迷迭香的味道，还有一种更甜美的气味。与此同时，她胸前的法铃突然在袋子里振动起来。铃舌被皮套固定住，所以发不出声音，但莉芮尔可以感觉到它们在晃动，它们似乎在试图挣脱束缚，获取自由。

“法铃！”她倒吸一口冷气，“它们在晃动……我不知道怎么了……”

“排笛！”萨姆惊叫。莉芮尔听到排笛发出刺耳的声音，像是在与七只法铃和声，萨姆赶紧堵住气孔。

“不！”突然响起一声尖叫。大家一开始没听出是莫格的声音，接着他又喊：“不！”

“快跑！”坏狗大声说道。

在喊声和咆哮声中，莉芮尔头顶的咒契光突然暗淡下来，只剩一个微弱的光点。

接着，完全熄灭了。

莉芮尔停住脚步。尼希玛锋刃上的咒契符还有些光芒，但也在消退。她手中的剑怪异地扭动，完全不像是钢铁铸造的，像是有了生命，不再是把剑，而是像鳗鱼般的活物，在她手中扭动、生长。

剑柄末端的绿松石变成一只明亮的没有眼睑的眼睛，剑柄的银线则变成一排闪着寒光的牙齿。

莉芮尔闭上眼睛，竭尽全力握紧剑柄，把它插入剑鞘，然后松了口气。接着她睁开眼睛，环视四周，或者说，试图环视四周，因为所有的咒契光都熄灭了，周围一片漆黑，地下深处彻底陷入黑暗之中。

在这片漆黑中，莉芮尔听到了布片撕裂的声音，然后是萨姆的惊叫。

“萨姆！”她喊道，“我在这里！坏狗！”

没有回答，但她听到坏狗低声咆哮，紧接着听到轻轻的低笑声。那是一种可怕的、得意的笑，她颈后的汗毛全立了起来。更糟糕的是，笑声听起来有点熟悉。那是莫格扭曲的笑声，听起来更加恶毒。

莉芮尔竭力找寻咒契，试图召唤一点新的咒契光照亮四周，但一无所获。她感觉不到咒契，只感到一种冰冷的恐怖存在。她立刻意识到，那是死亡。除此之外什么也感觉不到了。

咒契消失了，或者说她无法召唤了。

得意的笑声激荡耳膜，黑暗追入骨髓，恐慌在她的心里蔓延。然后，莉芮尔的眼睛在黑暗中注意到一丝微小的变化，她开始能够看到淡淡的灰色，有一瞬间，她觉得周围会亮起来。接着她看到几个指甲大小的火花，发出嗞嗞的声音，并慢慢变成一束强烈、耀眼的白光。光明到来，肆行魔法散发出的灼烧金属的恶臭，一阵一阵地袭来，莉芮尔每呼吸一次都感觉窒息，恶心欲呕。

借着火光，萨姆出现在莉芮尔身旁，就好像是流过来的。他的背包开着，边缘参差不齐，好像什么东西奋力挣脱弄破的。他的剑安稳在鞘，他双手紧握排笛，手指堵着笛孔。排笛还在振动，发出低沉的嗡嗡声，萨姆拼命想让它停下。莉芮尔则用一只手臂压着法铃带，竭力想让它们安静下来。

坏狗站在那团白光和莉芮尔之间，但她已经不是莉芮尔所熟知的那只狗了。她仍然有着狗的身形，但刻有咒契符的项圈不见了。她似乎更像是个周身由银火勾勒的黑暗生物。坏狗回头看，然后开口。

“她在这里！”听起来是坏狗，又不像坏狗。声音穿透莉芮尔的耳膜，引得她下颌一阵刺痛。“莫格被释放了！快跑！”

莉芮尔和萨姆僵在原地，任凭坏狗尖声惊叫。白光闪耀着，发出噼啪声，然后逆时针旋转上升，变成一个纤瘦的人形。

但除了被释放的莫格，还有一束更明亮的光。那束光太过耀眼，莉芮尔闭着眼睛，透过眼睑看到一个女人的形象。她非常高大，令人难以置信，即使在这条很高的隧道里，她都要低着头才行。她伸出手臂，似乎要把莫格、坏狗、莉芮尔和萨姆一网打尽。

一条河在闪着光的女人前面和周围流动。莉芮尔立刻意识到那是冰冷的死亡之河，眼前这个生物把冥水带到了此处。他们不可能渡过冥水，只能被淹没、卷走，被急流带到冥界第一重门内。

他们永远都回不来了。

莉芮尔脑中只剩下几个可怕的念头。

他们这么快就一败涂地。

那些等待他们完成的未竟之事。

一切全完了。

坏狗大喊："快跑！"她狂吠不止。

吠声中施注了肆行魔法。莉芮尔还没来得及睁眼，更来不及思考，她下意识地转身，用尽全身力气狂奔。她不假思索，不知道会跑到哪里去，只想要逃离深井，逃离宅邸。尽管那束白光已被抛在身后，尽管黑暗中莉芮尔无从分辨自己是否睁着双眼，但她的双脚自然地带着她的身体沿着隧道迂回曲折的道路，向前狂奔。

穿过洞穴、堂室、狭窄的通道，她一直在跑。不知道萨姆是否跟了上来，也不清楚是否有人追上来。她一直跑不是出于恐惧，因为她并不觉得害怕。她的灵魂好像不在这儿，而是被禁锢在身体的某处，她自己则像一台机器一样执行并非自己意志的指令，不停地向前跑。

然后，与毫无预兆的开始一样，莉芮尔突然停下来。她瘫倒在地上，颤抖不止，大口大口地吸气以补充肺里的氧气。她的每寸肌肉都酸痛难耐，疼痛排山倒海而来，莉芮尔因为抽筋而蜷缩成一团，她拼命地按摩小腿肌肉，努力抑制，不让自己发出痛苦的呻吟。

在她身旁有人做着同样的事情。恢复理智后，莉芮尔借着头顶不知哪儿来的一束昏暗的光，认出那是萨姆。那束光虽然发散，但无疑是一束自然光。

莉芮尔迟疑地摸摸法铃带，法铃静止不动，沉寂无声。她的手又落到尼希玛的剑柄上，剑柄末端的绿宝石坚固如旧，银线也无丝毫异样。莉芮尔终于松了一口气。

萨姆呻吟着起身，左手撑在墙上，右手收起排笛。莉芮尔看他小心翼翼地抖动手掌，一束咒契光在他掌心亮起来。

“它刚才消失了，你知道吧。”他边说边沿着洞壁滑下来，面对莉芮尔坐下。他看似镇定，但明显受到了惊吓。莉芮尔发现自己也是如此，她想起身时发现根本站不起来。

“是的，”她回答，“咒契。”

“不管那是什么地方，”萨姆继续说，“咒契在那儿根本没用。而且她是谁？”

莉芮尔摇摇头，整理着思路，表示自己也无法回答。接着，她又摇了摇头，试图强制大脑恢复思考。

“我们最好回去……”她说，想到坏狗在黑暗中独自面对莫格和那个发光的女人，“我不能丢下坏狗。”

“她又是谁？”萨姆问，莉芮尔知道他指的是坏狗，“还有莫格？”

“你们不用回去。”隧道暗处传来一个声音。莉芮尔和萨姆立即站起身，充满力量和斗志。他们拔剑出鞘，莉芮尔另一手握住撒拉奈斯，虽然对如何用它还毫无头绪。关于《亡者之书》或《回忆与忘却之书》中的相关记载，她半点也记不起来。

“是我。”声音听上去很委屈。接着，坏狗慢慢出现在眼前，她夹着尾巴，耷拉着脑袋。除了这种反常的姿势，她似乎恢复了正常——至少她平常就是这样的——脖子上的咒契符再次闪着深色的光芒，周身金黄，短毛上都是灰尘，除了背部漆黑一片。

莉芮尔没有片刻的犹疑，她立刻把尼希玛扔在地上，一把抱住坏狗，把脸埋在这位朋友的脖颈里。坏狗舔舔莉芮尔的耳朵，但少了平日的热情，也没有像平时那样亲昵地轻咬她一下。

萨姆则迟疑不前，长剑还紧握在手中。

“莫格在哪儿？”他问。

“她想和他说话，”坏狗满心伤感地趴在莉芮尔脚下，“是我错了。我让您陷入了危险，主人。”

“我不明白，”莉芮尔突然感到疲惫不堪，“到底发生了什么？咒契……咒契似乎突然失灵了。”

“那是因为她来了，”坏狗说，“这是她的宿命。她潜意识的自我是咒契的一部分，而她有意识的自我将永远不受咒契约束。但是，她本可以轻而易举地把你们收入掌中，却突然收手了。我不知道为什么，也不知道这意味着什么。我原以为她对这个世界的一切已失去兴趣，所以我们可以安全地通过那儿。然而，当远古力量被搅动，许多东西都被唤醒了。我应该想到这一点的。请原谅我的失误。”

莉芮尔从没见过坏狗如此谦卑，这比刚才发生的一切更让她惊慌。她摸了摸她的耳朵，挠挠她的下巴，尽可能安慰她。但是她的手在颤抖，随时都可能哭出来。为了平复自己的心情，她慢慢地深呼吸，默数着吸气、呼气。

“那……莫格会怎样？”萨姆的声音有点发抖，“他被解除束缚了！他会设法杀死阿布霍森……母亲……或者莉芮尔！我们没有那枚能再次困住他的戒指！”

“莫格已经躲了她很久了。”坏狗咕哝着，她犹豫了一下，然后静静地说，“我想我们不需要再担心莫格了。”

莉芮尔长长吐出一口气，然后屏住了呼吸。莫格怎么回不来呢?

“什么？”萨姆问，“但他是……好吧，我不知道，他是一个强大的……肆行魔法精灵……”

“那是谁？”莉芮尔非常严肃地问。她抓着坏狗的下巴，凝视她深邃乌黑的眼睛。坏狗试图避开她的目光，但莉芮尔牢牢抓着她，坏狗又闭上眼睛希望她会放弃，但于事无补，莉芮尔对她的鼻子吹气，她只好又睁开双眼。

“知道了也无济于事，因为你根本无法理解，”坏狗说，声音里满是疲惫，“除了时不时在某处以微小的形式，在微小的东西中显现，可以说她是不存在的。如果我们没有来这里，她也不会来。现在我们逃出来了，她也就不在那儿了。”

“告诉我！”

“你其实知道她是谁，至少在某种程度上知道。”坏狗说。她用鼻子碰碰莉芮尔的法铃带，在第七只法铃的皮袋上留下一个湿印，她鼻子上滚下一滴泪，打湿了莉芮尔的手。

“阿斯塔睿尔？”萨姆低声说道，这太难以置信了。七只法铃中最令人畏惧的一只，他曾短暂地保管那只法铃带，但他从未碰过它，“哀恸者？”

莉芮尔放开了坏狗，坏狗随即把头枕在莉芮尔的腿上，长长地叹了口气。

莉芮尔再次摸着坏狗的耳朵，坏狗的皮肤是温暖的，但她还是忍不住再次提出那个问题。

“那你又是什么呢？为什么阿斯塔睿尔会放你走？”

坏狗抬头望着她，简单地说：“我是坏狗，咒契忠诚的仆人，也是你的朋友，永远的朋友。”

听到这里，莉芮尔再也抑制不住，流下了眼泪。不过她马上将眼泪擦干，抓住坏狗的项圈把她从腿边拎开，然后起身。萨姆捡起尼希玛，默默地把剑交给她。莉芮尔手握剑柄时，剑刃的咒契符印晕开，但没有出现铭文。

“如果你确定莫格不会回来了，不论他是否还被束缚，我们都必须继续赶路了。”莉芮尔说。

“我想是的，”萨姆迟疑地说，“不过我感觉……感觉很奇怪。大概是因为我已经习惯了莫格待在身边，现在他就这样……这样不见了？我的意思是，她……她把他杀了吗？”

“没有！”坏狗回答，她似乎对这个想法十分惊讶，“她没有杀死他。”

“那是怎么回事？”萨姆问。

“这我们就不得而知了，”坏狗说，“我们的任务是继续向前，而莫格现在留在我们身后了。”

“你百分之百确定，他不会来追杀母亲或者莉芮尔？”萨姆问道。他很清楚莫格近些年的所作所为，在他还蹒跚学步时，就被告诫不要随便取下莫格的项圈，否则会有危险。

“我确定你母亲在界墙南边不会受到莫格的威胁。”坏狗避重就轻，只部分回答了萨姆的问题。

萨姆似乎并不完全相信，但他勉强接受了坏狗的保证，慢慢点点头。

“我们的开局不怎么美好，”萨姆喃喃地说，“希望后面会顺利一点儿。”

“前面有阳光，应该是个出口，”坏狗说，“在阳光下你心情会好些。”

“现在天应该已经黑了吧，”萨姆说，“我们在地下待多久了？”

“至少有四五个小时了。”莉芮尔皱着眉头，“也许更久，所以那不可能是阳光。”

她走在前面，穿过洞穴，当他们靠近出口时，看到外面显然还阳光明媚。很快，他们看到前方有一条狭窄的裂缝，透过裂缝看到一方清澈的蓝天，以及大瀑布溅起的浪花。

穿过裂缝，他们发现自己在瀑布西面几百码的地方，长崖的脚下。太阳半悬在西面的天空中，在阳光的照射下，瀑布上方形成了一道彩虹。

“现在是下午，”萨姆用手遮在眼睛上方，望向太阳，他看看向远处延伸的悬崖，然后举起手来估量太阳离地平线有几个手指高，“不到四点。”

“我们足足用了一天的时间！”莉芮尔惊叫。每延迟一分钟都会增加失败的概率，想到这种可能，她的心猛地一沉。他们怎么可能在地下耗费了将近二十四个小时？

“不，”坏狗望着太阳，嗅着空气说，“不是用了一天。”

“不会更久吧？”莉芮尔小声说。当然不会，如果他们在地下耗费了几周甚至更长时间，那么一切都来不及了……

“不，”坏狗继续说，“现在还是我们离开家的那一天，从我们爬下井大概过了一个小时，也可能还不到一个小时。”

“但是……”萨姆欲言又止。他摇摇头，回头看着悬崖上的裂缝。

“时间和死亡同生共息，”坏狗说，“它们都受阿斯塔睿尔的管辖。它用自己的方式帮了我们。”

莉芮尔点了点头，尽管她丝毫没感觉到自己受到了帮助。她只是觉得震惊和疲惫，她感到双腿胀疼。她多想蜷缩在阳光下睡一觉，然后在珂睐大图书馆醒来，因为趴在书桌上脖子酸痛不已，而现在她脑子里残存的，是一个令人不安的噩梦给她留下的模糊记忆。

“我感觉不到死灵的存在，”她抛开自己的白日梦，“既然她送给我们一个下午的时间，我们就好好利用它。我们怎样爬回悬崖上呢？”

“从这儿往西一里格半的地方有条小路，”萨姆说，“这条路很窄，大部分是台阶，所以不常有人走。从那里爬上崖顶应该不会遇到雾和克萝尔的爪牙。再往西大约十二里格是西山口，那里有平坦的大道。”

“这条有台阶的路叫什么？”坏狗问。

“我不知道。我记得母亲就叫它长梯。那条路确实很奇怪，窄到只够一人通过，台阶很低，深入崖壁。”

“我知道这条路，”坏狗说，“有三千个石阶，在那里修台阶是因为山脚下有甘泉。”

萨姆点了点头：“那里的确有一眼泉，泉水很甜。你是说有人修这条路，就是为了喝到那里的泉水？”

“确实是为了那里的水，但水不是用来喝的。”坏狗说，“那条路还在真是太好了。我们走吧。”

随后，坏狗向前一跃，跳过遮挡他们身后裂缝和洞穴的乱石。

莉芮尔和萨姆安静地跟在坏狗后面，在岩石间攀爬。他们二人都全身酸痛，同时又思绪万千。莉芮尔的脑海中一直回响着坏狗的话：“当远古的力量被搅扰，许多事物都被唤醒了。”她知道尼古拉斯正在挖掘的东西强大而邪恶。很明显，它的出现使许多事物伺机而动，包括整个王国内死灵的出现。但她始料不及的是，很多其他未知的力量也可能苏醒，并影响他们的计划。

莉芮尔心想，他们并没有真正意义上的计划。他们只是匆匆忙忙地赶路，去阻止赫奇，营救尼古拉斯，让那个东西继续深埋地下。

“我们应该有个合理的计划。”她自言自语。但是，她头脑中并没有什么绝妙的想法或策略。她现在必须集中精力跟随坏狗的脚步，攀爬穿越长崖底下的岩石。萨姆紧跟在她身后。

## 第四章

# 乌鸦的早餐

莉芮尔、萨姆和坏狗到达长梯脚下时，已是日落时分。长崖在瑞特林平原投下一道长长的影子。莉芮尔很快发现了那眼山泉，在宽约十码的水池中，清澈的泉水汩汩地涌出。他们寻找长梯的起点则花了好一会儿工夫，因为路异常狭窄，深嵌于崖壁内，周围又有石檐层叠，锯齿状的石头犬牙交错。

“我们晚上爬没事吗？”莉芮尔抬头望着笼罩在头顶的悬崖，天边只剩最后一抹暗淡的夕阳余晖，她有些不确定地问。悬崖一直向上延伸，仿佛还在夕阳之上，一眼望不到顶。在珂牒冰川，莉芮尔攀爬过不少楼梯、穿越过许多狭窄的通道，但在旷野中，在太阳或月亮底下则几乎没有过。

“我们不能用火照明，这太冒险了。”坏狗说，她一路都极不寻常地保持着沉默。她的尾巴仍然耷拉着，不像平常那样摇摆或上翘。“我可以带路，但黑暗中一旦踏空就可能摔下悬崖。”

“今晚的月光会很好，”萨姆说，“昨天晚上的月亮差不多是满月了，天气也很晴朗。不过月亮要到凌晨才会升起，至少要到午夜过后一个小时。如果不连夜赶路，我们可以等到那时再爬。”

“可我不想等，”莉芮尔喃喃地说道，“我有一种……说不清的焦虑。珂睐向我展示的幻象，我和尼古拉斯，在红湖边……我感觉它正在消失，仿佛我就要错过那个时刻，它即将成为过去，只能留在记忆中。”

“但如果摸黑赶路跌落长崖的话就更耽误时间了，”萨姆说，“而且，我得吃点东西，休息几个小时，才有力气往上爬。”

莉芮尔点点头，毕竟她也满身疲惫，小腿疼痛，背包勒得她肩膀酸胀不堪。另外，精神上更为疲惫，她相信萨姆也一样，突然失去莫格让大家颇受打击。她现在只想在清凉的山泉旁躺下来，好好睡一觉，期盼新的一天能好一点儿，尽管这只是虚妄的想法。她小时候就已经熟悉这种感觉了。那时候，她每晚睡觉前都觉得早上醒来自己会拥有预视能力，然而每一次都失望。现在，她很清楚，新的一天根本不会好到哪儿去。他们需要休息，但不能太久。因为赫奇和尼古拉斯不会休息，克萝尔和她的尸卒也不会休息。

“我们就等月亮升起吧。”她说着把背包从肩上拿下来，就近坐在一块巨石上，把背包放在身边。

坐下不到一秒，坏狗突然狂吠起来，箭一般从她身边跑过。她迅速起身，条件反射一般，拔剑在手。过了一会儿，莉芮尔才听清吠声中没有施加魔法，这时她也看清了坏狗的攻击目标。

一只兔子在散落的岩石间绕来绕去，拼命地逃避追捕它的坏狗。这种追逐突然在不远处停下来，还不清楚结果如何。突然间，大量泥土、灰尘、石块被扬起。莉芮尔知道兔子逃进了地下的洞里，坏狗开始挖洞了。

萨姆仍然坐在背包旁边。莉芮尔起身几秒后，他也差不多起身了，但在搞清楚周围的状况后，又坐了回去。现在他正呆呆地看着背包顶部被撕开的洞。

“至少我们还活着。”莉芮尔误以为他的沉默审视，是在努力抑制失去莫格的悲痛和泪水。

萨姆抬起头，满脸惊讶。他手里拿着个针线包，正准备打开。

“哦，我不是在想莫格，至少刚才不是。我在想怎样才能缝好这个洞。我想我得打个补丁。”

莉芮尔失笑，虽然不是发自内心地笑，但这么久以来也算是破天荒地笑了。

“你还能考虑怎么打补丁，真好。”她说，“我……我总是忍不住回想起发生的一切。法铃发出声音，白衣女人……阿斯塔睿尔……冥界的出现。”

萨姆挑了根大号的针，从线轴上咬下一段黑线，皱着眉头把线穿过针孔，然后望着夕阳说道：

“你知道吗？我感觉很奇怪。自从我知道你是阿布霍森继承人，而我不是，我就不再恐惧了。当然，我也害怕，但那不一样。我现在责任没那么大，我还是古国王子，这一点没错，但相比来说那很正常。役亡师、死灵，还有肆行魔法生灵，这些都不需要我负责了。”

他停下来在线的末端打结，这一次他正视着莉芮尔。

“而且影像给了我这件外套，上面绣着筑墙人的泥铲。他们把它交给我，我就一直在想，可能先人们在告诉我制造一些东西也无不可。这是我注定要做的事：制造东西，帮助阿布霍森和国王。所以，我也要这样做，并将竭尽全力去做。即使我能力不足，至少已经尽我所能，已经用尽全部力量。我没必要努力成为别人，成为那些我永远不可能成为的人。”

莉芮尔没有回答萨姆，而是看向别处。坏狗回来了，嘴里叼着一只软趴趴的兔子。

“晚餐。”坏狗含糊地说。她把兔子丢在莉芮尔脚边，再次清晰地重复了一遍：“晚餐，我再去抓一只。”她又开始摆动尾巴了，虽然只是尾梢。

莉芮尔提起兔子，坏狗咬断了它的脖子，它已一命呜呼。莉芮尔感觉到它刚进入冥界的灵魂，不过她立即抹去这个念头。兔子在手里沉甸甸的，莉芮尔希望他们简单地吃点影像给他们打包的面包和奶酪。但狗毕竟是狗，她心想，如果有兔子诱惑……

“我来剥皮吧。”萨姆主动说。

“我们怎么把它弄熟呢？”莉芮尔很乐意地把兔子交给萨姆。她以前也吃过兔肉，化身猫头鹰时生吃过兔肉，在珂眯的餐厅吃过烹调过的熟兔肉。

“在这些巨石下生一小堆火应该没关系，”萨姆回答，“反正只需要一会儿。他们应该看不到烟雾，而且我们可以隐藏火焰。”

“那就全交给你了，”莉芮尔说，“我敢肯定，坏狗那份她会生吃的。”

“你应该睡一会儿，”萨姆说着用拇指试了一下短刀的刀刃，

“趁我处理兔子的时间你可以睡一个小时。”

“照顾你的老阿姨。”莉芮尔笑着说。她只比萨姆大两岁，不过她告诉萨姆的年龄比自己实际的大很多，他也相信了。

“很荣幸为阿布霍森继承人效劳。”萨姆躬身回答，不完全是在开玩笑。然后他弯下腰，娴熟地在兔子身上划了一下，像剥枕套一样轻松地剥下了整张兔皮。

莉芮尔看了一会儿，然后转过身，枕着背包躺在凹凸不平的石头地面上。这样躺着并不舒服，尤其是她还穿着盔甲和靴子。不过这些都无所谓了。她仰面躺着，望着天空中最后一抹蓝色渐渐褪去，夜色一点点爬上来，群星开始闪烁。她没有感觉到附近有死灵，也没有肆行魔法的气息。疲劳加倍地向她袭来。她眨眨眼，再眨眨眼，然后眼睛就睁不开了，陷入了沉沉的睡眠。

当她醒来时，除了点点星光和被隐藏的微弱的红色火光，四周一片漆黑。她隐约看到坏狗坐在附近，但没有看到萨姆的身影。定睛一看，她才看到地面上平躺的黑色人影。

“现在什么时间了？”她低声问，坏狗受惊一怔，然后轻轻走过来。

“快到午夜了，”坏狗平静地回答，“我们觉得最好先让你睡觉，然后我向萨姆保证他也可以放心睡觉，我来守着。”

“我敢打赌，劝说萨姆可不容易，”莉芮尔说着撑起身体，僵硬的肌肉让她忍不住呻吟，“有什么情况吗？”

“没有。像寻常的夜一样，很安静。估计克萝尔和尸卒还在守着宅邸，而且还会守很多天。”

莉芮尔点点头，在巨石间摸索着，慢慢走到泉水边。银色的水面上倒映的星光，是这静谧漆黑的夜里唯一的一点光亮。莉芮尔洗洗脸和手，泉水的冷冽让她完全清醒了。

“你吃了我那份兔肉吗？”莉芮尔回到背包边时低声问。

“没，我没吃！”坏狗辩解道，“好像我总会偷吃似的！萨姆斯把你那份放在锅里，盖上盖子了。”

莉芮尔在快熄灭的火堆旁找到一个小小的旅行用铁锅，心想这可挡不住坏狗。锅里的兔肉已经是很久之前炖的了，不过还温热，味道也不错。可能萨姆找到了可以调味的药草，也可能是影像在背包里放了些调味料。不过莉芮尔很高兴里面没有迷迭香的味道，她现在可不想再闻到这种味道。

等她吃完兔肉，洗过双手，并用泉水中的沙砾擦洗了锅子，月亮便开始渐渐升起。正如萨姆所说，月亮已接近满月，天空也晴朗无云。借着月光，莉芮尔可以清晰地看到地上的情况，这样足可以攀爬长梯了。

她摇摇萨姆，他立刻醒来，并伸手去摸剑。他们没有说话，夜太安静了，交谈可能会打破这种宁静。莉芮尔掩盖余烬，萨姆用泉水拍拍脸，然后两人互相帮忙背上背包。其间，坏狗来来回回地跑动，尾巴摇摆不停，急切盼望早点儿出发。

长梯起步的地方很陡，垂直凿进悬崖足有二十码，初看上去像是一条隧道。露天长梯沿着悬崖不断攀升，然后突然折向西方。每级长梯的大小、高度、宽度和深度都完全相同，所以攀爬起来很有规律，也比较轻松，尽管如此大家还是疲惫不堪。

爬着爬着，莉芮尔发现，悬崖并非是她想象中近乎垂直的一面粗粝石壁，而是由数百层滑落的岩面组成，就好像摞在一起的一捆纸中滑落了许多页面。长梯就建在岩石之间和岩面之上，然后一直延伸，直到必须转向，并深入石壁爬升到更高的岩面上。

月亮越升越高，也更加明亮，万物在月光下投下影子。他们停下来休息时，莉芮尔会眺望远处的大地，眺望绵延至南方的群山和向东流淌的银色瑞特林河。以前，她经常化身为猫头鹰翱翔于珂睐的冰川以及星辰山、落日山之上。但那完全不同，猫头鹰的感官毕竟不同于人类。而且在珂睐，她明白，当黎明到来时，她会安然地躺在床上，待在珂睐安全的家里，那时候的飞行纯粹是为了冒险。而现在的情形要严峻得多，她不能单纯地享受清凉的夜晚，欣赏皎洁的月色。

萨姆也在眺望远方。他看不到南方的界墙——它在地平线之外——不过他认得出那些山脉，其中一座是巴赫德林山，以前被称为裂冠，那里有一块咒契石。塔齐斯顿继位后在那儿修建了一座城堡，作为护卫队最南端的指挥部。界墙的另一侧是安塞斯蒂尔，萨姆在那里读过书，但他还是认为那是个奇怪的国家。除了邻近古国的北部地区，其他地方没有咒契魔法，也没有肆行魔法。萨姆想到此刻父母正在遥远的南境，试图通过外交手段，阻止安塞斯蒂尔将南方难民遣入古国境内。因为那等于是送死。而他们死后则会成为役亡师赫奇的奴隶。在赫奇策划挖掘禁锢在红湖边的古老邪恶之物的同时，南方难民问题也浮出水面，这绝对不是巧合。想到这里，萨姆不寒而栗。这是一个在界墙两侧同时进行的计划，早有预谋，步步为营。这一切非同寻常，绝不是个好兆头。一个古国的役亡师企图从界墙另一侧的国度得到什么呢？萨布莉尔和塔齐斯顿认为，敌人的计划是将数十万的南方难民引过界墙，然后用毒药或咒语杀死他们，使他们成为死亡军团的成员。但是萨姆越想越迷惑。如果这是敌人唯一的目的，那他们在挖什么呢？他的朋友尼古拉斯又在整个计划中扮演什么角色呢？

月亮开始慢慢下沉，他们休息得也越来越频繁。虽然长梯非常规整，但坡度很大，他们实在太累了，艰难地挪动脚步。坏狗大步走在前面，不时折回来看看主人是否还爬得动。莉芮尔和萨姆步履蹒跚。他们低垂着头，机械地迈着步子。长梯旁边的悬崖上有一窝猫头鹰雏仔，莉芮尔只是瞥了一眼，萨姆则干脆看都懒得看。

东方的天空出现了一抹红色，给月亮的冷光着上一丝暖意，他们还在继续攀爬。很快，那抹红色变得明亮耀眼，月光开始变淡，鸟儿开始啁啾歌唱，从悬崖的裂缝中轻快地飞出，捕捉晨风中飞舞的昆虫。

“我们快到崖顶了。”停下休息时萨姆说道。他们三个在狭窄的长梯上排成一列：最上面是坏狗，跟莉芮尔的头顶一样高，萨姆斯在莉芮尔下方，头与她膝盖持平。

萨姆说话时身体靠着崖壁，突然尖叫着缩了回来，因为一株先前没留意的荆棘刺进了他的腿里。

有一瞬间，莉芮尔觉得他会摔下悬崖。不过，他很快恢复了平衡，扭转身体去拔那些刺。

莉芮尔低头向下看，发现长梯在白天看起来相当恐怖。只要她稍向左迈出一步，就会立即摔下去。即使不会摔到崖底，至少也会跌到下个石坡。而那儿离现在站的地方足足有二十码，即使不会摔死，也足以摔断骨头。

“我刚才没注意！”萨姆不再忙着拔刺，正跪着用手拂去面前台阶上的灰尘和碎石，“长梯是用砖砌成的！但他们总要开凿岩石的，为什么要在石头上再砌砖块呢？”

“我不知道。”莉芮尔回答后才意识到萨姆其实是在自言自语，“这有什么关系吗？”

萨姆站起来，拍拍膝盖。

“不，没什么。我只是觉得很奇怪。这肯定是一项巨大的工程，尤其是完全看不到借助魔法的迹象。我想一定是使用了影像，不过他们总是会在这儿或者那儿留下奇特的记号，但我没看到……”

“别想这个了，”莉芮尔说，“我们赶紧爬到崖顶，那里也许有关于长梯建造过程的线索。”

但是，在到达崖顶之前，莉芮尔对砖面或建造者遗迹已经完全失去了兴趣。在攀登最后几百级阶梯时，一直潜伏在她脑海里的可怕预感变得越来越强烈，越来越清晰。她体内升起一股寒意，她知道崖顶等待他们的将是一个死亡之地。死亡不是最近发生的，也不是在今天发生的，但毋庸置疑，那肯定是死亡。

她知道萨姆也产生了同样的感觉。接近悬崖顶部的时候，长梯开始变宽。他们交换了一下阴郁的眼神，然后心照不宣地从单列行进转变成肩并肩地行进。坏狗体形变大了一些，紧靠在莉芮尔身边。

在登上最后几级长梯前，扑面而来的微风使莉芮尔对死亡的预感更加确定。微风中刺鼻的气味，让他们登上崖顶前有了心理准备。展现在他们眼前的是一幅尸横遍野的景象，到处是男人和骡子的尸体。大群的乌鸦扑在尸体上，一边用尖锐的喙撕扯血肉，一边聒噪不休。

万幸的是，这些乌鸦都是普通的鸟。坏狗向前奔去，乌鸦立即四散飞走，疯狂地叫着，因为早餐被打断而大发牢骚。莉芮尔没有感觉到附近有死灵存在，不过还是拿出了撒拉奈斯和长剑尼希玛。虽然还未走近，法力的直觉已经告诉她，尸体已经在这儿很多天了。当然从腐臭的气味也可以判断出这一点。

坏狗跑回莉芮尔身边，抬起头疑惑地望着她。莉芮尔点了点头，猎犬大步跑开，一圈一圈嗅着尸体周围的地面，范围越来越大，直到气味消失在一大片荆棘丛后。最高的树上挂着一具尸体，不知是狂风还是某种远比人强大的生物把他抛到了上面。

萨姆走到莉芮尔身旁，手握佩剑，剑刃的咒契符在阳光下闪着淡白色的光。现在天色已经大亮，光线充沛而炽烈，莉芮尔感觉很奇怪。如此明媚的阳光怎么会照射在这样一片死亡之地呢？这里应该浓雾弥漫、漆黑一片才对。

“看起来似乎是个商队，”他们向前走近时萨姆说，“我在想……”

从尸体分布的情况可以判断他们死前应该在逃避什么东西。身穿华贵衣服没有武器的，都是些商人的尸体，他们倒在靠近长梯的地方。他们的护卫则为了保护雇主，在前面二十码的地方排成一行进行抵挡，还保持着面对无法逃避的敌人，拼死搏斗的姿势。

“至少有一周了，”莉芮尔朝尸体走去，“他们的灵魂早已远去，但愿已经进入冥界。不过我不确定他们的灵魂是否已被人收走，在人世被利用。”

“但是为什么要留下尸体呢？”萨姆问，“还有，这些伤口是由什么造成的？”

他指着一个护卫的尸体。他的盔甲上有两个洞，洞口大约有萨姆的拳头大小，边缘有被烧灼的痕迹，钢环和里面的皮革一片焦黑，好像被火烧过一般。

莉芮尔小心地把撒拉奈斯放回皮袋，走过去仔细查看尸体和那些奇怪的伤口。走近尸体时，她尽力屏住呼吸。但在还有几步远的地方，她突然停下来倒吸一口冷气，刺鼻的恶臭随之进入她的鼻腔和肺部。气味太过浓烈，她感到一阵恶心，然后赶紧转身，呕吐不止。见她呕吐，萨姆也忍不住呕吐起来。两人很快把兔肉和面包都吐了出来，胃都变空了。

“对不起，”萨姆说，“我受不了别人呕吐。你没事儿吧？”

“我认识他。”莉芮尔又回头看了一眼那个护卫，说道。她深吸一口气，声音才不再发抖。

“我认识他。他几年前到过冰川，在底层餐厅和我说过话。那时候他的盔甲还不是很合身。”

她接过萨姆递过来的水瓶，漱漱口，也冲了一下手。

“他叫……我记不太清他的名字了。巴罗，或者是哈罗，差不多是这样的名字。他问我叫什么，但是我没有告诉他。”

她犹豫着，想继续说下去，但萨姆突然转身，于是她没再继续。

“那是什么？”

“什么？”

“有声音，就在那边。”萨姆指着一头骡子回答。那是一条浅浅的侵蚀沟，一直向悬崖下延伸。骡子的头从沟沿垂下去，他们看不到。

就在他们看着那头骡子时，它微微动了一下。然后猛地一颠，滑下去掉进了沟里。他们还可以看到它的后半部分，但大部分看不到了。接着骡子的臀部和后腿又开始摇晃颤抖。

“有东西在吃它！”莉芮尔恶心地叫道。现在她注意到地面上拖拽的痕迹，全都通往那条沟。这里原来有更多骡子和男人的尸体，有人……或者什么东西把他们拖到了那条狭窄的沟里。

“我没感觉到有死灵，”萨姆不安地说，“你呢？”

莉芮尔摇了摇头。她从肩上放下背包，拿出弓，拉开，搭上箭。萨姆也再次拔出长剑。

他们慢慢走向沟渠，骡子的尸体渐渐从视线中消失。再靠近些，他们听到令人作呕的吞咽声，就像铲沙子的声音，还时不时伴随着水流的汩汩声。

但他们还是什么都没看到。沟渠很深，只有三四英尺宽，里面的那个东西就在骡子正下方。莉芮尔仍然没有感觉到死灵的存在，但空气中有一丝淡淡的气味。

他们同时意识到那是什么味道——肆行魔法特有的刺鼻的金属气味。但气味非常微弱，无法辨别是从哪儿飘过来的。可能是沟渠里传过来的，也可能是夹杂在微风中的。

在他们离沟沿只有几步远时，一阵颤动后，骡子的后腿也消失了，它的蹄子扬在空中，像活着一样晃动，十分诡异。驴子消失时，下面又传来液体流动的汩汩声。

莉芮尔站在沟沿低头看，带着咒契符的箭随时都准备离弦，但是根本看不到目标。沟渠底部只有长长的一道黑色淤泥和一只正在往下沉陷的骡蹄。肆行魔法的气味更强烈了，但不是斯狄肯或其他低等肆行魔法生物的腐蚀性臭味。

“那是什么？”萨姆低声说。他左手弯曲，准备施咒，金色的火焰在每根手指末端燃烧，随时准备抛出。

“我不知道，”莉芮尔说，“某种肆行魔法生物吧。但我从未在书中读到过，我不知道它怎么……”

她的话音未落，沟底的泥浆冒着泡翻涌起来，露出了漆黑深邃的大口，里面既没有泥土，也不见血肉，深不见底，一片黑暗。它吐着长长的、分叉的银色火舌。肆行魔法和腐肉的恶臭从大口中涌出。莉芮尔和萨姆被吓得踉跄后退，刚好躲开了火舌的攻击。银色的火舌伸向空中，扫到莉芮尔刚刚站的地方。然后，一颗巨大的蛇形脑袋从沟渠中高高立起，赫然出现在他们上方。

莉芮尔边跌跌撞撞地后退，边将箭射出。萨姆伸出手，大叫着念出火焰的咒语，炙热的火焰呼啸着飞向那个从地下钻出的，混合着泥浆、鲜血和黑暗的东西。火焰碰到银舌，火花四溅，草地也被点燃了。然而箭和咒契火似乎对这个生灵没有造成丝毫损伤，不过它还是往回缩了一下，莉芮尔和萨姆立即往回跑。

“是谁竟敢打扰我的美餐！”有个声音在咆哮，那声音是许多种声音合成的，其中似乎还混杂着骡子的叫声和垂死之人的呼喊，“那是我久违的大餐！”

莉芮尔丢下弓箭，拔出尼希玛。萨姆口中念着咒语，剑手并用在空中比画着更复杂的符文。与此同时，莉芮尔向前迈出半步，掩护萨姆。

萨姆最后比画出一个主咒符，咒语就完成了。他把手举到空中，金色的火焰在他手上盘旋。莉芮尔知道这个咒符很容易毁灭一个资历不足的施法者，她不由得稍微后退了一下。不过，它轻快地飞离萨姆的手，一串闪耀光芒的符文悬在空中，就像一串闪闪发亮的星星。他小心地抓住一端，让那串符文在头顶挥舞，然后将它抛向那个东西，同时大喊：“把头转过去！”

紧接着是一道刺眼的光，伴随着尖锐的轰鸣，然后一切都安静了。他们回头看时，那个东西不见了踪影，只有几团火焰在草地上燃烧，烟雾缭绕形成一道烟幕。

“那是什么？”莉芮尔问。

萨姆回答说：“一个捆缚咒语。我也不是很确定，你觉得有用吗？”

“没用，”坏狗说，她的突然出现让莉芮尔和萨姆吓了一跳，“但它那么亮，现在从这儿到红湖所有的死灵都知道我们在哪儿了。”

“如果没用，那么那个东西哪去了？”萨姆边问边紧张地环顾四周。莉芮尔也四处张望，她还能闻到肆行魔法的味道，虽然又淡下去了，而且烟雾弥漫之下也无法分辨其来源。

“可能就在我们脚下。”坏狗说。她突然把鼻子伸进一个小洞，哼了一声，激起一阵飞扬的尘土。莉芮尔和萨姆吓得立刻跳开了，犹豫着是否要再次战斗。然后他们手握武器，背靠背站在一起。

## 第五章

# 风吹吧！雨下吧！

“它就在我们脚下！”萨姆惊呼。他焦虑地向下看，随时准备挥剑，施出咒语。

“我们怎么办？”莉芮尔急切地问，“你知道那是什么吗？我们怎样才能打败它？”

坏狗仔细嗅了嗅地面。

“我们不需要打败它。那是个弗伦克，一个清道夫。弗伦克都是虚张声势的家伙。它现在躲在泥土和岩石下面好几厄尔[1]的地方，天黑之前不会出来了，也许明晚才出来。”

萨姆扫视地面，不太相信坏狗的话。莉芮尔弯腰对坏狗说：“我从来没在书中读到过叫弗伦克的肆行魔法生物，查找斯狄肯的资料时，也没遇到过。”

“本来不应该有弗伦克，”坏狗说，“它们是很原始的生灵，是石头和泥土精灵。咒契创立之初，它们也都被限定只能成为石头

---

[1] 长度单位，1 厄尔相当于 45 英寸，1 英寸 =2.54 厘米。

和泥土。但可能有几个漏网之鱼，但它们不应该出现在这里，这种经常有人经过的地方。”

“如果它只是个清道夫，那是什么杀死了这些可怜的人呢？”莉芮尔说。她一直在想她看到的那些伤口，并有些不祥的预感。大多数尸体都像那个卫兵一样，身体被刺穿两个洞，洞口边缘的衣服和皮肤被烧焦。

“肯定是一个，或一群肆行魔法生灵，”坏狗说，“但不是弗伦克。应该类似于斯狄肯，也可能是杰瑞克或黑蚀。创制咒契时，有成千上万的肆行魔法生灵逃脱了，尽管后来大多数都被禁锢或被改造为咒契效劳。逃脱的那些有的是一整个族群，有的是单个个体，所以我也不能肯定那是什么。而且很久以前，这片荆棘中曾有个熔炉，事情就变得很复杂了。那个熔炉的石砧里曾经禁锢着一个生灵，但现在我找不到石砧，也看不到任何遗迹。可能是被禁锢在这儿的那个东西杀了这些人，但我觉得不是……”

坏狗停下来，再次转着圈嗅着地面，心不在焉地咬着自己的尾巴，然后坐下来宣布自己的结论：

“可能是两只杰瑞克，但我觉得更有可能是两只黑蚀造成的杀戮。无论是什么，它们都效力于同一个役亡师。”

“你怎么知道的？”萨姆问道。坏狗开始踱步转圈时，他停止了张望，尽管他还在盯着地面。现在他在找石砧的痕迹，也在留意会不会突然冒出一个弗伦克。其实他从未在这里见到过石砧。

“这里的行踪和迹象，”坏狗回答，“还有这些伤口，空气中的余味，软泥地上的三趾脚印，挂在树上的尸体，为了某种仪式而从七根树枝上扯下荆条……这一切都在一定程度上告诉我到底是什么从这里走过。至于役亡师，除了用墨思锐尔和撒拉奈斯的铃声或者直接用它们的秘密名字加以召唤，一千年来，还没有杰瑞克、黑蚀或者别的真正危险的肆行魔法生灵苏醒过来。”

“赫奇来过这里。”莉芮尔低声说。萨姆听到这个名字不禁一颤，手腕上烧伤的疤痕变得更深了。但他并没有去看疤痕，也没转身去看莉芮尔。

“也许，”坏狗说，“总之不是克萝尔。高阶死灵会留下不同的痕迹。”

“他们是八天前死的。”莉芮尔继续说道。她丝毫不对自己的判断力感到奇怪。仔细查看过尸体后，她自然知晓了这一点。这是她作为阿布霍森的能力之一。“他们的灵魂没有被收走。根据《亡者之书》记载，他们的灵魂应该还没穿过第四重门。我可以进入冥界，找到其中一个灵魂……”

她停了下来，因为坏狗和萨姆都在摇头。

“我觉得这样做并不明智，”萨姆说，“你能了解些什么呢？我们知道附近有一群死灵和役亡师，谁知道还有什么别的东西在附近游荡。”

“萨姆说得对，”坏狗说，“知道他们到底怎么死的，对我们没什么用了。既然萨姆已经使用咒契魔法，暴露了我们的行踪，我们就用净化之火让这些可怜人的尸体避免被利用吧。不过我们得抓紧时间。”

莉芮尔扫视四周的地面，因为阳光的照射，她忍不住眨了眨眼。她看着那个叫巴罗的年轻人曾躺的地方。她看着他，这个名字突然出现在脑海里。她本想在冥界找到巴罗的灵魂，告诉他那个他可能早已忘记的女孩，是多么希望自己那时能跟他说说话，甚至吻一下他，而不是躲在长发后面哭泣。但是她很清楚，即使她能在冥界找到巴罗，他也早已对人间的一切毫不在意。她不是为了他，而是为了自己去寻求他的灵魂，这对现在的她来说太奢侈了。

他们三个围在最近的一具尸体旁。萨姆召唤了火焰咒契符，坏狗吠叫着召出净化符，莉芮尔则召唤平和安息符，并让三枚咒契符融合。咒契符相互碰撞，在男尸的胸前迸出火花，跳跃着金色的火焰，几秒钟后烧净了整具尸体。之后火焰迅即熄灭，只剩下灰烬和由皮带扣与刀剑熔化而成的金属块。

“永别了。”萨姆说。

“安息吧。”莉芮尔说。

“永远不要回来。”坏狗说。

之后，他们快速在尸体间移动，为每位亡者进行了仪式。莉芮尔发现，萨姆起初对坏狗可以运用咒契符进行这项净化仪式感到很惊讶，因为役亡师和纯粹肆行魔法精灵无法操作此类仪式，仪式本身与他们所拥有的力量是冲突的。不过他很快就释然了。

虽然三个人一起进行仪式，但完成所有尸体的净化时，差不多快中午了，太阳高悬。除了弗伦克拖入泥穴的尸体，共有三十八名男女死于这片荆棘丛生的原野。现在只剩一堆堆骨灰，散布在腐烂的骡子尸体中。再次飞回来的乌鸦叫着，宣泄着食物减少带来的不满。

莉芮尔首先注意到，鸦群中有一只不是真正的活乌鸦。它坐在一头骡子尸体的头上，假装在啄食，但黑色的眼睛紧紧盯着莉芮尔。在看到它之前，她已经感受到它的存在，但是不确定是八天前的死者，还是死灵的存在。在与它对视之后，就一清二楚了。这只乌鸦的灵魂早已逝去，一个邪恶的灵魂寄居于它体内。它曾经是人类的灵魂，但在冥界多年，一直想要重返人世，但所有的挣扎都无济于事，自己反而变得扭曲了。

它不是血鸦，虽然它披着乌鸦的外衣，但其实是个强大的灵魂，比那些驱动一群刚刚死去的鸦群的灵魂强大得多。可以待在正午直射的阳光下，至少是第四或第五重门内的亡灵。它使用的乌鸦身体必须是新鲜的，因为这样的魂灵会在一天之内腐蚀掉其所寄居的任何肉体。

莉芮尔的手迅速伸向撒拉奈斯，但是没等她拉动法铃，那个死灵就直飞入空中，迅速向西飞去，然后俯冲向地面，在荆棘丛中曲折前行，死乌鸦身上的羽毛和腐肉也一点一点散落下来。莉芮尔想，再飞一段距离它就会只剩一副骨架，但它飞行并不需要翅膀，不需要能活动的筋肉，肆行魔法推动着它。

“你刚才应该抓住它，”坏狗批评她，“即使穿过了那些荆棘丛，它还是能听到铃声。但愿这是个孤魂，否则至少会有一群血鸦来纠缠我们。”

莉芮尔将撒拉奈斯放回皮袋，小心翼翼地拉住铃舌直到将它摆放到位，让法铃保持安静。

“我被吓到了，”她静静地说，“下次我会快一些。”

“我们最好继续前进，”萨姆说，他看着天空叹了口气，“我刚刚还希望能休息一会儿，这天气赶路实在是太热了。”

“我们往哪儿走呢？”莉芮尔问，“附近有树林或者其他东西，能遮蔽一下，不让我们被血鸦群发现吗？”

“我也不确定。”萨姆说。他指着北方，一个逐渐隆起的低矮山丘，那儿没有荆棘树丛，是一块开垦过的田地。不过现在也杂草丛生，中间夹杂着小树苗。“我们可以从那座小山上四处看一下，反正我们要向西北方向去。”

他们离开这个已经变成坟场的地方，没有再回头。莉芮尔尽力观察周围的一切，保持警惕，看是否能感觉到死灵的存在。坏狗跟在她身边，大步向前跑。萨姆走在她左后方几步远的地方。

他们沿着一道低矮石墙的遗迹向山丘上爬去。那道石墙大概原先被用来分隔两块田地，高处是牧羊的草场，低处是谷物。但那是很久以前的事了，石墙已经几十年没有修整过了。远处不到一里格远的地方，隐约有一间破败的农舍，荒芜的院子，还有一口干枯的水井。种种迹象表明，曾经有人住在那里，但日子过得很艰难。

从山坡的高点，他们可以看到长崖向东西延伸，高原上丘陵此起彼伏；还能看到瑞特林河自北向南流淌，瀑布一落千尺。阿布霍森宅邸被群山遮掩，但包围着它的雾墙，顶部依然清晰可见。

几百年前，凯瑞格还未四处作恶的时候，在这儿可以看到农场、村庄和耕地。现在，虽然塔齐斯顿国王继位已经二十年，作为王国一部分的这里依然几近荒芜。小树苗成了小树木，小树林变成了大森林，被排干水的湿地也令人欣喜地再次变回了沼泽。莉芮尔知道那里还有些村庄，但她看不到。它们太稀少也太分散了，因为只有少数的咒契石被替换或修复。只有拥有皇家血脉的咒契法师才能制造或修补咒契石，但任何一个咒契师的血都能摧毁普通的咒契石。在没有国王主政的两百年里，有太多的咒契石被破坏，二十年的时间仍然没有完成修补工作。

“我们不停歇的话，走到边城至少需要两到三天，”萨姆指着西北方向说，“红湖就在那些山脉后面，幸好我们从南面上山。”

莉芮尔用手覆在眼睛上面，遮住刺眼的阳光，眯着眼睛眺望。她只看得见远方一座山脉的几个山峰。

“那我们赶紧出发吧。”她说，仍然用手遮住眼睛，慢慢转了一圈，望着天空。天空美丽湛蓝，但莉芮尔知道，她很快就会看到黑色的斑点——从远处飞来的血鸦群。

“我们可以先去白栎镇，”萨姆也在仰望天空，“我的意思是，反正赫奇很快就会知道我们的行踪，我们去白栎镇的话，或许可以得到些帮助。那里有个卫兵哨所。”

“不，”莉芮尔说，她看到北方天边有一团慢慢扩散的乌云，这让她想到一个主意，“那只会给别人带来麻烦。我想我知道怎样摆脱血鸦了，或者我们至少可以躲开，可能需要吃点苦头。我们晚一点试一试，快到傍晚的时候吧。”

“你打算怎么做，主人？”坏狗问。她在莉芮尔脚边趴下来，伸着舌头喘气，好散发刚才爬山产生的热量。不过没那么容易，因为天空晴朗，太阳越来越高，天气也越来越热。

“我们可以召唤雨云，”莉芮尔指着远远的厚重乌云回答说，

“大雨和狂风可以把血鸦赶走，让它们找不到我们，而且可以掩藏我们的行踪。你觉得怎么样？”

“这个计划太妙了！”坏狗赞赏地说。

“你觉得我们能把雨云唤来这里吗？”萨姆充满疑虑，“我估计那些云远在高桥那儿。”

“我们可以试试，”莉芮尔说，“虽然西边的云更厚……”

她话音渐弱，认真地看着山丘的后面，靠近西方山脉的那团更暗的乌云。即使站在这么远的地方，她也能感觉到那团云有些不对劲儿。当她盯着看时，看到了云彩中的闪电。

“那团云不行吧。”

“不，”坏狗低吼，声音在胸腔深处隆隆地响，“那是赫奇和尼古拉斯正在挖掘的地方。我担心他们可能已经发现了他们要找的东西。”

“我相信尼克根本不知道他在做一件坏事，”萨姆连忙说，“他是个好人，绝不会有意做任何伤害别人的事。”

“但愿如此。”莉芮尔说。她不知道到那儿之后他们能做些什么。为什么赫奇需要尼古拉斯？他们在挖什么？敌人的最终目的是什么？

“我们最好继续赶路，”她说着，视线从远处的乌云和闪电处收回，望着绵延向西的土地，“我们沿着那个山谷走怎么样？那正是我们要走的方向，而且山谷中有树木掩映，还有溪流。”

“那应该只是一条小河，”萨姆说，“不知道下在这儿的春雨都流去了哪里。”

“天气会是把双刃剑，”坏狗漫不经心地说，她还在望着群山，“雨云聚集在北方恐怕不是偶然，将它们召至南方也有几个好处。当然，如果我们能够阻止那闪电风暴就更好了。”

“我想我们可以试试。”萨姆怀疑地说，但坏狗摇了摇头。

她说：“任何控制天气的魔法对这场风暴都没作用，我希望是自己杞人忧天，但是频繁的闪电已经证实我的担忧。没想到他们会这么快就找到它，这么容易就挖出来。我早该知道，阿斯塔睿尔不会无缘无故地出现，有一个弗伦克也已被释放……”

“你指的是什么？”莉芮尔紧张地问。

“赫奇正在挖掘的东西，”坏狗说，“必要时，我会再告诉你。我不想让恐惧渗入你们的骨髓，也不想漫无目的地讲述古老的故事。现在还有几种别的可能，但即使是最坏的情况，远古的防护措施也可能还有效。不过我们必须抓紧时间！”

说完，坏狗向前一跃，咧着嘴往山坡下奔去，在长着白色树皮的树木间穿行，树叶在太阳下是银绿色的，然后她跳过另一道毁坏的石墙。

莉芮尔和萨姆对视一下，然后又望向远处的闪电风暴。

“我希望她没这么快跑下去。”莉芮尔抱怨道，她本来已经准备问另一个问题。她走在坏狗身后慢吞吞地向山坡下走去。魔法狗可能不知道累为何物，但莉芮尔已经疲惫不堪了。这将是一个漫长而疲惫的下午。而且可能会更糟，因为血鸦随时可能找到他们。

“你都做了什么呀，尼克？”萨姆喃喃地说。他跟在莉芮尔身后向下走，抿着嘴思考着用什么咒契符召唤两百英里外的雨云过来。

整个下午他们都沿着溪流稳步前行，只短暂休息了几次。溪流沿着两行大致平行的山脉间的浅谷流动。山谷中有少许树木，为他们遮阴，让他们免受烈日曝晒。莉芮尔尤其感觉阳光有点恼人。鼻子和脸颊已经有点晒伤，但她完全没有时间和精力用咒语舒缓皮肤的不适。这件事一直困扰着她，并且不断提醒她，她与珂睐人是不同的。真正的珂睐人都是棕色皮肤，他们从不会被晒伤，阳光的曝晒只会让他们肤色变深而已。

太阳开始慢慢落下西部山脉时，只有坏狗还在坚持前行。莉芮尔和萨姆已经近十八个小时没睡觉了，大部分时间不是在攀爬长崖就是在走路。他们踉踉跄跄，尽管努力保持警惕，但累得站着都可以睡着了。最后，莉芮尔决定，大家必须休息。只要找到一个便于防守，最好至少一侧有水流的地方就马上停下休息。

半小时后，他们仍在踉跄前行。山谷开始变窄，地势开始上升，莉芮尔决定不再考虑有没有流水便于防御死灵，只要可以躺下，什么地方都可以休息。他们越爬越高，树木也开始变得更加稀少，取而代之的是灌木和杂草，好像又回到一片荒野的样子，完全不利于防御。

莉芮尔和萨姆终于再也迈不动腿，这时他们突然看到了完美的休息地，瀑布淙淙的流水声传入他们耳中。瀑布宽阔但不太高，有一座牧羊人的小屋就建在瀑布脚下湍急流水中的高桩上。小屋既是庇护所，也充当一座小桥。小屋用坚固的铁木建成，几乎没有腐朽的痕迹，除了屋顶少了几片木瓦。

坏狗从屋外嗅着这座河上小屋，认定它虽然很脏但可以用于休憩。莉芮尔和萨姆准备进入小屋时，她走在大家前面。

屋内脏乱不堪，可能早前遭遇过洪水，地板上沉积了大量污垢。但莉芮尔和萨姆根本顾不上，反正不管屋内屋外，都是睡在泥地上，没什么分别。

“坏狗，你先放哨可以吗？”莉芮尔问。她心满意足地把背包卸下，放在一个角落里。

“我可以先放哨。”萨姆抗议，但他长长的哈欠可不这么认为。

“我来吧，”坏狗说，“不过可能有兔子……”

莉芮尔提醒说：“不要追到我们的视线之外。”她拔出尼希玛放在背包上，以备不时之需，然后把法铃也备在手边。她没脱靴子，尽量不去想象经过两天艰难跋涉，自己的双脚会是什么样子。

“请在四个小时后把我们叫醒，”莉芮尔又说，接着她靠着墙壁瘫坐在地上，“我们得把雨云召唤过来。”

“好的，主人，”坏狗回答，她没有进屋，就坐在流水边上，耳朵竖得高高的，试图捕捉远处的声音，或许是野兔的动静，“需要我为你准备煮鸡蛋和烤面包吗？”

没人回答。过了一会儿，坏狗转头向屋内看时，莉芮尔和萨姆都倚在背包上沉沉地睡去了。坏狗长长地叹了一口气，自己也趴了下来。夏日的黄昏褪去，夜色降临，她耳朵仍然立着，警惕地注视着前方。

午夜将近，坏狗抖抖身体，舔舔莉芮尔的脸把她叫醒，一只爪子猛地拍在萨姆胸前。两人都惊吓而醒，立即伸手去拿自己的佩剑，然后才借着坏狗项圈上咒契符发出的微弱光线看清周围的情形。

他们在木屋附近洗漱，冷冽的溪水让他们更加清醒了。回来之后，他们迅速吃了点肉干、压缩饼干和水果干。坏狗很遗憾没有兔子，甚至连一点蜥蜴肉都没得吃。

尽管繁星满天，月亮也开始升起，但是他们还是看不到雨云。不过他们知道乌云就在那里，在那遥远的北方。

“我们完成咒语后必须马上启程。”坏狗提醒，莉芮尔和萨姆站在繁星下讨论如何召唤乌云和暴雨，“这样的咒契魔法会把几英里内的死灵和肆行魔法生灵全部唤来。”

“不管怎样，我们总得冒些风险。”莉芮尔说。睡眠使她恢复了一部分精力，但她还是怀念珂睐大图书馆自己小房间里舒服的睡椅。“准备好了吗，萨姆？”

萨姆停止低语，说：“准备好了。嗯，我在想你要不要考虑一下在通常的咒语上做一点变化？我觉得我们需要更强大的咒语才能把云彩唤到这么远的地方来。”

“当然，”莉芮尔说，“你有什么提议？”

萨姆很快解释了一遍，然后又慢慢重复了一遍，让莉芮尔清楚其中的细节。通常他们两人会吟诵相同的咒契符，萨姆的计划是两人吟诵不同但互补的咒契符，从而让两种不同的控制天气的魔法的效果交织在一起。之后，他们同时吟诵两个主导符来激活咒语，而不是像通常那样使用一个主导符。

“这样能行吗？”莉芮尔不安地问。她还没有与其他咒契魔法师合作完成复杂咒语的经验。

“咒语会更强大。”萨姆自信地说。

莉芮尔看向坏狗，寻求她的意见，但坏狗并没注意他们的对话。她向后凝视着南方，正专注于莉芮尔和萨姆看不到也感觉不到的东西。

“在看什么？”

“我不知道，”坏狗回答，她把头转向一侧，竖起的耳朵微微抖动，努力倾听夜色中的声响，“我觉得有什么东西在跟踪我们，但还离得比较远......”

她回头看着莉芮尔和萨姆。

“快操作天气魔法，然后赶紧出发！”

在离牧羊人小屋一里格左右的河流下游，一个个子矮小，几乎像矮人一样的男人正在浅溪中涉水前行。他的皮肤像骨头一样惨白，头发和胡须比肤色更白，在黑暗中闪着光，岸边树木的阴影都遮掩不住。

“我会让她瞧瞧。”这个全身白色的人喃喃说道，尽管那里没人聆听他愤怒的言语，“二千年的奴役，现在……”

他话没说完，突然猛地扑入溪流，有着粗大指节的手掌用力拍入水中。片刻之后，抓着一条不断挣扎的鱼伸出水面。他马上紧紧咬住鱼眼后面的位置，切断它的脊柱。他的牙齿在星光下闪着寒光，远比人类的牙齿锋利。

矮人继续撕咬那条鱼，鲜血沿着他的胡子往下滴。短短几分钟，他就吃完了整条鱼，咒骂着吐出鱼刺，不断抱怨自己本来想吃鳟鱼，却只抓到条“红杰克”。

吃完他仔细地清洗自己的脸和胡须，把脚擦干，但没管身上那件简单的长袍上的血渍。不过，他沿着溪岸前进时，污渍慢慢变淡，长袍又变得干净、洁白，焕然一新。

矮个男人的腰上系着一条红色的皮带，本该是皮带扣的地方有一枚小小的铃铛。全身白色的男人全程用手握着它，只用一只手抓鱼和洗脸。但他在一片湿滑的草地上摔倒，手不小心松开了那个铃铛。他单膝跪地时，铃铛响起清脆的声音，男人却反常地打了个哈欠。有那么一瞬间，他似乎要就地躺下，但他努力地甩甩头，站了起来。

“不，不，我的姐妹，”他喃喃地说，更加用力地抓紧铃铛，“你瞧，我还有事要做。我不能睡觉，现在还不行。还有几英里的路要走，我要趁我还有双手双脚的时候，好好利用它们。”

一只夜莺在附近啼叫，男人猛地四下查看，下一秒便发现了它。男人舔了舔嘴唇，紧紧抓着铃铛，蹑手蹑脚地一步步靠近夜莺。但那只鸟非常机警，这个全身白色的男人还没往前扑，夜莺就悲鸣着飞入了夜色中。

“我从来吃不到饭后甜点。”男子抱怨道。他转身回到溪流边，继续沿着溪流向西，手里握着铃铛，嘴里嘀嘀咕咕地抱怨着。

## 第六章

# 两个银色半球

在阿布霍森的宅邸西北方一百二十英里的地方，尽管黎明已经到来，但红湖的东岸仍然笼罩在黑暗之中，那是乌云蔽日的阴沉。黑压压的乌云向四面八方延伸了几里格远。这样的黑暗已经持续了一周多，少量的阳光穿过云层，黯淡微弱，周围的一切都浸在诡异的昏黄光线中，这光线对任何生命都有害无益。只有在这片静止不动的积雨云的中心，才有其他的光，那是时常袭扰的闪电突然发出的刺眼白光。

尼古拉斯·塞尔已经习惯了这昏黄的光线，也习惯了许多其他的东西，不再感到怪异。但尽管他的大脑习以为常，但身体仍不适应。他用手帕掩着口鼻，不停地咳嗽。赫奇那些夜班的人员都是很优秀的工人，但他们身上实在难闻，仿佛肌肉正在骨头上腐烂。通常，他不喜欢太靠近他们——以防他们有传染性疾病——但这次他不得不走近去看看发生了什么事。

“您看，主人，”赫奇解释说，“我们没办法让两个半球靠得更近了。什么办法都没用，有一种力量把它们分开来，就像同极相斥的磁铁一样。”

尼克点点头，陷入沉思。在他的梦里，地下深埋着两个银色半球，他挖出了它们。发现它们确实让他很有成就感，但如何将它们运出去才是真正的难题。每个半球直径达七英尺，制造它们的奇特金属比预想中重得多，甚至比黄金还重。

两个半球埋藏的位置相距二十英尺，中间是七种不同材料制成的奇怪屏障，这七种材料里还包含骨头。很明显，屏障可以消除两个半球间的排斥力，因为挖掘出来后，根本没办法让两个半球靠近到五十英尺以内。

二百名夜间工人用滚轴和绳索把其中一个半球沿着螺旋坡道拖到了坑口，另一个还在坡道下端很远的地方。他们试图推拉下面那个半球时，巨大的排斥力让它滚了回去，碾倒了下面许多工人。

除了这种奇怪的排斥力，尼克注意到，这两个半球周围还出现了些其他的反应。周围产生了一种刺激性的热金属气味，甚至比暗夜工人腐烂的恶臭还要强烈。这种气味让他觉得恶心，但赫奇和他的工人似乎丝毫不受影响。

还有一个奇怪的现象，就是闪电。又一道闪电凌空劈下，一时间，尼克什么也看不见，他不禁往后退了一步，接着是一阵震耳欲聋的雷声。闪电比以前更频繁了，现在两个半球都已经挖掘出来，尼克意识到了一种规律。每个半球连续被闪电劈中八次，第九次总是偏离目标，经常击中某个工人。

尼克也注意到，这似乎对他们没有任何影响。只要他们没被闪电击中而着起火来或者被劈得四分五裂，他们就可以继续工作。不过，这个念头一闪而过，尼克的注意力又回到他的主要目标上，其他的事情暂时都被抛在脑后。

“我们必须先移动第一个半球。”他说着，忍着气喘和恶心，他一靠近银色金属半球就会有这样的反应，“另外，我们还需要一艘货船。两个半球必须相隔五十英尺以上，所以没办法全部装上现在这艘船。但愿我的进口许可证允许发运两批货……不管怎么样，我们也别无选择。一定不能耽搁了。”

“如您所言，主人。”赫奇回答，但他一直盯着尼克，仿佛在等他说些别的话。

“对了，你找到人手了吗？”气氛开始变得有点尴尬，尼克最后打破沉默说，“我指的是船上的人手。”

“找到了，”赫奇回答，“他们都在湖边。这些人和我一样，主人，我们都曾在安塞斯蒂尔军队服役，都曾隐藏在边界的壕沟里。直到他们离开警戒哨、潜听哨，穿过界墙来到这里。”

“你是说他们是逃兵？靠得住吗？”尼克尖锐质问。他最不想看到的就是，因为人们的愚蠢而丢掉一个半球，或是在他们穿越边界返回安塞斯蒂尔时惹上不必要的麻烦。绝对不允许发生这种意外。

“不，主人，不是逃兵，”赫奇微笑着回答，“只是在行动中迷失方向，远离家乡的失踪人员，非常值得信赖。我可以保证。”

“那第二艘船呢？”尼克问。

赫奇突然抬起头，张大鼻孔嗅着空气，没有回答尼克的问题。尼克也抬起头，一大滴雨水落在他嘴上。他舔了一下嘴唇，然后迅速吐了出来，喉咙有种奇怪的麻麻的感觉。

“不应该这样。”赫奇喃喃自语。雨越来越大，他们周围开始刮起一阵风，“是被人召唤来的风雨，从东北方向过来。我得去察看一下，主人。”

尼克耸了耸肩，不清楚赫奇在说什么。这场雨很奇怪，他回想起自己的其他一些感受。他周围的一切都有一种梦幻般的感觉，这段时间以来他第一次思考自己究竟在做什么。

然后，他的胸部感到一阵奇怪的疼痛，他不禁弯下腰。赫奇扶着他，让他平躺在迅速变得泥泞的地上。

“怎么了，主人？”赫奇问道，语气中透着好奇而非关切。

尼克呻吟着用力捂住胸口，双腿不停地挣扎。他想说话，但嘴里只吐出白沫。他的眼睛不停地转来转去，最后向后一翻。

赫奇跪在他身旁。雨继续打在尼克的脸上，不过，落在皮肤上的雨水嗞嗞地响着，化作一团蒸汽，围绕在他周围。片刻之后，浓浓的白色烟雾从年轻人的鼻子和嘴巴里冒出，遇到雨水后嗞嗞作响。

“您怎么了，主人？”赫奇不停地问，声音突然变得紧张。

尼克嘴巴微张，更多的烟雾冒了出来。然后他的手迅速移动，没等赫奇看清，他已经紧紧抓住这位役亡师的腿，劲道很大。赫奇咬紧牙关忍着疼痛，再次问道：“主人？”

“蠢货！”那东西借尼克的声音说，“现在不是寻找敌人的时候。他们很快就会找到这个坑，但等他们找到，我们早就离开了。你必须马上再弄一艘船，把两个半球都运走。现在，不要再让这副躯壳淋雨了，它已经够脆弱了，而我们还有很多事情没有完成。事情太多了，没时间让你闲谈消遣！”

最后一句话说得恶狠狠的，抓住赫奇双腿的手指像带着钢牙的利器，深深地插入血肉，赫奇忍不住尖叫起来。然后他被放开了，跌倒在泥地里。

“要快，”那个声音低低地说，“要快，赫奇，要快！”

赫奇感觉自己说不出话，在原地默默地点头哈腰。他很想挪远一点，避开那双有着非人力量的手，但他却不敢动。

雨越下越大，白色烟雾开始退回到尼克的鼻子和嘴巴。几秒钟后，烟雾散尽，尼克则全身无力地瘫软下来。

在尼克跌进水坑之前，赫奇及时扶住了他的头，然后把他搀起来，像消防员扛起伤员那样，小心地把他扛在肩上。尼克身体里的那股力量太强大了，如果捏普通人的腿，恐怕早就断了，但赫奇可不是普通人。他轻松地扛起尼克，那点痛对他来说，只是皱皱眉的程度。

在把尼克扛回帐篷的中途，他肩膀上昏迷的身体抽搐了一下，然后开始咳嗽。

“放松，主人，”赫奇加快脚步，“马上就不用淋雨了。”

“发生了什么事？”尼克问道。他的声音嘶哑刺耳，喉咙感觉像刚抽了半打雪茄，喝了一瓶白兰地。

“你晕倒了。”赫奇回答着，推开帐篷的门帘走进去，“你能自己擦一下然后睡觉吗？”

“当然可以。”尼克马上说。但赫奇一把他放下，他就双腿颤抖，不得不扶着行李箱保持平衡。头顶上，雨水敲打在帆布帐篷上，像一段固定的谱子，每隔几分钟夹杂着沉闷的雷声。

“好的，”赫奇递给他一条毛巾，“我必须去给暗夜工人下达指示，然后我得去……再找一艘船。你最好在这里休息一下，先生。我会派个人，不是那些染病的人，给你送饭来，然后进行一下清洁工作。”

“我能照顾自己。”尼克回答。他脱下衬衫，虚弱地擦拭胸口和手臂，仍不停地发抖。“我还可以监督夜间工人。”

“完全没有这个必要。”赫奇说。他靠近尼克，眼睛似乎变得更大，闪着红色的火焰，仿佛他的头骨中有个大火炉，而那双眼睛就是那个大火炉的炉口。

“您最好在这里休息，”他重复道，他呼出的气喷在尼克的脸上，火热且带着金属气息，“你不需要去监督工作。”

“是，”尼克呆滞地回答，停止擦拭，毛巾停在半空中，“我最好在这里休息。”

“在这儿等我回来。”赫奇命令。平日他低下的语气全然不见，此刻他貌似一个准备杖罚学生的校长。

“我会等你回来。”尼克重复。

“很好。”赫奇说完，笑着转过身去，大步回到雨中。雨水一碰到他光着的头瞬间化为蒸汽，在他周身形成一个奇异的白色光圈。走了几步之后，蒸汽散开，雨水顺着他的头发滑落。

而在帐篷里，尼克突然又开始擦拭身体，擦完后他穿上一件修补得很拙劣的睡衣，爬上铺着皮毛的床。他从安塞斯蒂尔带来的行军床几天前坏了，弹簧生锈塌陷，帆布也发霉朽坏了。

尼克很快睡着了，但大脑并没有休息。他梦见两个银色半球和界墙那边他正在修建的闪电农场。他看到半球吸收了一千道闪电的能量，并随着能量的吸收逐渐克服迫使它们分开的力量。他看到它们接受一万道闪电的力量后，终于合在一起……然后梦又从头开始，所以他总也看不到两个半球合并后发生了什么。

外面，暴雨如注，闪电一再击打深坑和周围的土地。雷声滚滚，暗夜工人中的尸卒收紧绳子，慢慢把第一个银色半球拖向红湖，把第二个半球从深坑里拉出来。

## 第七章

# 最后的请求

莉芮尔和萨姆控制天气的魔法有点太过成功。雨连续下了两天仍然没有停的迹象。尽管阿布霍森宅邸的影像贴心地为他们在背包里放了油布雨衣，但他们还是全身都湿透了，而且似乎要一直这样湿漉漉的。幸运的是，咒语，尤其是召唤风的那部分，终于慢慢减弱。因此雨势也在变小，雨点不再被狂风吹得直接拍在脸上。他们也不再受到风吹起的树枝、落叶以及其他碎片的袭扰。

莉芮尔每隔几个小时就提醒自己，乐观来看，这场雨太大了，血鸦绝对找不到他们。尽管，这并没有想象中那么值得高兴。

还有一点比较幸运，天不是很冷。否则他们可能被活活冻死，或者会因为不断使用魔法保暖而筋疲力尽，动弹不得。风和雨都这么温暖，如果中间能停一两个小时的话，莉芮尔会觉得这次魔法极为成功。但事实却是，痛苦多过成功施咒语带来的自豪。

穿过阿贝山及相邻山脉郁郁葱葱的山麓，他们现在越来越接近红湖了。这里树木茂密，相互交织成一个天然的华盖，其中点缀着很多蕨类植物，还有一些莉芮尔只在书中见过的植物。落叶在地上积了厚厚一层，像泥地上铺了一块地毯。前两天的雨带来了无数涓涓细流，像小瀑布一样在树根、石头及莉芮尔脚踝周围流泻。不过，这只是在她偶尔能看到自己脚踝的时候，大部分时间，潮湿的叶子和泥土都会没过她的小腿。

行走其间异常艰难，远比莉芮尔想象中累。他们只能坐在大树最高的树根上休息，浓密的枝叶可以遮风挡雨，同时也可以避免沾到泥污。莉芮尔发现，即使这样的环境她都能睡着。只是在可怜的两小时休息时间结束后，她不止一次发现自己躺在泥地里，而不是坐在树根上。

当然，一旦休息结束走回雨中，身上的泥巴很快就会被冲洗干净。莉芮尔说不准是泥还是雨更让她心烦，抑或是介于两者之间的东西：重新上路的头十分钟，泥浆被雨冲下，顺着脸颊、双手、双腿不停地淌下来。

有一次休息完，他们便开始在泥泞的道路上艰难地向前行走，莉芮尔集中精神擦拭脸上的泥水，这时他们发现一个倚靠在树干上、奄奄一息的皇家卫兵。确切地说，是一直在莉芮尔和萨姆前面摸索探路的坏狗闻到了她的气味。

女卫兵已经失去知觉，金红色的外套上浸满了血渍，盔甲多处破裂。她右手紧紧握着一把豁了口的钝剑，左手保持着施咒的姿势，不过她永远无法完成那个咒语了。

莉芮尔和萨姆都清楚地知道，女卫兵已经气息垂绝，她的灵魂已经跨过冥界边缘。不过，萨姆还是立即弯下腰，准备使出他所知道的最有效的治愈咒语。可惜脑海中刚刚出现第一个咒符，她就死了，眼中的最后一丝生命之光消散开去，只剩下呆滞茫然的目光。萨姆放弃治愈咒符，轻轻合上她的双眼。

“她是父亲的一名卫兵，”萨姆沉痛地说，“不过我不认识她。她可能来自白栎镇或上区的卫兵驻点，不知道她当时在执行什么任务……”

莉芮尔点点头，目光无法从尸体上移开。她觉得自己太没用了，总是晚一步，总是慢一拍。与克萝尔一战后，河里的南方难民，巴罗和那些商人，现在又加上这个女人。她就这么孤独地死去，命运对她实在太不公平了。他们只要早几分钟就可以救活她。如果他们爬山的速度再快一点就好了，如果刚才没有休息就好了……

“她这样垂死挣扎恐怕有好几天了，”坏狗嗅着尸体，“不过，主人，她这样伤痕累累，肯定逃了没多远。”

“那我们肯定离赫奇和尼克很近了。”萨姆直起身，警惕地盯着四周，“在繁密的树林里很难判断。我们可能快到山顶了，也可能还要走几英里才能到。”

“我想我最好查探清楚，”莉芮尔缓缓地说，她还在盯着女护卫的尸体，“凶手是谁，敌人又在哪里。”

“那我们必须抓紧时间，”坏狗说着，突然兴奋地立起身体，“冥水可能已经把她带远了。”

“你要深入冥界？”萨姆问，“这样明智吗？我是说，赫奇可能就在附近——或者就在冥界等着你！”

“我知道，”莉芮尔回答，她正想着同样的问题，“但我认为值得冒险。我们得找出尼克挖掘的准确地点，以及这个卫兵到底遭遇了什么。我们总不能一直盲目地向前走。”

“好吧。”萨姆不自觉地咬着嘴唇说，“我能做些什么？”

“在我离开的时候，保护好我的身体。”莉芮尔说。

“但除非万不得已，绝对不要使用咒契魔法。”坏狗说，“像赫奇这样的法师能在几英里外嗅到魔法的味道，即使下着这么大的雨。”

“我知道。”萨姆答应着。他拔出剑，这个动作暴露了他内心的紧张。他眼睛不停地转动，扫视每一棵树，每一丛灌木。他甚至抬头看看天空。正巧一滴雨穿过层层树叶落下来，沿着他的脖子钻进了雨衣里面，他感觉更不舒服了。但是并没有什么东西潜伏在树上，透过树枝的缝隙，他能看到的那一小片天空中也只有雨丝和云朵。

莉芮尔也拔出佩剑，另一只手放在法铃带上，犹豫着该选哪只法铃。之前她只踏入过冥界一次。那一次她差点败给赫奇，沦为他的俘虏。这一次，她告诉自己，她会更强大，准备更充分。这就意味着要恰当选择法铃。她手指轻轻滑过每个铃囊，然后停在第六个上，小心翼翼地将其打开，取出法铃，手指紧握铃舌，以免发出声响。她选择了撒拉奈斯——禁锢者，这是除阿斯塔睿尔之外，最强大的一只法铃。

“我也一起去，对吧？”坏狗急切地问。她在莉芮尔脚边跳跃，欢快地摇着尾巴。

莉芮尔点头默许，并开始凝神寻找冥界入口。这很容易，因为女卫兵刚刚去世，在这里打开了一扇连接生死两界的门。这道门能持续很多天，出入皆可。

寒意扑面而来，暖雨的湿气一散而尽。莉芮尔浑身发抖，但她强迫自己迈向冥界，直到风雨声、湿树叶的气味以及萨姆凝视的脸庞全都消失不见，取而代之的是冥界的阴冷晦暗。

河水在膝盖处推搡拉扯，驱使她向前走。有那么一瞬间，她犹豫了，不愿放弃身后人间的暖意。她只需要后退一步，就可以回到人间，回到森林里。但如此一来，她将一无所获……

“我是继任阿布霍森。”她悄声道，同时感觉河水推拉的力量减弱了一点。或者这只是一种错觉吧。无论如何，她感觉好点儿了。她有权来到此处。

她慢慢向前迈出第一步，然后再一步，再一步，终于能够稳步向前。坏狗则一直在她身边扑腾着前进。

莉芮尔心想，幸运的话，女卫兵的灵魂应该还在第一重门外。但目之所及，看不到任何移动的东西，河面上没有漂浮的物体，水流也没卷携着什么东西，只能远远听到从第一重门那里传来的流水的咆哮声。

她仔细倾听——如果女卫兵的灵魂穿过那道门的话，水声会暂时停止——不过，她没有停下脚步，小心地注意着脚下潜藏的坑洞。顺着水流走省力不少，她放松了一点，但手中的长剑和法铃仍不敢放低半分。

“她就在前面，女主人，”坏狗小声说，鼻子在水面之上仅一英寸的地方，“左手边。”

莉芮尔顺着坏狗指的方向看到水下有一个暗影，正随着水流向第一重门漂去。她本能地向前走，想用手抓住那个女卫兵。但她随即意识到自己的错误，停了下来。

即便刚刚去世的灵魂也可能潜藏着危险。在人间是朋友，到此处却未必。还是不碰她为好。她左手握着撒拉奈斯不让它出声，右手收起剑，然后抓住法铃的桃木柄。莉芮尔知道她本应单手拉出法铃，同时摇响它。必要时她也能做到，但似乎谨慎一点比较明智。毕竟她还从未使用过法铃，只用过法力较弱的排笛。

“拉响撒拉奈斯的话，铃声会被远近的众多听众听到，”坏狗小声说，“不如我跑过去咬住她的脚踝，把她拖过来？”

“不，”莉芮尔皱眉，“她是一名皇家卫兵，不论生死，我们都应以礼相待。让她注意到我就行，反正我们不能在这儿空等。”

她用法铃画出一个圆弧，根据《亡者之书》的描述，这是摇响撒拉奈斯最简单的一种方式。与此同时，她在铃声中注入自己的意志，让它向着前面的水中游魂飘过去。

铃声十分响亮，盖过了第一重门处隐约的咆哮声。铃声回荡，越来越响，丝毫没有减弱的迹象。深沉的铃声在莉芮尔和坏狗周围的水面激荡起涟漪，甚至逆着水流，向上游传播开去。

铃声环绕着女卫兵的灵魂。莉芮尔感觉那灵魂像一条刚上钩的鱼，扭动挣扎着抵抗她的意志。莉芮尔在法铃的回声中听到一个名字。她知道这是撒拉奈斯探查出了女护卫的名字，并传递给她。有时需要使用咒语去查寻亡者的名字，不过这名卫兵对铃声毫无防备。

“玛莉恩。”撒拉奈斯的回声说。这声音只有莉芮尔能听到。

女卫兵的名字是玛莉恩。

“停下，玛莉恩，”莉芮尔命令道，“站起来，我要同你交谈。”

莉芮尔感觉到卫兵有一丝抗拒，不过很微弱。片刻后，冰冷的河水咕咕冒泡，玛莉恩的灵魂站起身，面对约束她的掌铃者。

女卫兵刚刚去世，冥界还没来得及改变她，她的灵魂还保留着生前的样貌。这是个高大结实的女人。在冥界奇异的光线中，碎裂的盔甲和她身上的伤痕与在太阳底下一样清晰。

“如果你还能开口，请讲话。”莉芮尔命令道。玛莉恩刚去世，所以如果想说应该能够说话。很多久居冥界的灵魂会失去语言能力，只有演说者戴芮姆才能帮他们恢复。

“我……可以……说话，”玛莉恩嘶哑着低声说，“主人，您要我做什么？”

“我是继任阿布霍森。”莉芮尔表明身份，她的声音回荡着深入冥界，淹没了她心中那个微小而平静的声音，“我是珂睐的女儿。”

她继续说：“我想知道你的死因，以及你是否知道一个叫作尼古拉斯的男人，是否了解他正在挖掘的深坑。”

“您用法铃约束着我，我必须回答，”玛莉恩说，声音中毫无情感，“但我想请您赐惠，如果可以的话。”

“请讲。”莉芮尔回答，瞥了一眼坏狗。她正在玛莉恩身后不停地打转，就像一匹追赶羊群的狼。坏狗察觉到主人的注视，摇摇尾巴，开始往回走。显然，坏狗只是贪玩，不过莉芮尔想不通，为什么坏狗在冥界能如此轻松自在。

“深坑旁的役亡师，我不敢说他的名字，”玛莉恩说，“他杀了我的同伴们，狂笑着让身负重伤的我爬着离开，扬言他的仆人一定会在冥界找到我，并驱使我为他效力。我感觉很可能会如他所言，而且我的身体也没有被焚烧。主人，我不想回去，不想为那样的人效力。我请求您送我离开，到任何力量都不能将我带回去的地方。”

“我会的。”莉芮尔说，但玛莉恩的话让她如坐针毡，心头被恐惧笼罩。如果赫奇放走了玛莉恩，那他很可能派人跟踪她，知道她的尸体在哪里。现在她可能就处在赫奇的监视之下。吩咐手下在冥界看守等待玛莉恩的灵魂非常简单。赫奇——或者他的仆人——此时此刻很可能正在生死两界同时靠近他们。

她正想到这里，坏狗的耳朵竖了起来，发出低吼。紧接着，莉芮尔听到第一重门的水声出现了断断续续的情况，然后安静下来。

“有东西过来了，”坏狗边发出警告边在河中嗅闻，“邪恶的东西。”

“那就抓紧时间，”莉芮尔说道，她收好撒拉奈斯，取出基佰司，并改用左手持铃，以腾出右手必要时可以拔出尼希玛，“告诉我，玛莉恩，深坑在什么位置。”

“深坑在越过山脊后的下一条山谷内。”玛莉恩平静地回答，“那里有很多死灵，总是乌云蔽日，电闪雷鸣。他们沿着谷底修了一条通往红湖的路，那个年轻人尼古拉斯住在深坑东面的一个帐篷里……主人，有东西要来抓我了，求您将我送走。”

虽然玛莉恩的声音跟死灵一样平稳，没有起伏，但莉芮尔感觉得到她灵魂深处的恐惧。她马上回应玛莉恩的请求，在她头顶摇响基佰司，划出一道“8”字形状的轨迹。

“去吧，玛莉恩，”她厉声说，话音融入为逝者而鸣的铃声中，“深入冥界，不要逗留，无人可阻拦你。我命你行至九重门，获得最后的安息。去吧！”

话音刚落，玛莉恩遽然转身，昂起头，甩开手臂，大步向前，就像生前在拜里塞尔兵营的练兵场接受检阅时一样，箭一般笔直地向着第一重门走去。她在远处踉跄几下，仿佛有什么东西在拦截她，但她接着向前行进，直到第一重门处的咆哮暂停，这标志着她已穿越而过。

“她走了，”坏狗说，“但穿越而来的东西就在附近，我能闻到。”

“我也感觉到了。”莉芮尔低声道，重新拿起撒拉奈斯。她喜欢大法铃带来的安全感，以及它深沉威严的铃声。

“我们该回去了，”坏狗慢慢地转动脑袋，试图锁定那个东西的位置，“我讨厌它们太过聪明。”

“你知道那是什么吗？”莉芮尔悄声道。她们开始跋涉返回现世，走着“之”字形路线，没有完全背过身去。记得第一次进入冥界时，逆水而行比现在艰难得多，河水也更冷冽，浸透她的灵魂。

“是第五重门内某个鬼鬼祟祟的东西，”坏狗说，“原来的身体被削得又细又长——在那儿！”

坏狗吠叫着飞快穿过河流。莉芮尔看到那只形似纺锤，细长的老鼠般的生物——眼睛像烧红的煤——在坏狗的猛扑之下，跳向一旁。然后它直冲莉芮尔而来，她感到它冰冷强大的灵魂向她扑过来，与它细长的老鼠体形完全不成比例。

她尖叫着，挥剑刺向它，蓝白色的火花四溅。但那东西太快了。它擦过剑身咬住了莉芮尔握着法铃的左手手腕，下颚撞上她的盔甲，针尖一般的牙齿中间迸出黑红色的火焰。

坏狗迅速咬住了这东西身体的中部，把它从莉芮尔的手臂上扯下来。一时间，坏狗恐怖的吠声，这生物的号叫声，莉芮尔的尖叫声混杂在一起。莉芮尔后退一步，取出法铃，紧握手柄将它摇响，这些动作流畅自如，一气呵成。撒拉奈斯的声音不绝于耳，淹没了其他一切声响。

## 第八章

# 萨姆斯的考验

萨姆再次巡视他小小的防守区，确认没有东西靠近。当然，透过厚重的雨帘和树叶，他看不远也听不清，除非敌人已经近在咫尺，而那时除了奋力搏斗他也别无选择。

他又打量一下莉芮尔，看是否有什么变化。但她的灵魂还在冥界，身体如雕塑般静止不动，覆盖着一层冰霜，寒气冰冻了她脚下的水洼。萨姆想敲下一块冰让自己冷静下来，但最终还是放弃了。结冰的水洼中间有坏狗的几个大脚印，与莉芮尔不同，她的身体也能够穿越进入冥界。这也证实了萨姆的猜测，坏狗的身体是魔法元素构成的。

女卫兵的尸体还靠在树干上，萨姆本想让她得体地躺下，但这就意味着让她躺在泥里，全然不是得体的样子。他也想过给她的遗体一个好的归宿，但他现在不敢使用咒契魔法。至少要等莉芮尔回来再说。

想到这里，萨姆叹了口气，他想一边在树下避雨，一边等待莉芮尔回来。但他非常清楚，自己必须对莉芮尔的安全负责。他又一次孤身一人，连很难称之为朋友的莫格也不在了。萨姆有点紧张，但从拜里塞尔启程开始就一路伴随他的恐惧已经消失。这一次，他不想让莉芮尔姨母失望。想到这里，他再次举起佩剑，沿着茂密的树丛周围巡视起来。

走到一半，他听到雨声之外的异响，似乎是潮湿的树枝被踩断的沉闷的噼啪声，或者与此类似的声音，总之是与此刻的森林不协调的声音。

萨姆立即在纵横交错的蕨树后屈膝跪下，屏气凝神，以便听得清楚一些。

起初他只听到雨声和自己的心跳声，随后便再次捕捉到那个声音。很轻的脚步声，树叶在脚下发出窸窸窣窣的声音。什么人——或什么东西——在偷偷地靠近他。那声音离他大概二十英尺远，潜藏在山坡下面绿色的灌木丛里。它非常缓慢地接近，大约每分钟只迈出一步。

萨姆回头看了一眼莉芮尔，仍然没有从冥界回来的迹象。有那么一瞬间，他很想跑过去拍拍她的肩膀，提醒她回来。这个想法很有诱惑力，因为这样就可以由她负责一切了。

不过他马上打消了这个念头，莉芮尔有她的任务，他也一样。如果万不得已，也有足够的时间唤她回来。也许那只是一条在蕨树丛中爬行的大蜥蜴，或者一条野狗，又或者一只不能飞的黑色大鸟，他知道山里有这样的动物，只是他记不起它们叫什么名字了。

不是死灵，如果是的话，他一定早就感觉到了。肆行魔法生灵的话，在雨天会发出嗞嗞的声音，他也会闻到肆行魔法的气味。或许……

那个东西又动了。萨姆意识到，它没有往上爬，而是在绕行，也许想绕过他们，从坡上居高临下地发起攻击。那是人类的诡计。

可能是个役亡师，萨姆脑海中一个充满恐惧的声音说。

不是死灵，所以你感觉不到；使用肆行魔法，但不是肆行魔法生灵，所以闻不到肆行魔法的气味。可能就是他——赫奇。

萨姆握剑的手开始发抖。他用力握住剑柄，努力抑制手的战栗。手腕上的灼痕因为用力变得铁青，更加清晰可见。

他告诉自己，就是现在，考验他的时候到了。如果不去面对外面的邪魔，即使莉芮尔和坏狗不说他懦弱，他也会觉得自己永远是个懦夫。面对阿斯塔睿尔时，他也逃跑了，但那不是因为恐惧，而是受到了魔法驱使。莉芮尔也逃跑了，所以那不丢人。

那东西又动了，鬼鬼祟祟地靠近。萨姆还是看不到它，但能确定它的位置。

他的思绪深入咒契。在与万物生灵息息相关的魔法包围中，他冷静下来，狂乱的心跳也慢慢平复了下来。他空出的手在空中比画着，召唤出四个明亮的咒契符，之后又召唤出第五个咒符，握在手中。五个符咒交织在一起，在萨姆手中幻化出一把太阳般耀眼的短剑，让人无法直视，只能在余光中瞥见金色的光辉。

“为咒契而战！”

萨姆一手握着金色短剑，一手握着长剑，高喊着向前一跃，冲过蕨树丛，滑下泥地，到了半山坡。一个身影在树后一闪而过，萨姆掉转方向，吼叫着冲过去，继承自父亲的战士的血液冲击着他的太阳穴。敌人出现了，是一个奇异的全身白色的小个子男人——

但他一转眼便消失了。

萨姆把脚跟碾进泥里，试图停下。但脚下滑了一下，直直撞上一棵树的树干，身体被弹回蕨树丛，摔了个四脚朝天。跌倒时，萨姆想起格斗师父说过：“战斗中，绝大多数跌倒的人将永远都站不起来。所以绝对不能倒下！”

萨姆扔掉金色短剑，它的光芒迅速消失，咒符一个个融进了泥土。萨姆站起身，心想自己从跌倒到站起只用了一两秒钟。但他再次四处察看时，那个不明生物已经……毫无踪迹……

莉芮尔！

这念头就像当头一棒。他拔腿向着刚刚奋力滑下的山坡上跑去，抓着蕨树树枝以及其他任何能借力的东西，以最快的速度往回赶。他必须回去！莉芮尔还在冥界，万一她的身体被袭击了怎么办？如果背后刺来一把匕首或刀，她毫无招架之力。

他终于赶回那块小空地，莉芮尔还站在那儿。雨滴落在她伸开的手臂上，结成细细的冰柱。她脚下的那洼水，冰冻的地方开始越来越多。这一切在温暖的森林里十分怪异。所幸，她安然无恙。

“幸好我在这儿。”萨姆身后有个声音，一个熟悉的声音。

莫格的声音。

萨姆转过身。

“莫格？是你吗？你在哪里？”

“这儿，很遗憾我又回来了。”莫格回答说，然后从一棵蕨树后面，信步走出一只白色的小猫。

不过萨姆并未放松警惕。他看到莫格还如以前，戴着项圈，上面有一只铃铛。但这可能是陷阱，而且那个奇怪的全身白色的男人在哪里……或者他……又是谁?

“我刚才看到一个男人，”萨姆说，“头发、皮肤都是白色的，像雪一样白，像你的毛一样白……”

“对，”莫格打了个哈欠，“那就是我，但杰瑞兹尔禁止我变成那个样子，杰瑞兹尔是……我想一想……她是第四十八代阿布霍森。在阿布霍森面前，即使是继任阿布霍森面前，没有事先得到允许的话，我不能以那个形象出现。你母亲基本不会允许，虽然她的父亲比较宽容。莉芮尔目前还无法告诉我可不可以，所以我又变回现在的样子了。”

“坏狗说……阿斯塔睿尔……不会让你离开。”萨姆说着，仍然紧握着佩剑。

莫格脖子上的铃铛发出声音，他跟着打个哈欠。确实是岚纳——萨姆凭着铃铛的响声，以及自己的反应确定这一点：他自己也忍不住打起哈欠。

“那只狗这么说的？”猫边说边轻巧地走到萨姆的背包跟前，优雅地用一只尖利的爪子撕开补丁的针脚，钻了进去。“阿斯塔睿尔？她是叫这个名字吗？时间太久远了，我都记不起谁是谁了。不管怎么样，她说完要说的话，然后我就离开了。等到了干燥舒适的地方请叫醒我，萨姆斯王子，别忘了弄点像样的食物。”

萨姆慢慢放低手中的剑，懊恼地叹了口气。这明显就是莫格。萨姆不确定自己是否该为这只猫的归来感到高兴。他还清楚地记得宅邸下的隧道中那得意的笑声，以及肆行魔法的恶臭和眩光……

冰开裂了。萨姆再次转身，心脏扑通扑通地跳。他同时听到远处法铃的回响，声音虚无缥缈，仿佛回忆或想象中的铃声。

越来越多的冰碎裂开来，莉芮尔单膝跪倒在地，冰霜从她身上脱落，像一场小型的暴风雪。接着一道亮光闪过，坏狗出现在眼前，她不安地跳来跳去，胸腔里发出低吼。

“怎么了？”萨姆问，“你受伤了吗？”

“算不上受伤，”莉芮尔回答，但她脸上有着痛苦的表情，有点不对劲地举着左手，“第五重门内的一个细小可怕的死灵咬住了我的胳膊，但没有咬穿盔甲，只是有点瘀青。”

“你怎么处理它的？”萨姆问。坏狗还在四处跑动，好像那个冥界的生灵会突然出现似的。

“坏狗从中间咬住了它，”莉芮尔说着慢慢地深吸了几口气，“但是没能阻止它，最后我还是把它制服了。它在前去第九重门的路上——不会回来了。”

“你现在已经成为真正的阿布霍森继承人了。”萨姆的声音中洋溢着钦佩。

“我想是吧。”莉芮尔慢慢地说。她感觉自己在冥界表明阿布霍森继承人身份时，似乎宣告了什么，同时也失去了些什么。在阿布霍森之家接受法铃是一回事，在冥界真正使用法铃却完全是另一回事。她原来的生活早已远去，永不再来。但她对新生活、新身份还一无所知。她感觉浑身不自在，但这与融冰、雨水、泥浆毫无关系。

“我闻到有什么东西。”坏狗说。

莉芮尔抬头看着萨姆，这才发现他身上满是泥浆，比先前更脏了。萨姆的手背因为擦伤在流血，但他似乎没有意识到。

“你怎么了？”她急切地问。

“莫格回来了，”萨姆回答，“至少，我觉得是莫格，他在我的背包里。最开始，他像是个白化病矮人，我以为他是敌人……”

萨姆停下，坏狗在他的背包周围徘徊嗅闻。一只雪白的爪子忽然伸出来，坏狗急忙后退，及时避开，鼻子这才没被抓破。她蹲坐下来，皱着眉头，看上去很困惑。

“它是莫格，”她很肯定，“但我不明白……”

“她给了我所谓的‘另一次机会’，”背包里传出他的声音，“你之前可没做到过。”

“做什么的‘另一次机会’？”坏狗吼道，“我们没有时间陪你玩游戏！你知道他们在距离我们四里格的地方挖什么东西吗？”

莫格的脑袋挤出背包。岚纳叮当作响，所有听到的人都感到一阵疲倦。

“我知道！”莫格反驳道，“我那时不在乎，现在也不在乎。他们挖的是毁灭者！灭绝者！灭世者！”

莫格停下喘了口气，正当他准备再次开口时，坏狗突然叫起来，那是短促尖锐但充满力量的叫声。像被踩了尾巴一样，莫格发出咝咝的声音缩回了背包。

“不要说它的名字，”坏狗命令道，“尤其不要带着愤怒，在距离这么近时说那个名字。”

莫格沉默了。莉芮尔、萨姆和坏狗都盯着背包。

“我们必须离开这里。”莉芮尔叹口气，擦掉刚才滴在额头上的雨水，以防流进眼睛里，“但首先我要理清一些事。”

她走近萨姆的背包，身体前倾，同时小心地保持在猫爪的攻击范围外。

“莫格，你还是阿布霍森的仆人，对不对？”

“对，”莫格勉强回答，“真不幸。”

“所以你会帮我，帮大家，是不是？”

没有回答。

“我会给你找鱼吃，”萨姆插嘴道，“我是说，如果我们待的地方有鱼的话。”

“还有老鼠，”莉芮尔接着说，“如果你喜欢。”

老鼠会咬坏书，所有的图书管理员都不喜欢老鼠，莉芮尔也不例外。她很高兴地发现，成为阿布霍森没有改变她以前作为图书管理员的意识。而且她还像以前那样讨厌蠹虫。

“没必要跟他讨价还价，”坏狗说，“他会照指示做的。”

“有鱼的时候抓鱼，老鼠也要，还要夜莺。”莫格说着从背包里面探出头，伸出粉色的小舌头，就好像鱼已经摆在面前似的。

“夜莺不行。”莉芮尔坚定地说。

“好吧。”莫格同意了，轻蔑地瞪了一眼坏狗，“非常合理的协议，我会保持现在的身形。你们为我提供食物和住所，作为回报，我会提供帮助。这比当奴隶好多了。”

“你本来就是……”坏狗暴怒，但莉芮尔抓住她的项圈，坏狗低吼着坐了下来。

“没时间争吵了，”莉芮尔说，“赫奇让玛莉恩——那个女卫兵——离开，是为了奴役她的灵魂。死前受的折磨越多，灵魂就越强大。他知道她死亡的大概位置，而且他在冥界的其他奴仆可能会向赫奇报告，说我在那儿出现过。所以我们必须马上出发。”

“我们应该……”萨姆看着莉芮尔往前走，欲言又止，“我们应该让她的遗体有个体面的归宿。”

莉芮尔摇了摇头，既非同意，也没有拒绝，只是表明她很疲倦。

“我一定是太累了，”她说着再次擦擦额头，“我答应过她的。”

像那些商人的遗体一样，玛莉恩的尸体如果留在这儿，可能会被其他死灵寄居，赫奇也可能利用它做更邪恶的事情。

“你来做这件事好吗，萨姆？”莉芮尔揉着自己的手腕，“说实话，我已经筋疲力尽了。”

“赫奇会闻到魔法的味道，”坏狗警告，“附近也可能有别的死灵存在，虽然雨水可以帮助掩盖我们的行踪。”

“我之前已经用过一次咒语了，”萨姆抱歉地说，“如果周围有死灵的话，现在我们已经遭到攻击了……”

“别担心，”莉芮尔打断他，“但要快一点。”

萨姆走到尸体近旁，在空中画出咒符。几秒后，一团炽热的白色火焰包裹住尸体，接着尸体消失了，只剩下盔甲上几个烧黑的铁环。除此之外，再没有可被役亡师利用的东西了。

萨姆转身要走，但莉芮尔向前迈出一步，手中落下三个简单的咒符，流入灰烬上面的树皮中。她对这些咒符讲话。将来，只要这棵树还活着，经过这里的咒契魔法师就能听到她的话。

“玛莉恩辞世于此，远离家乡和朋友。她生前是一名皇家卫兵，一个勇敢的女人，曾经与一个远比她强大的敌人交手。即便在冥界，她仍然尽职尽责。她将被铭记。永别了，玛莉恩。”

“很得体的仪式，”坏狗说道，“也很……”

“也很愚蠢，”莫格在萨姆背后打断，“你再施这些魔法的话，几分钟后，死灵就找上来了。”

“谢谢你，莫格，”莉芮尔说，“真高兴你现在就开始帮我们了，我们现在就走，所以你可以回去睡觉了。坏狗，请在前面探路。萨姆，跟上。”

没等任何人回答，莉芮尔便大步向着山脊的方向走去，那里树木更加繁茂。坏狗一开始跟在她后面，然后越过她走在最前面，尾巴一摇一摆。

“太专横了，是不是？”莫格对慢慢跟在后面的萨姆评价道，“让我想起了你母亲。”

“闭嘴。”萨姆说着将前面一条差点抽打在脸上的树枝拨开。

“你很清楚我们应该朝相反的方向尽快逃跑，”莫格说，“不是吗？”

“你以前在家的时候就告诉过我，逃跑或者躲藏都无济于事，”萨姆反驳道，“不是吗？”

莫格没有回答，但萨姆知道他并没有睡着，他能感觉到这只猫在背包里动来动去。萨姆没有再重复自己的问题，因为斜坡越来越陡了，他需要用上全部气力。再往上爬，大家更没有聊天的欲望了。他们在丛林中穿梭。山腰常年受风力侵蚀，树根都扎不深。

油布雨衣都湿透了，他们累得可怜兮兮的，但终于爬上了山脊。被云朵遮蔽的太阳，马上就要下山了。显然，夜幕降临之前他们走不了多远了。

莉芮尔想让大家休息，但她跟坏狗打手势的时候，它总是视而不见。莉芮尔叹了口气，随后跟了上去，幸好坏狗转而沿着山脊向西前进，没有往山下走。大家继续走了大约半个小时，但感觉像几个小时。这时他们来到山脊北面由于山体滑坡而形成的一大片空地上。

坏狗停下来，选了一片能遮蔽他们的蕨树丛休息。莉芮尔挨着她坐下，一分钟后，萨姆也蹒跚而至，像一把坏了的六角风琴似的跌坐在地上。莫格也钻出背包，后腿立起，两只前爪搭在萨姆头上。

他们四个从空地往下看，沿着峡谷，一直望向红湖。一大片平静的湖水，被闪电和少许穿过云层的阳光照亮。

现在也能看见尼克在挖的深坑了，被翻出的红色泥土和黄色黏土在葱葱郁郁的峡谷中，像一道丑陋的伤疤。深坑周围不时被闪电击中，雷声向着四个观察者滚滚而来，形成持续的噪音。数百个小小的身影在深坑边上辛苦劳作，即使隔着几英里，莉芮尔和萨姆都能感觉到那是死灵。

“那些尸卒在干什么？”莉芮尔小声问道。尽管他们藏在山上的树丛中，她仍然感觉他们随时都可能被赫奇和他的奴仆发现。

“看不出来，”萨姆回答，“像是在移动什么东西——那个闪光的东西——把它拉向湖面。”

“对，”坏狗挺直地站在莉芮尔身边，“他们在拖两个银色半球，两个半球相距大概三百步。”

莫格在萨姆耳后，发出嗞嗞的声音。萨姆一阵战栗。

“每个半球囚禁着半个远古灵魂，”坏狗压低声音说，“那个灵魂从创世之初，咒契出现之前就存在了。”

“也就是你告诉莫格不要直呼其名的东西，”莉芮尔低声说，“毁灭者。”

“对，”坏狗说道，“很久以前它就被囚禁了，封禁于两个银色半球中。它们被深埋在地下，半球上面依次覆盖着银、金、铅、花楸、梣木、橡木，第七层防护是人骨。”

“那么，它还被封禁着吗？”萨姆急切询问，“我是说，两个半球可能已经被挖出来了，但它还囚禁在里面，对不对？”

“暂时如此，”坏狗说，“不过既然已经被挖出，银色半球的禁锢也并非牢不可破了。一定有人已经找到让两个半球合并的办法了，不过我想不出他们要怎么运出去，运到哪里……”

“很抱歉让您失望了，主人。”坏狗痛苦地趴在地上，脸颊埋进泥土中。

“什么？”莉芮尔低头看着沮丧的坏狗，一时找不到话说。然后她听到心里一个小小的声音问：“真正的阿布霍森会怎么做？”她知道她必须履行自己的使命，勇往直前，尽管她没有信心。

“你在说什么？这不是你的错。”

她的声音颤抖了一下，但她借咳嗽掩饰了过去。

莉芮尔继续说：“而且，毁……毁灭者现在还被困在半球中。我们只要阻止两个半球合并，或者阻止赫奇的任何计划就好了。”

“我们应该救出尼克，”萨姆吞咽了一下，然后接着说，“虽然那儿有相当多的死灵。”

“就是这样！”莉芮尔大声说，“这就是我们的第一步，尼克肯定知道它们要把两个半球带到哪里。”

“她制订计划也跟你母亲一样，”莫格说，“我们要怎么救？走到那儿，然后让赫奇交出那个男孩？”

“莫格……”萨姆刚要开口说话，坏狗开始咆哮起来，但莉芮尔抢在了他们前面。她有个大概的计划，想在自己绝望之前讲出来。

“别傻了，莫格。我们休息一会儿，然后我穿上我在船上做的那个咒契皮肤，变成猫头鹰飞过去。坏狗也一起飞过去，我们俩会找到尼克，悄悄把他带出来。你和萨姆可以跟着我们过去，我们在附近的河流边会合——就那条小溪吧。到那时天应该亮了，日光和流水可以帮助我们防御死灵。我们可以向尼克问清楚到底发生了什么。你觉得怎么样？”

“这是我从阿布霍森那儿听到的，排名第四的愚蠢计划。”莫格回答，“我喜欢休息的那部分，不过你显然忘记提晚餐了。”

“我觉得不应该是你飞过去，”萨姆不自在地说，“我确信能够掌握那件猫头鹰咒契皮肤的使用窍门。我过去的话更容易说服尼克跟我们一起走。另外，坏狗怎么会飞？”

“根本不可能说服他，”坏狗咆哮道，“你的朋友尼克肯定已经是毁灭者的仆从了，我们必须用强制手段带他走，同时必须提防他，提防他身上被赋予的力量。至于飞行，我只需要让自己变小一点儿，长出一对翅膀就好了。”

“哦，”萨姆说，“当然了，长出一对翅膀就好了。”

“我们也必须提防赫奇，”莉芮尔补充，她终于意识到他们没有更好的计划了，“但穿咒契皮肤的人只能是我，衣服是我的尺寸——你穿不下的。但愿它在背包里没有被压得太皱。”

“我不会飞，所以至少要两个小时才能到达那条小溪，”萨姆望着山下说，“或者我们可以夜里再走一段路，然后你可以从那里起飞。这样的话，我离得近些，如果有麻烦，也能及时赶到。而且你可以把弓箭借给我，这样我等你的时候可以为箭弩施咒。”

“好主意，”莉芮尔说，“我们可以再走一段路。不过如果大雨继续下，箭也没什么用——而且我们不能再冒险使用天气魔法让雨停下，那无疑会暴露我们。”

“天亮之前雨就会停的。”坏狗以不容置疑的口吻说道。

“哈哈，”莫格回答，“谁都看得出来，暴雨现在就要慢慢停了。”

萨姆和莉芮尔透过树冠向上看。毫无疑问，西北方的暴风雨还在持续。但他们头顶和东边的云层已经散开，可以看到夕阳的微弱红光，夜里的第一颗星星也已经升起，是指北星。牧羊人的传说中，如果天空中升起的第一颗星星是指北星，会有好运。因此看到它，莉芮尔心情为之一振。

“很好。”莉芮尔说，“我讨厌在雨中飞行，羽毛湿了的话，就太痛苦了。”

萨姆没有回答。天越来越黑了，深坑附近的闪电让他们能断续看清山谷中的事物。那里有个方形的黑点，可以断定是顶帐篷。也许是尼克的帐篷，因为周围没有看见其他帐篷。

“坚持住，尼克，”萨姆喃喃道，“我们会救你的。”

## | 幕间一 |

塔齐斯顿紧紧抓住萨布莉尔的肩膀，两人一起藏在车底。爆炸声让他们暂时失聪，头晕目眩。卫兵的尸体就躺在周围，他们无法相信自己眼睛看到的骇人的尸体残骸。他们把注意力集中在那些刺客身上。刺客的脚步声在靠近，笑声听起来模糊而缥缈，就像墙外邻居的喧嚣。

塔齐斯顿和萨布莉尔握着手枪，与两个藏身车底幸免于难的卫兵，一起匍匐前进。萨布莉尔看到其中一个卫兵是薇安，她手上流着血，但依然握着手枪。巴莱斯特也活了下来，他是所有护卫中最年老的一个，斑白的头发沾满脏污，不再雪白。他手握一把冲锋枪，随时准备射击。

刺客们觉察到他们在移动，但为时已晚。他们四人同时开火，刺客的笑声淹没在突如其来的枪声中。空弹壳散落在车底，车胎周围弥漫着刺鼻的烟雾。

“到船那里！”巴莱斯特冲着萨布莉尔大喊，同时在背后打着手势。她开始没听清，直到他喊了三遍：“船！船！船！”

塔齐斯顿也听到了。他看向萨布莉尔，眼中满是恐惧，但她知道他是在担心她，而不是自己。她做手势告诉大家退到身后两排房子中间的小路上，从那里去拉内尼广场和华登石梯。那里有他们的船，有假扮成河边商人的卫兵。丹姆德精心准备了几条逃生路线，这是最近的一条，他做事总是把国王和王后的安全放在第一位。

“快走！”巴莱斯特喊道。他换了冲锋枪的弹鼓，向左右交替点射，迫使返回的刺客寻找掩护，不敢露头。

塔齐斯顿用力按了一下巴莱斯特的肩膀，然后慢慢挪动到车的另一侧，萨布莉尔跟在他旁边，两人快速握了握手。她身边的薇安深深吸了口气，然后用力跳起，冲了出去。一离开车的掩护，她就猛冲到小巷里，蜷伏在一个消防栓后面，掩护跟过来的萨布莉尔和塔齐斯顿。但这时除了在车底的巴莱斯特有条不紊地射击，听不到别的枪声。

“快跟上！”塔齐斯顿在小巷入口转身大喊，但是巴莱斯特没有跟过来，薇安抓住塔齐斯顿和萨布莉尔，把他们推进小巷，大喊着：“快走！快走！”

他们听到身后的巴莱斯特在呐喊，听到他从车底冲出来跑向另一个方向的脚步声。接着是一长串冲锋枪的“嗒嗒”声，和几声更响亮的枪声。然后周围一片寂静，只剩下他们的靴子踩在鹅卵石上发出的声音，以及粗重的喘息声和心跳声。

拉内尼广场空无一人。平时聚集着保姆和孩子的中央花园，现在也寂寂无声。离刚才的爆炸只有几分钟，但已足够让所有人都逃离。自从克罗里尼得势，祖国党暴徒滋生，考威尔一直麻烦不断，平民百姓早已清楚什么时候应该迅速逃离街道。

塔齐斯顿、萨布莉尔和薇安心情低落地穿过广场，跑向远处的华登石梯。一个喝醉的船员看到了这三个全身血污、手持武器的身影。他还没醉到不省人事而去挡他们的地步。他立刻退开，蜷缩到路边。

脏兮兮的塞瑟河缓缓流过台阶下面的小码头。码头上站着一个穿着长筒雨靴的男人，身边停着一艘破破烂烂的挖泥船。他的手伸进一只似乎刚从河底挖出来的桶里。听到台阶上的脚步声，他马上从桶里抽出一把短管霰弹枪，扳开击锤。

“库雷尔！启动救援！”薇安大喊。

男人小心翼翼地松开击锤，从破烂的衣服里拉出一个口哨，吹了几下，接着有哨声回应，几个皇家卫兵从一艘船上一跃而起。现在正是河流枯水期，船藏在码头底下，从外面看不见。所有的卫兵都全副武装，枕戈待旦。但从他们的表情看，没有一个人料到眼前这样的景象。

“我们遭到埋伏了，”看到他们走近，塔齐斯顿大声说，“现在必须马上离开。”

没等他再多说什么，卫兵们扶住他和萨布莉尔，把他们搀上了待命的小船的甲板。薇安随后也跳上船。这是一艘改装过的货船，离码头约六七英尺。他们刚挤进堆满沙袋的船舱里，引擎就由缓缓地空转变为隆隆地颤动，货船开始往前行进。

萨布莉尔和塔齐斯顿对视，确定对方还活着。虽然两人被弹片划破的小伤口还在流血，但都没受重伤。

“好了，”塔齐斯顿把手枪放到甲板上，平静地说，“我受够安塞斯蒂尔了。”

“是啊，”萨布莉尔说，“或者说，它跟我们彻底结束了，在这里我们得不到任何帮助。”

塔齐斯顿叹了口气，拾起一块布擦去萨布莉尔脸上的血迹。她也给他擦擦脸。然后，他们起身，短暂相拥。两人都全身发抖，但不加掩饰。

“我们最好检查一下薇安的伤势，”萨布莉尔一边说一边松开怀抱，“然后制订一个回家的计划。”

“家！”塔齐斯顿重复道。但即使这个词也让两人感到隐隐不安。今天他们与死亡擦肩而过，孩子们可能面临更大的危险。他们都清楚地知道，除了死亡，还有更可怕的命运。

# 第二部

## 第九章

# 梦：猫头鹰和会飞的狗

尼克又做了那个梦，闪电、农场，两个半球合为一体。接着梦突然变了，他好像躺在帐篷里铺满毛皮的床上。雨点缓慢地敲打着头顶的帆布，雷声隆隆，闪电不时照亮整个帐篷。

尼克坐起来，看到自己的旅行箱上栖息着一只猫头鹰，它正用金色的大眼睛盯着他。床边坐着一只黑棕相间的狗，体形跟梗犬差不多，背上长着一对巨大的翅膀。

他心里在想，这至少是个不同的梦。他一定是快醒了，眼前看到的，一定是完全清醒前亦真亦幻的梦境片段。他知道这是他的帐篷，但是还有猫头鹰，还有长了翅膀的狗！

尼克想，这意味着什么呢？他眨了眨眼，睡眼惺忪。

莉芮尔和坏狗望着尼克，尼克也盯着她们，眼睛里还有睡意，但又因发烧闪闪发亮。他的手抓着胸口，弯曲的手指似乎要去抓挠心脏。他眨了两下眼然后又合上，接着躺回铺着皮毛的床上。

“他确实是病了，”莉芮尔轻声说，“看起来很严重，而且，他还有点儿……现在穿着咒契皮肤，我说不准，但有点不对劲。”

“他身体里有毁灭者的什么东西，”坏狗低吼，“大概是其中一个银色半球的碎片，倾注了毁灭者的力量。它在慢慢地吞噬他的身体和灵魂，他现在是毁灭者的化身和代言人。我们一定不能惊醒他体内的那股力量。”

“我们怎么才能在不惊动这股力量的情况下，把尼克带走呢？”莉芮尔问，“他看起来虚弱得下不了地，更别说走路了。”

“我能走路。”尼克抗议道，他睁开双眼，再次坐了起来。这是他的梦，他当然可以加入长着翅膀的狗和会说话的猫头鹰之间的对话。“谁是毁灭者？吞噬我是怎么回事？我只是患了重流感之类的病。”

“病让我出现了幻觉，”他接着说，“还做了这么逼真的梦。一只长着翅膀的狗！哈哈！”

“他以为自己是在做梦，”坏狗说，“很好，这样的话，除非毁灭者感觉到威胁或者附近有咒契魔法，否则不会醒来。女主人，小心别让你的咒契皮肤碰到他！”

“不会有猫头鹰坐在我头上吧，”尼克睡梦中傻笑起来，“或者一只狗。”

“他肯定没法站起来穿衣服。”莉芮尔狡黠地说。

“我能，”尼克回答道，立刻移动双腿，滑下床，“我可以在梦里做任何事，任何事。”

尼克摇摇晃晃地脱下睡衣，一丝不挂地站在梦里的生物面前，丝毫没有想到要庄重一点。他看起来很瘦，莉芮尔心想，同时惊讶地发现自己忽然感到担忧和心痛。他的肋骨清晰可见——

当然身体其他部分也一样。“看到没？”他说，“我站起来了，也穿好衣服了。”

“你需要再多穿点衣服，”莉芮尔建议道，“外面可能又下雨了。”

“我拿了伞，”尼克声明，然后脸色阴沉下来，“不对，伞坏了，我得穿上外套。”

他哼唱着走到箱子旁找外套。莉芮尔吓得赶紧飞走，停在空了的床上。

“猫头鹰和毛茸茸的猫……”尼克一边哼唱着，一边拽出内衣、裤子和一件长外套穿上，但没有穿衬衣。“只是我在梦里搞错了……因为你不是猫，你是……一只……”

“长着翅膀的狗。”他说完，伸出手去摸坏狗的鼻子。他好像对那种实在的触感很惊讶，脸上因为发烧而产生的潮红更深了。

“我在做梦吗？”他说着，忽然扇了自己一巴掌，“不是做梦，对不对？我……只是……要……疯了。”

“你没有疯，”莉芮尔安慰他，“但是你病了，你在发烧。”

“哦，对的，对的，我病了，”尼克急忙表示同意，用手背摸摸汗涔涔的额头，“我必须躺回床上，赫奇说，等他找到另一艘船。”

“不，”莉芮尔命令道，从猫头鹰小小的尖喙中发出的声音出奇的大。听到赫奇不在这儿，她觉得必须抓住这个机会，“你需要呼吸新鲜空气。坏狗，你能让他走路吗？就像之前你让那个弓弩手走路一样。”

“也许能，”坏狗说，“我感到他体内有几股力量，就算是毁灭者的一点碎片就够我们应付的了，何况还会惊扰死灵。”

“他们在把两个半球拖往湖边，”莉芮尔说，“赶到这儿还需要一段时间，所以我认为你最好马上开始。”

“我要上床睡觉了，”尼克边说边用双手抱住头，“我要回家，越早到安塞斯蒂尔越好。”

“你不是要回床上躺下，”坏狗低吼着走近他，“你要去散一会儿步。”

坏狗说完大声吠叫，深沉响亮的叫声让整个帐篷都抖动起来，四周的柱子也同时晃动着。莉芮尔感觉到这股力量的冲击，羽毛都竖了起来。肆行魔法与控制她这身咒契皮肤的咒契符相对抗，激起的火花在她周身散落。

“跟我来！”坏狗命令道，接着转身离开了帐篷。尼克跟在她身后走了三步，接着抓住帐篷门口的帆布门帘停了下来。

“不，不，我不能出去，”他咕哝着，脖子和手上的肌肉古怪地抽搐起来，“赫奇让我待在帐篷里，我最好听他的。”

坏狗再次吠叫，声音更加响亮，甚至盖过了不断传来的雷声。莉芮尔周围闪出一圈火花，爪子下的睡衣突然着火，她不得不飞出帐篷。

尼克战栗着，身体因为受到坏狗吠叫声中的力量的影响而扭动起来。他跪在地上，挣扎着向帐篷外爬去，呻吟着呼喊赫奇的名字。莉芮尔在他上方盘旋，观察着西方的情况。

“站起来，”坏狗命令，“跟我走。”

尼克站起身，刚走了几步，便停了下来。他的眼睛向上翻，口中吐出一缕缕白色的烟雾。

“主人！”坏狗大喊，“他体内的碎片苏醒了！你必须恢复原形，用法铃压制住它！”

莉芮尔像一颗石头般坠落，立刻召唤咒符以解除身上所穿的猫头鹰咒契皮肤。但她金色的猫头鹰大眼睛已经透过闪电频频的夜空看到费力拖拽两个银色半球的尸卒。此刻，数以百计的尸卒丢下手中的绳子转身向帐篷走来。片刻之后，它们开始跑动，僵硬的关节吱嘎作响，在滚滚雷声之下，形成一股令人毛骨悚然的潜流。跑在前面的尸卒互相推搡着，争相向前跑。它们受到魔法的诱惑，去捕获鲜活的生命。那些生命可以缓解它们无法摆脱的饥饿感。

尼克鼻子里升起烟雾，坏狗再次吠叫，但似乎没什么用。莉芮尔只能眼睁睁看着盘旋的白色烟雾，因为咒符羽衣分解成单个咒符时，她被暂时困在一个光的旋涡中。

接着她恢复了原貌，伸手去拿撒拉奈斯和尼希玛。但现场好像还有什么东西，正在尼克身体里灼烧，使他的身体发热，落在他身上的雨水发出嗞嗞的声音。肆行魔法滚烫的金属恶臭从他身上飘散开来。一个声音从尼古拉斯嘴里传出，但不是他本人的声音。一股股白色烟雾也随之喷出。

“竟敢——啊……我应该想到你会来的，爱管闲事的家伙，还有你姐姐的小崽子……”

“快点，莉芮尔，”坏狗喊道，“岚纳和撒拉奈斯一起，加上我的叫声！”

“过来，我的仆人！”尼克体内的声音大喊。那声音响亮、骇人，甚至比雷声还响，传遍整个山谷，远非人类所能发出。所有的死灵都听到了呼唤，甚至是那些还在愚蠢地拖拽绳子的死灵也听到了。它们匆忙赶来。腐烂的躯体响应至尊主人的号令，从深坑周围向着火光燎燎的帐篷赶来。

其他死灵也听到了，尽管它们在遥远的地方。赫奇咒骂着，转身宰掉一匹倒霉的马，以便尽快赶回帐篷。因为活马可能躲来躲去不肯驮他。数里格之外的东方，克萝尔转身离开河岸边的阿布霍森宅邸，乘着一团火焰与黑暗向湖边赶来，比任何人类都要快。

莉芮尔扔下剑，匆忙拉出岚纳。由于动作太快，法铃发出叮当声，一阵疲倦席卷而来。手腕由于在冥界的遭遇还隐隐作痛，但疼痛和岚纳的声音都不能阻挡她。《亡者之书》的相关记载在她脑海闪过，告诉她应该做什么。她一一照做，将岚纳轻柔的铃声与撒拉奈斯深沉的力量融合在一起。坏狗带着命令的尖锐吠声也一起发出。

声音环绕在尼克周围，他身体里的声音减弱了些，但是一股愤怒对抗着咒符。莉芮尔能感觉到这种意志干扰着她，对抗着铃声和吠叫声的力量。突然间，这种抵抗消失了，尼克跌倒在地上，白色烟雾很快退回他的鼻子和喉咙。

“快！快！扶他起来！”坏狗催促，“向南面走，去集合地。我在这里拖住死灵！”

“但是——我摇响了岚纳和撒拉奈斯——他睡着了。”莉芮尔反驳道，同时收起法铃，把尼克扶起来。他比她想象中要轻得多，甚至比看起来还要轻，显然他已经被损噬得皮包骨头了。

“不，只是他体内的碎片睡着了，”坏狗急急地说，她收起翅膀，变成战斗的形态，“扇他一耳光——快跑！”

虽然觉得有点残忍，莉芮尔还是依言照做了。这一巴掌扇得她手掌生痛，但尼克果然醒了。他尖叫着，愤怒地环顾四周，想要挣脱莉芮尔的手臂。

“快跑！”她命令道，拽着尼克向前跑，中途稍稍停顿捡起尼希玛，“快跑——不然，我用剑捅你。”

尼克看看她，看看着火的帐篷、坏狗，还有一大群奔跑的身影，他以前以为他们是生病的工人，他显得既震惊又迷惑。接着，莉芮尔推了推他的胳膊，他开始向着南方跑去。

在他们身后，坏狗站在火光下，她足有五英尺高的身形令人望而生畏。咒契符在她的项圈上闪着诡异的光，比燃烧的帐篷那红黄色的火光还要强烈。肆行魔法在项圈下跳动着，红色的火焰像口水一样从她的嘴巴中滴落。

第一批赶来的尸卒看到她，放慢了速度，不知道她到底是什么东西，威力究竟有多大。

然后坏狗吠叫起来，尸卒发出鬼哭狼嚎般的叫喊声，似乎被一种它们熟悉而恐惧的力量所控制。那是肆行魔法的力量，逼迫它们离开腐烂的躯体……重新返回冥界。

但是每倒下一个尸卒，便会有十几个冲上来。它们骨瘦如柴的手，贪婪地时刻准备抓住什么东西，然后撕碎。它们残缺的白森森的獠牙急切渴望咬噬鲜活的肉体，不管是魔法生灵还是凡夫俗子。

## 第十章

# 萨姆斯王子与赫奇

在前往与萨姆约定的集合地的途中，尼克跌倒了，再也爬不起来。高烧和一路狂奔让他脸上红斑点点，上气不接下气。他躺在地上，木讷地看着莉芮尔，像是在等待处决。

莉芮尔意识到，她站在旁边，手中高举着出鞘的长剑，这番情形在尼克看来确实像要被处决。于是，莉芮尔将尼希玛插入剑鞘，舒展眉头，但他病得太重，累得要死，根本没意识到她是在让他安心。

“看来，我必须背着你了。”她半疲惫半绝望地说。他一点都不重，但这儿离小溪至少还有半英里。她也不知道尼克体内的毁灭者或者什么东西的碎片会在什么时候醒来。

“你为什么……为什么要这样做？”她把尼克扛到肩上时，他嘶哑着说，“没有我，实验也会继续。”

在珂睐大图书馆的时候，莉芮尔学习过消防员的急救技巧，只是好几年都没有用过。她上次使用这些技巧，还是作为图书管理员，在救火队轮值的时候，那一次克默鲁不合规的蒸馏室着了火。

还好她没有忘记这些技巧。尼克比克默鲁轻多了，当然这样比不太公平，因为救克默鲁出来的时候，她坚持把最喜欢的书带在身上。

“你的朋友萨姆会跟你解释的。”莉芮尔气喘吁吁。她能听到坏狗在她身后的什么地方吠叫，这很好。可黎明之前的光线非常微弱，地上都没有影子，她无法分辨方向。如果能变身猫头鹰，穿过这狭长的山谷就容易多了。

“萨姆？”尼克问，“萨姆与这有什么关系？”

“他会跟你解释的。”莉芮尔简短地说，以便节省力气。她抬头望向天空，想找到指北星，好辨认自己的方位。但他们距离深坑还太近，她只能看到雷雨云和闪电。不过，雨已经停了，自然形成的云彩正在慢慢飘散。

莉芮尔继续赶路，但心里渐渐怀疑自己已经走错了方向。莉芮尔心想，飞来的路上自己应该多留意观察这一带的地形。那时山谷的一切在下方拼接成一幅美丽的图画。

“赫奇会救我的。”尼克虚弱地轻声说，他声音嘶哑且怪异，尤其是他上身垂在她背后，声音从她胸部法铃带搭扣附近发出来。

莉芮尔不理会他。已经听不到坏狗的声音了，脚下的路越来越泥泞，有点儿不对劲。前面有团模糊的影子，大概是灌木丛吧，也许就是萨姆在灌木丛中间的小溪边等她。

莉芮尔奋力向前走，背上尼克的重量使她每走一步，脚都陷入松软的泥土。她已经走得够近，借着洒落的阳光，可以看清前面的事物了。那是芦苇，不是灌木丛。高高的芦苇顶端开着红色的花朵，散落的红色花粉把湖岸染成鲜艳的猩红色，红湖因此而得名。

莉芮尔这才发现自己彻底走错了路。她莫名其妙地向西转了，现在她在红湖边上，血鸦马上就会找到她。莉芮尔心想，除非让它们看不到自己。她把尼克往上托了托，同时往前弓了弓身子，保持身体平衡。尼克痛苦地呻吟，但莉芮尔没理会他，走进了芦苇丛。

很快，泥地没入了湖水，湖水淹没了她的膝盖。芦苇越来越密，红色的花朵在她头顶绽放。中间有一条狭窄的小路，芦苇被压倒了，可以通行。她沿着这条蜿蜒曲折的小路，走进芦苇丛生的沼泽深处。

萨姆从无穷无尽的咒印中又选出一个注入横放在膝盖上的箭矢中，看着它像油一样浸透箭镞锋利的钢铁。这是这支箭的最后一个咒印了。他在箭杆中施注了精度和力量的咒印，在矢羽上施注了飞行和好运的咒印，还在箭镞上施注了分解和放逐的咒印。

这是二十支箭中的最后一支，现在所有的箭都被施了魔法，至少可以对付低等亡者。萨姆花了两个小时才完成这项工作，感觉有点疲惫。他不知道的是，对大部分咒契魔法师而言，他们要花大半天才能完成。为无生命的物体施注魔法，对萨姆来说一直是比较轻松的事。

他坐在一根原木上完成这项工作。原木一半浸在水中，一半露在外面。从萨姆的角度看，这是条很不错的小溪，至少有十五码宽，水深且急。通过这段原木，再跳过水中的几块大石头，可以跨过小溪，但萨姆想，亡者未必会这么做。

萨姆将施好魔法的箭放回莉芮尔背包内的箭袋中，背起背包。

他自己的背包被放在溪岸上，莫格睡在上面。但这会儿莫格不见了。黎明前的光线微弱，萨姆弯腰仔细去看，背包盖上的那团白色已经不见踪影，顶袋里也没有莫格的身影。

萨姆仔细四处察看，但看不到有东西在动。光线微弱，静止或藏起来的东西根本看不见。周围也听不到什么可疑的声音——只有溪水汩汩流动的声音，以及远处深坑附近的雷声。

莫格从未这样偷偷溜走过。萨姆以前就不太信任他，自从在宅邸井下隧道怪异的经历之后，他就更不信任这只小白猫了。他慢慢地拿出莉芮尔的弓，搭上一支箭。他的佩剑放在手边。黎明的微弱光线中，弓箭只能保证短距离射击精准。但至少能射中溪对岸的东西，萨姆可不想到对岸去。

溪对岸有什么东西在动。一个小小的白色身影，在水边鬼鬼祟祟地走动。萨姆凝视着昏暗的溪岸对面，心想可能是莫格。肯定是他。

那个身影走近了，萨姆拉紧弓弦。

“莫格？”他轻轻叫道，神经跟弓弦一样紧绷。

“当然是我了，笨蛋！”那团白色身影说着，敏捷地跳过一块又一块石头，然后跳到萨姆所坐的木头上，“留着你的箭吧，会用得上的，大约有两百个亡者正朝这边过来！”

“什么！”萨姆惊呼，“那莉芮尔和尼克呢？他们还好吗？”

“不知道，”莫格平静地说，“我去那边看发生了什么，结果听到我们的犬类同伴大声吠叫起来。她正朝我们这边跑——被很多亡者追着——但我没看到莉芮尔，也没看到你那位陷入麻烦的朋友。哈——我想现在过来的就是那只可恶的狗了。”

莫格话音刚落。坏狗突然出现在对岸，接着跃入水中，一连串的水花四散溅落，但大部分都砸在了莫格身上。

接着坏狗站在了他们身边，用力抖动身上的水，萨姆不得不把弓箭收到另一边。

“快，”她气喘吁吁地说，“我们必须马上离开这里！从溪岸这一侧往下游走！”

说完，坏狗就又转身跑开，沿着溪岸大步向前奔跑。萨姆跳下树干，冲向自己的背包，抓起来，跌跌撞撞地跟在坏狗后面，边跑边问。萨姆背着莉芮尔的背包，一只手拿着弓箭，另一只手拎着自己的背包，他努力集中精神，避免跌入溪流。

“莉芮尔……还有尼克呢？什么……我们不能停下来……重新整理一下……”

“莉芮尔跑进了芦苇丛。役亡师突然出现，所以我不能跟着她，以免把他引到她那儿，”坏狗边跑边回头说道，“这也就是我们不能停的原因！”

萨姆也回头望望，但马上被自己的背包绊了一跤，弓和箭都掉了。他挣扎着起身时，看到就在那根浸水的原木附近，大约几百个亡者，一堵墙般突然在溪对岸停下。接着，这些扭动的身影所形成的大片黑暗在对岸向着他们的方向狂奔起来。

在亡者手卒中间，一个身影凸显出来。那男人周身燃烧着红色的火焰，骑着一匹几乎只剩骨架的马，只有脖子和马背上还挂着些腐肉。

是赫奇。像被冷水击中一般，萨姆感觉到了他的存在，手腕处传来一阵刺痛。赫奇在大声喊着什么——可能是咒语——但萨姆听不清，因为他正慌乱地抓起弓，然后又去捡另一支箭。天色还很暗，他们也还离得有点远。但萨姆心想，黎明前周围很安静，幸运的话应该能够射中。

他快速地思考着，同时搭上一支箭，拉开了弓。这一刻，他全神贯注于自己和对面那团闪着火焰的黑影之间这条直线。

接着他松了弓弦，被施了咒语的箭像一个蓝色火星般飞了出去。萨姆看到它的速度像自己期待中一样快，对它充满信心。那支箭击中巫师时在红色火舌上溅起一片白色火焰。赫奇从马上栽了下来。马扬起前蹄，然后向前俯冲，撞倒了几排亡者，然后扎进水里，迸出一片白色的火花，并发出尖锐的叫声。它本能地知道如何让自己解脱，寻求永恒的死亡。

“那会激怒他的。”莫格在萨姆脚旁边说。

萨姆心中的希望迅速破灭。他看到赫奇站了起来，拔出喉咙上的箭，扔在地上。

“不要在他身上再浪费箭了，”坏狗说道，“箭杀不死他，不管你施加多么强大的咒语在上面也没用。”

萨姆沉重地点点头，把弓丢到一边，拔出了剑。尽管溪流可能阻挡亡者手卒，但他知道挡不住赫奇。

赫奇拔出自己的剑，走向前。跟随他的亡者纷纷退后，让出一条路。役亡师在溪边咧嘴微笑，红色的火焰舔舐着他的牙齿。他一只脚踩进水中——脚下的水化为蒸汽，他又笑了起来。

“快去帮莉芮尔，”萨姆命令坏狗，“我尽可能拖住赫奇。莫格，你会帮我吗？”

莫格没有回答，他又不见了。

“祝你好运。”坏狗说完，沿着溪岸向西跑去。

萨姆深吸一口气，弓起身子呈防御姿态。噩梦变成现实了。他再一次孤身一人面对赫奇。

萨姆探向咒契，一方面寻求安慰，一方面准备施出咒印。随着熟悉的咒印在周身流动，他的呼吸平稳下来。他不假思索地选出咒印，轻声念诵它们的名字，它们随之落在他摊开的掌心上。

赫奇又往前走了一步，上下游的溪水翻滚着，咕咕冒泡，蒸汽在他周身氤氲，几乎将他湮没。萨姆心中感到一阵寒意，他看出役亡师正在试图烧干小溪的水。他脚下的水已经明显减少，河床清晰可见，亡者手卒开始移动。

赫奇根本不用出手，萨姆心想。他只需要站在小溪中，他的亡者手卒们自然就会过来，料理掉萨姆。尽管他有排笛，但萨姆不知道怎么使用，而且亡者手卒太多了。

现在只有一条出路。萨姆必须赶在亡者手卒跨过小溪之前，在溪流中攻击赫奇，并杀死他。如果他能杀死赫奇。一个小小的声音在他脑海中念叨：比起杀死赫奇，逃跑不是更好吗？趁着还没再次被烧伤，趁着灵魂还没被剥离开肉体，被役亡师奴役……

但萨姆放弃了逃跑的想法，把那个絮絮不止的声音藏到脑海深处，把它当作无意义的吱吱声。然后他将手中的咒印化为虚有，另外选出一串咒印。召唤它们的同时，萨姆迅速用一根手指在腿上串联咒印。保护符、反射符、转移符，三种咒印结合在一起，闪闪发亮，形成保护着腿的魔法盔甲，帮助抵挡蒸汽和沸腾的水流。

他低头制造护甲大约用了十到十五秒钟的时间。等他再抬起头时，赫奇不见了。蒸汽完全消散，溪水开始继续流动。亡者转身背对着他，笨拙地离开。只留下一片狼藉，以及散落的腐肉和骨头碎片。

“或许你注定不该命丧于此，王子。”莫格评论道。他再次出现在萨姆的脚下，像一株新长出的植物。“也可能，赫奇发现有更重要的事要做。”

“你刚才去哪儿了？”萨姆问。他感到有种奇怪的挫败感。他已经准备好跳进溪流，与赫奇来个生死对决，但突然之间又变成了一个宁静的清晨。太阳升起来了，鸟也重新鸣唱。但萨姆注意到，这仅限于他所在的溪流这一侧。

“躲起来了，任何有理智的人在遇到赫奇这么强大的役亡师时，都会选择这么做。”莫格回答。

“他那么强大吗？”萨姆问，“你在效力于我母亲及其他阿布霍森时，肯定遇到过很多役亡师。”

“他们可没有得到毁灭者的帮助，”莫格说，“不得不说，我对毁灭者的能力刮目相看，而他现在还被囚禁着。这也给我们上了一课，即使被禁锢在那么一块银色金属中——”

“你觉得赫奇去哪里了？”萨姆打断他，根本没在听莫格的话。

“当然是回到那两个金属半球那里了，”莫格打个哈欠，“或者追莉芮尔去了。我想我要小睡一下了。”

莫格又打了个哈欠，然后惊声尖叫了起来，因为萨姆抓着他使劲摇晃，他项圈上的岚纳响了起来。

“你必须去追坏狗！我们必须去帮莉芮尔！”

“别来找我。”岚纳的铃声席卷而来，莫格又打了个哈欠。萨姆也突然发现自己在慢慢坐下，地上感觉好舒服。他只想躺下来，双手枕在脑后……

“不行！不行！”他抗议，挣扎着站起身，跳入溪水，将脸埋进水中。

等他爬上来时，莫格已经在他背包里睡熟了，小小的脸上挂着一丝邪恶的笑容。

萨姆低头凝视着他，双手捋着滴水的头发。坏狗朝下游跑去了，她说什么来着？“莉芮尔跑进了芦苇丛。”

所以，如果萨姆沿着溪流到红湖的话，很可能找到莉芮尔，至少也能发现她或者坏狗的踪迹。莫格也有可能醒来。

不过，赫奇也可能回来……

萨姆不想坐在原地等待。莉芮尔可能需要他的帮助。尼古拉斯也可能需要他的帮助。他必须找到他们。大家在一起，才可能活得久一点儿，找出对付困在银色半球中的毁灭者的办法。如果单独行动，迎接他们的将只有失败和死亡。

萨姆收拾起莉芮尔的弓和掉落的箭。然后用一根带子将两个背包系在一起，搭在两个肩头保持平衡，确保莫格不会掉出来，虽然这只猫挺应该摔下来的。他向西走去，溪水在他身旁潺潺流动。

## 第十一章

# 躲进芦苇丛

莉芮尔预计自己能找到一艘芦苇编织的船，因为珂睐已经预见到她和尼古拉斯乘坐这样一条船漂在红湖上。即便如此，偶然发现这条奇怪的船时，她还是松了口气。水已经漫过她的大腿，如果水再深一点，她就必须掉头回去，否则就要冒着淹死尼克的危险。因为她只能像消防员扛起伤员那样把尼克扛在肩上，所以尼克的头垂在比她的头低两英尺的位置。

她小心地把尼克放到独木舟似的小船中间，在船要翻倒时迅速抓住两边。船的长度大约是她身高的两倍，但船身狭窄，只有中间部分略宽，勉强能容纳他们两人乘坐。

他们静静地坐在船上时，尼克模糊的意识逐渐恢复，莉芮尔则在思考自己面临的选择。芦苇倾斜交织在一起，在他们头顶形成一个隐秘的凉棚。几只小水鸟在附近哀鸣，偶尔闻到鱼腥味，猛地俯冲入水，溅起水花。

莉芮尔坐着，佩剑横放在腿上，一只手握着法铃带，仔细听着周围的动静。沼泽里的鸟快乐地鸣叫、捕鱼，然后突然噤声，躲进芦苇深处。莉芮尔知道那是因为有血鸦低空掠过。她可以感受到寄居在血鸦体内冷冰冰的灵魂，奉他们的役亡师主人之命，专注地搜寻她。

这艘船与珂睐的预言别无二致，但她坐在摇摆的船里，心头涌起一股新的恐惧。珂睐的预见能力是有限的。他们预见到她和尼古拉斯在船上，却没有预见到接下来会发生什么，也没能预见尼古拉斯现在的状态。是因为这就是最后的结局吗？赫奇会突然穿过芦苇丛出现吗？毁灭者会突然从面前这个瘦弱的年轻人体内显现吗？

“你在等什么？”尼克突然问道，比她想象中恢复得快。莉芮尔因为听到他突然讲话吓得跳了起来，船身更猛烈地摇摆。尼克声音很大，在宁静的芦苇丛里听起来很是诡异。

“别说话！”莉芮尔严厉地命令道。

“不然怎样？”尼克逞强地反问。但声音小了许多，眼睛盯着她的剑。

沉默几秒后，莉芮尔说：“我们在等正午，阳光最炽烈，亡者最虚弱的时候。然后，我们沿着湖岸往前，但愿能顺利到达会合点，你的朋友萨姆斯会在那儿等着我们。”

“亡者，”尼克倨傲地笑着说，“你是指需要安抚的本土灵魂？然后，你提到萨姆。他也与此事有关？你也绑架了他吗？”

“亡者……就是亡者。”莉芮尔皱着眉头回答。萨姆曾经说过，尼克不理解，也不尝试去理解古国，但这种对现实的视而不见绝不正常。“在深坑里为你工作的那些就是，它们是赫奇的亡者手卒。然后，不，我没绑架萨姆，他和我一起营救你。你显然没有意识到面临的危险。”

“不要告诉我，萨姆又重新陷入这些迷信了，”尼克说，“你所说的亡者，不过是些身患麻风的可怜人。而且你不仅没拯救我，还把我从重要的科学实验中带走。”

“你看到了化身猫头鹰的我，”莉芮尔很好奇他究竟闭塞到了什么程度，“和一只有翅膀的狗。”

“那是催眠术……或者幻觉，”尼克回答，“如你所见，我身体不适。这也是我不应该在这个……这个用草编成的船里的另一个原因。”

“真奇怪，”莉芮尔若有所思地说，“一定是潜伏在你体内的那个东西蒙蔽了你的心智。它的目的是什么呢？”

尼克没有回答，但他意味深长地转动了一下眼珠，显然把莉芮尔的话当成耳旁风。

“赫奇会来救我的，你知道吧，”他说，“他很有手段，跟我一样关心计划的进度。不论是什么疯狂的念头攫住了你，你都应该马上放弃，回家去。而且，如果你把我送回去，我保证你会得到奖赏。”

“奖赏？”莉芮尔苦笑道，“可怕的死亡和永恒的奴役？任何接近赫奇的人都只可能得到这样的‘奖赏’。不过，给我讲讲你的‘实验’吧。”

“如果我告诉你，你会放我走吗？”尼克问，“这也不是机密。毕竟，你也不会在安塞斯蒂尔的科学期刊发表，对吧？”

莉芮尔没有回答，只是看着他，等他说下去。开始他与莉芮尔视线交汇，然后很快退缩，看向别处。她目光中有种令人胆怯的东西，那是考威尔的名媛舞会上那些年轻女子所没有的坚韧。大概是这种坚韧让他不得不开口，同时他也想用自己的学识和才智打动她。

他说："这两个半球由一种未知的金属制成。我推测这种金属可以无限吸收电能，然后再释放出来，"他说着两手手指相对，"它们同时创造出一种电离场，可以吸引积雨云，而积雨云生成的闪电又可以被金属吸收。可惜电离场也会阻碍对金属半球的操作，因为钢铁类的工具都无法靠近。"

"我打算把两个半球运到一个闪电农场。此时此刻，一个我很信任的伙伴正在安塞斯蒂尔建造这个闪电农场。它由一千个相互连接的避雷针组成，可以将整场风暴的全部电能吸引下来，让其不仅仅是几次雷击。然后这些能量将被注入两个半球，重塑两个半球的极性……或者说使它们消磁。这样它们就可以合并在一起了。这是终极目标。它们必须合并在一起，你明白吧。这至关重要！"

说完最后一句话之后，他倒了下去，微弱地喘着粗气。

"你怎么知道这些的？"莉芮尔问道。在她听来，就像是假先知和伪法师在胡扯，只能骗骗他们自己而已。

"我就是知道，"尼克低声说，"我是个科学家。等半球运到安塞斯蒂尔，有了合适的工具和必要的协助，我就能够证明我的理论。"

"为什么两个半球必须合并在一起呢？"莉芮尔问。这似乎是尼克的信仰中最薄弱，也最危险的一点。两个半球合并在一起会使囚禁其中的东西得以重新成为一个整体。询问的同时，她突然意识到还有一个更重要的问题。

“它们就是必须合并，”尼克回答，脸上满是困惑。很明显，他无法想清楚这一点，“这一点显而易见。”

“是的，当然，”莉莉尔安抚地说，“不过，我很好奇你要怎样把两个半球运到安塞斯蒂尔。你的闪电农场到底在哪里？完成这样一个工程一定很困难。我的意思是说，那需要相当大的空间。”

“哦，没有你想的那么困难。”尼克说。不再谈论两个半球为什么合并似乎让他如释重负。“我们用船把金属半球运到海上，然后沿着海岸线向南。不过在海上干扰多，而且雾气太重，显然不能全程走海路。我们在界墙北侧将它们运上岸，拖过界墙。之后离建造闪电农场的福文加工厂就只有十到十二英里了。如果一切顺利，我们到达的时候农场也应该建好了。”

“但是……”莉芮尔说，“你要怎么把它们运过界墙呢？那是一道阻挡亡者这种东西的屏障。你根本没办法让两个半球穿过界墙。”

“胡说！”尼克大叫，“你和赫奇一样愚笨。但他至少还愿意尝试，只要我让他念些莫名其妙的咒语。”

“哦。”莉芮尔说。显然赫奇——更可能是他的主人——已经找到了让半球穿过界墙的办法。莉芮尔本来就没抱什么希望，因为赫奇不止一次穿越界墙。多年前，凯瑞格和他的军队也曾越过界墙。她只是太希望两个半球能被阻止了。

“安塞斯蒂尔政府方面没有……没有问题吗？”莉芮尔满怀希

望地问道。萨姆跟她讲过安塞斯蒂尔建造了防御工事，以阻止任何东西从北境进入他们国家。如果两个半球被运出古国，她就不知道自己还能做些什么了。

“没有，”尼克回答，“赫奇说没有他解决不了的麻烦。不过，我觉得他可能以前是个走私犯，他也确实有些非常规的渠道。我更喜欢在法律框架内做事，所以办了正规的海关许可证和批文。我承认这许可证和批文都不是针对古国的，官方并不承认古国这个地方，所以也没有得到正式的文件。我还有一封我舅舅寄来的信，批准我运送任何实验需要的东西。”

“你舅舅？”

“他是总理，”尼克自豪地回答，“今年是任职的第十七年了——中间由于温和派的改革间断了三年。他是安塞斯蒂尔历史上最成功的总理。当然现在他也遇到了麻烦，大陆战争不断，南方难民涌入。但我始终认为克罗里尼和他那群乌合之众不会得到足够的票数让他下台。他是我母亲的大哥，真是个好人，总是乐意帮助他这个值得帮助的外甥。”

“那些文件在你的帐篷里已经被烧毁了吧。”莉芮尔抓住另一个希望。

“不，”尼克说，“还是多亏了赫奇。他建议我把文件留给在界墙接应的同伴。他说文件会腐坏，目前来看确实如此。现在——你准备放我走了吗？”

“不，”莉芮尔说，“我现在在救你，无论你愿不愿意。”

“要是这样，我不会再告诉你任何事情了。”尼克气冲冲地说。他又躺下来，后背摩擦着船上的芦苇。

莉芮尔看着他，思绪万千。她希望艾丽米尔已经收到萨姆的信，正带领强大的卫兵队前来救援。萨布莉尔和塔齐斯顿可能也正从考威尔赶来北境，说不定他们马上就穿过界墙了。

但是，他们都会赶去边城，而囚禁邪灵的两个半球将被悄悄运到安塞斯蒂尔。在那里，远古的毁灭性邪灵将重获自由。唯一清楚其危险性的人们却无法再将其束缚。

各种思绪在脑海中横冲直撞，突然间，她意识到尼克也在看着她。没有困惑或敌意，他只是看着她，头歪向一侧，一只眼睛眯着。

“抱歉，”他说，“我在想你是怎么认识萨姆的。你是一位……嗯……公主？就是，如果你是他的未婚妻或者什么，我觉得我应该知道。为了……啊……祝贺你们。我甚至还不知道你的名字。”

“莉芮尔，”她立刻回答，“我是萨姆的姨妈。我是阿布，嗯，我算是和萨姆的母亲共事。我也是……二级助理图书馆馆员，珂睐的女儿。不过我并不期望你理解这些头衔的意义。事实上，现在我自己都不确定它们的意义。”

“他的姨妈！”尼克惊呼。他一阵脸红，但不是因为发烧，而是因为尴尬，“你怎么可能是——我的意思是我完全不知道。很抱歉，女士。”

“我……我比看起来要老得多，”莉芮尔补充说，“如果你准备问这个的话。”

她自己莫名地有点尴尬。她还是不知道该如何谈论她的母亲。现在她知道了自己的父亲是谁，知道了自己是如何被孕育的，在想到母亲的时候，她更加伤心。她心想，有一天，她会查清母亲到底遭遇了什么，还有她为什么选择离开。

“做梦都想不到，”尼克回答，“你知道吗，虽然听起来有点儿傻，但我觉得现在是我几个星期以来感觉最好的一次，没想到沼泽还有滋补作用。我今天甚至没有晕倒。”

“你晕倒过一次，”莉芮尔说，“在我们把你从帐篷里带出来的时候。”

“是吗？”尼克问，“真不好意思。我好像经常晕倒。幸运的是，基本上赫奇都正好在旁边，可以扶住我。”

“你能感觉到自己什么时候要晕倒吗？”莉芮尔问。她还记得坏狗的警告，那个邪灵的碎片只会被压制一段时间，如果它再次醒来，她知道凭自己一个人不可能压制住它。

“通常，”尼克说，“我先感到恶心，然后眼前的一切变得很奇特，一片鲜红。嗅觉也会有些异样，会闻到什么东西燃烧的味道，像是电力发动机点火的味道。不过我现在感觉好多了，可能已经退烧了。”

“那不是发烧，”莉芮尔疲惫地说，“不过为我们两个着想，我希望情况没那么糟糕。现在坐好，我把船向外划一点儿。我们还是待在芦苇丛里，但我想看看湖上发生了什么事。请保持安静。”

“好的，”尼克说，“我也没别的选择，对吗？”

莉芮尔几乎要向他道歉，但还是忍住了。她确实觉得有点儿对不起尼克。被远古邪灵选为寄居肉身，并不是他的错。她甚至对他产生了母性的温情。应该让他舒服地躺在床上，喂他喝柳树皮茶。接着她开始想象如果他没生病会是什么样。应该很英俊吧，莉芮尔心想。然后她立即抹去这个念头。他可能是个无心的敌人，但仍然是敌人。

芦苇船很轻，但即便如此，靠双手划动还是很困难。尤其是，她还需要留意尼古拉斯，以防出现什么状况。但是他正心满意足地躺在高高的芦苇船头。莉芮尔注意到他偷偷看自己，但他没有试图逃跑或呼救。

艰难地划了二十分钟后，芦苇开始变得稀疏，红色的水渐渐变为粉色，莉芮尔可以看到泥泞的湖底。太阳高悬，阳光明媚，于是莉芮尔冒险把船划到了这片芦苇丛生的沼泽边缘，这样她可以在保持隐蔽的同时观察湖上的情况。

尽管芦苇倾斜交织遮盖在他们头顶上，但感觉到附近没有血鸦存在的迹象时，莉芮尔还是感到如释重负。可能是因为湖岸的芦苇从后水流十分湍急，而且上午的阳光非常明亮。

虽然视线所及之处没有血鸦，但湖面上有东西在移动。起初，莉芮尔以为那可能是萨姆或者卫兵队，心情为之一振。但她随即意识到那是什么，这时尼克也开口说话了。

“看——我的船！”他呼喊，并坐起来挥舞双手，“赫奇一定是找到了另一艘船——而且两个半球已经装上船了！”

“安静！”莉芮尔发出嘘声，然后伸手把他拽倒。

他没有抵抗，但突然皱起眉头，抓住胸口。“我想……我想我过于乐观……”

“打败它！”莉芮尔急切地打断他，“尼克，你必须坚持住！”

“我尽力……”尼克说。但没等他说完，头就重重地摔在芦苇船上，发出沉闷的声音。他眼睛上翻，露出白眼球，接着莉芮尔看到一缕烟雾从他的鼻子和嘴巴冒出来。

她狠狠地打了他一巴掌。

“打败它！你是尼古拉斯·塞尔！告诉我你是谁！”

尼克的眼睛翻回来，不过烟雾仍然从鼻子里冒出。

“我是……我是尼古拉斯·约翰·安德鲁·塞尔，”他喃喃道，“我是尼古拉斯……尼古拉斯……”

“没错！”莉芮尔鼓励道。她把剑放在身旁，握着他的手，一阵战栗。因为她感觉到他冰冷的皮肤下有肆行魔法在血液中涌动，“再跟我说说你的身世，尼古拉斯·约翰·安德鲁·塞尔！你出生在哪里？”

“我出生在安伯尼，我们家族的宅子里，”尼克低声说，他的声音慢慢变大，烟雾渐渐消散，“在台球室里。不，那是个笑话。那样说的话，妈妈会杀了我的。我出生时一切都按塞尔家的礼仪安排，有医生和助产士。两名助产士，至少两名，还有上流社会的医生……”

尼克闭上眼睛，莉芮尔紧紧握住他的双手。

“跟我说话……说什么都行！”她要求道。

“悬浮在水银中的物体的重力是……我不知道是多少……科罗

维亚的雪只下在阿尔卑斯山南麓，主要的降雪区域是克里斯卡特、约茨基和考布克……平均每只蓝尾珩鸟在五十四年的寿命中会产下二十六个蛋……去年一年有十多万南方难民非法进入……发明巧克力树的是……”

他突然停了下来，深吸一口气，睁开双眼。莉芮尔继续握着他的手。看到没有烟雾，他的眼神也没有异常，她马上松开他的手，再次拿起佩剑，横放在腿上。

“我遇上麻烦了，对吗？”尼克说，声音有点颤抖。然后他埋起脸看着船底，努力控制呼吸。

“是的，”莉芮尔说，“但是，萨姆斯还有我，以及我们的朋友们，会尽全力救你的。”

“但你其实并没有把握，”尼古拉斯轻声说，“这个……这个在我身体里的东西，是什么？”

“我不知道，”莉芮尔回答，“但它是一个强大的古老邪灵的一部分，你正在帮助它重获自由，危害世间。”

尼克慢慢点了点头。然后，他抬头迎向莉芮尔的目光。

“这就像一个梦，”他简单地说，“很多时候我都不清楚自己究竟是不是醒着。我经常记不起前一分钟发生的事情。我没办法思考，除了那两个半……”

他停下来，眼神中闪过一丝恐惧，然后向莉芮尔伸出手。她握住他的左手，右手仍然紧握佩剑。如果他体内的东西占据了他，抓住她不放，她必须利用佩剑脱身。

“没事，没事，没事，”尼克重复说着，身体前后摇晃，“我控制住它了。告诉我我该做些什么。”

“继续战斗，”莉芮尔说，但是她不知道还要告诉他什么，“如果我们没办法救出你，那么在它要出现时，你必须尽一切可能阻止……阻止它。答应我，你会尽全力！”

“我保证，”尼克咬紧牙关低声说，“以塞尔之名承诺，我会阻止它。我一定会的。莉芮尔，请跟我说话。我必须想点别的事情。告诉我……告诉我……你出生在哪儿？”

“在珂睐的冰川，”莉芮尔紧张地说，尼克把她抓得越来越紧，她很不舒服，“在医院的产房里。虽然有些珂睐人在自己家分娩，但大部分人都是……在产房。因为所有人都在场，更热闹，更有趣。”

“你的父母呢？”尼克大口喘气，然后颤抖着，语速加快，“跟我说说他们。我自己已经没什么可说的了。我父亲是个糟糕的政客，尽管他热衷于政治。他的哥哥倒是很成功。我母亲总是去参加各种聚会，喝得大醉。你怎么会是萨姆的姨妈呢？你怎么可能是塔齐斯顿或者萨布莉尔的妹妹？我见过他们，比你老多了。他们年纪都很大，至少四十岁……跟我说话，求你，跟我说话……”

“我是萨布莉尔的妹妹，”莉芮尔说，尽管这样说时她自己感觉很奇怪，“萨布莉尔的妹妹，但不是同一个母亲。她的……我父亲……只和我母亲一起生活了很短的时间，然后就去世了。直到最近我才知道他是谁。我的母亲……我的母亲在我五岁时离开了。所以我不知道我的父亲是阿布霍森——哦，不！”

“阿布霍森！”尼克大声说，然后身体抽搐起来。莉芮尔感觉他的皮肤突然更加冰冷了。她赶紧抽出手，尽可能地退后，离他远一点儿，心里暗暗责怪自己在尼古拉斯已经处于失控边缘时提到“阿布霍森”。这肯定会激起他体内的肆行魔法。

尼克的鼻子和嘴巴开始涌出白烟。他拼命地想说话，喉咙里闪烁着白色的火花。他咕哝着说话，但只有烟雾不停地冒出来。莉芮尔花了好一会儿才听出他在说什么。

“不！”又或许是——“走！”

## 第十二章

# 尼古拉斯体内的毁灭者

一时间，莉芮尔手足无措，犹豫不决，不知是该跳船逃跑还是求助法铃。随后，她采取行动，取出岚纳和撒拉奈斯。由于佩剑横放在腿上，这个动作也颇费了些力气。

尼克的身体一动不动，但是白色的烟雾丝丝缕缕地缓慢涌出，左右飘散，似乎有自己的意志。肆行魔法令人生厌的恶臭也一起飘出，刺激着莉芮尔的嗅觉，她感觉喉咙里有一股苦涩的味道。

她没有继续等待，同时摇响两只法铃，并将自己的意志化为严厉的命令，直指眼前这个身影和飘扬的烟雾。

沉睡吧，莉芮尔心想。她身体紧绷，努力集中两只法铃的力量。她可以感觉到岚纳的催眠和撒拉奈斯的强制力量。铃声在水面回响，与魔法一起环绕着尼古拉斯，将他体内的肆行魔法灵魂遣回休眠的状态之中。

也许事实并非如此。莉芮尔看到白色的烟雾只是稍稍退缩，然后法铃开始发热，闪着奇异的红光，铃声开始走调，变得模糊不清。接着，尼克坐了起来，眼睛仍然向后翻着，看不到东西。毁灭者借他的嘴说话了。

它的话一字一句击打在莉芮尔身上。她感觉骨髓似乎突然燃烧起来，耳朵像被刺穿一般，剧烈疼痛。

“蠢货！你这点儿代代相传的薄弱力量怎么可能和我对抗！我简直为撒拉奈斯和岚纳感到悲哀，它们居然就这样寄居在你和你的小饰品上。静止！”

最后两个字的力量如此之大，莉芮尔痛得尖叫起来。但是随着肺部缺氧，尖叫声变成了喉咙里的“咯咯”声。尼克体内的东西——邪灵的碎片——迅速束缚了她，甚至把她的肺冻结了。她拼命地呼吸，但根本没有用。她的整个身体从内到外都麻痹了，被一股力量所控制，她毫无还手之力。

“永别了。”毁灭者说。然后，它驱使尼克的身体站起，芦苇船摇摆不定，它小心地保持平衡，然后向远处的两艘船挥手。与此同时，它喊出一个名字，声音在整个湖谷回响。

“赫奇！”

恐慌中，莉芮尔一次又一次努力呼吸，但胸部仍然无法动弹，法铃在她僵直的手中毫无生气。她疯狂地回想自己头脑中的咒印，试图在窒息死亡前找出挣脱束缚的办法。

但一无所获，丝毫没有头绪，直到她突然注意到自己的身体还有些感觉。她无法转动眼球，但可以从眼角余光瞥见，在她膝头，横放着尼希玛的地方，剑刃上闪烁的咒印正流入她的体内，与使她陷入致命困局的肆行魔法抗争着。

但是咒印只能非常缓慢地击败这个咒语。她自己必须也做点什么，否则按现在的速度，还没等到肺部获得解放，她就窒息而死了。

莉芮尔急切地希望做点儿什么，这时她发现自己的小腿可以左右摆动，于是她努力摇晃小船。船不太稳定，如果把船摇翻，或许可以让肆行魔法灵魂分心……从而破解咒语。

莉芮尔再次晃动小船，有水溅入，渗透进紧密捆扎的芦苇中。尼克的身体没有转过来，他的双腿不自觉地适应着摇摆的船身。他体内的东西显然正专注于靠近的船只，还有禁锢着更强大的自己的两个半球。

然后莉芮尔昏了过去，她的身体极度缺氧。片刻之后，她清醒过来。恐慌使血液中肾上腺素的水平上升，她再次尽最大力气摇动小船。

芦苇船在摇晃——但没有翻覆。莉芮尔在内心尖叫，用她的佩剑已经解放的每一块肌肉，最后一次努力摇晃小船。

湖水潮汐般涌入小船。有一瞬间，小船似乎就要倾覆。但是小船实在太结实了，它又恢复了平稳。而尼克的身体对船强烈的摇晃毫无准备，无法保持平衡。他倒向一侧，伸手抓住船头，随即又倒向另一侧——掉进了湖里。

莉芮尔立即喘了口气。片刻之后，随着她全身一阵战栗，被束缚的肺部充满了空气。尼克跌进湖中的瞬间，咒语被打破了。莉芮尔啜泣喘息着，然后把法铃放回铃袋，拿起佩剑。剑柄的咒印让她感到一阵温暖和鼓舞。

同时，她一直在寻找占据尼克身体的东西。起初，湖面上没有任何东西移动的迹象。然后，她看到几码之外的水面冒着水泡，热气腾腾，仿佛湖水在沸腾。一只手——尼克的手——从水中伸出，抓住船的一侧，用难以置信的力量撕下了一整片编织好的芦苇。他吐出嘴里的水，愤怒地高声尖叫，周围一英里内的鸟全都惊慌飞起。

尖叫声中，莉芮尔也恐慌逃跑。她本能地从船的另一侧跳下，进入水中的芦苇丛，涉水逃跑。恐怖的尖叫声再次响起，接着是巨大的水花飞溅声。起初，莉芮尔以为是尼克追了上来，但其实是尼克举起整条船扔向她，身后响起水花溅起和芦苇折断的声音。如果她稍慢一点儿，砸中她后背的就是整条船，而不仅仅是水花和不痛不痒的芦苇了。

在他采取其他举动之前，莉芮尔加速逃离。水没有她想象的深——只到她胸口的位置——但这减慢了她的速度，所以她总感觉下一秒那个东西就要抓住她，或者用咒语击倒她。她拼命地朝浅水区走去，不断用尼希玛劈斩开芦苇以加快脚步。

她没有回头，因为无法面对可能看到的东西。她片刻不歇，即使迷失在急流中，无法分辨去向时，她也没有停下。拼命前行使她的肺部和肌肉都产生了剧烈的灼烧感，疼痛难忍。

最后，身体痛得实在难以忍受了，她不得不停下来。她的双腿已经无法支撑身体。所幸现在水只到她膝盖的位置，莉芮尔坐下来，把芦苇丛压成了一个潮湿而泥泞的座位。

她所有的感官都调动起来寻找身后的追击者，但似乎什么都没有——至少她什么都听不到，只有自己重重的心跳声回响在身体的每一根血管里。

她坐在混浊的水中，感觉自己好像坐了很长时间。最后，当她感觉不会崩溃痛哭或呕吐不止时，她站起身，再次艰难前行。

她一边跋涉前行，一边回想自己所做和未做的事情。那些场景一遍又一遍地在她脑海中出现。她回想起自己的犹豫和笨拙，觉得应该更迅速地摇响法铃。也许她应该刺伤尼克——尽管这样做似乎不对，因为他并不知道是什么潜伏在他体内伺机而动。而且这可能无济于事，因为很可能不论尼克生死，那个灵魂碎片都可以寄居在尼克体内。它甚至可能进入她的身体……

珂睐预见到的被毁灭的世界，清晰地浮现在她的脑海中。她错过了阻止毁灭者的机会吗？跟尼克待在芦苇船上的几分钟是决定命运的关键点吗？那是她应该抓住却错过了的重要机会吗？

她一直思考着这些问题，这时她跋涉其中的泥水变成了脚下的泥地，芦苇丛也变得稀稀疏疏。很明显，她已经到了沼泽的边缘。但是，红湖东岸这几片沼泽地绵延二十英里，莉芮尔仍然不知道自己的确切位置。

她从太阳的位置和一株高大芦苇的影子推测出那个方向是南方，然后开始沿着沼泽的边缘向南前进。这比在干燥的地面上难走，但比较安全，可以避开被赫奇驱赶到阳光下的亡者手卒。

两个小时后，由于路上意外跌入深洞，莉芮尔全身湿透，到处是黏糊糊、令人厌恶的红色芦苇花粉和黑色泥浆。泥浆臭不可闻，她身上也臭不可闻。沼泽似乎没有尽头，她的朋友们也不见踪影。

莉芮尔越来越犹疑，开始担心起同伴们，尤其是坏狗。也许亡者手卒太多，她被打败了，或者被赫奇控制了，就像尼克体内的那个灵魂碎片轻而易举地击败她，仿佛她根本没有魔法力量。

也许他们受伤了，也许仍在战斗，她一边想着，一边强迫自己加快速度。没有她和法铃的帮助，他们在面对亡者手卒时更加势单力薄，萨姆甚至还没有读完《亡者之书》，而且他也不是阿布霍森。如果有殁地坎或者其他能够忍受正午炽热阳光的生灵追捕他们怎么办？

想到这些，她离开水流，开始在更坚实的地上走走跑跑。跑一百步，走一百步，同时留意血鸦、亡者和赫奇的人类仆人的身影。

有一次她看到——也感觉到——附近有亡者。但那是在远处四散逃跑的亡者手卒，试图寻找庇护所，以躲避正在吞噬它们肉体和灵魂的太阳。如果找不到洞穴或无尸体的坟墓，它们将被阳光重新送回冥界。

很快，她感觉自己像一只追捕猎物的同时也被追捕的动物——就像一只狐狸或一匹狼。她心里只想着一件事，就是尽快赶到溪边，仔细搜寻，看能否找到她的某个朋友，或者——她所害怕的——证明他们遭遇不幸的证据。同时，她忐忑不安，总感觉会有敌人从微微隆起的小土包或者干枯的树后窜出，又或者从天空俯冲下来。

看到那一排树木和灌木丛时，莉芮尔心想，至少现在可以分辨前进的方向了。溪流就在附近，不到半英里了。于是她把跑动的步数增加了一倍，跑两百步，走一百步。

她跑到第一百七十三步时，突然有东西从一排树木中冲出，直奔她而来。

莉芮尔本能地伸手去拿弓——但弓不在身上。于是她边向前跑边顺手抽出佩剑。

她正要尖叫着冲过去，这时她认出那是坏狗，转而欣喜地欢呼，坏狗也高兴地吠叫回应。

几分钟之后，她们跳跃着抱成一团，坏狗一边舔舐主人一边扭动身体，莉芮尔拥抱亲吻坏狗，扔开碍手碍脚的剑以庆祝重逢。

“是你，是你，是你！”坏狗摇动尾巴，低声吠叫。

莉芮尔什么也没说。她跪下来，头靠在坏狗温暖的脖子上，叹了口气，那叹息中包含了她遇到的所有麻烦。

“你比平时的我闻起来还要臭，”最初的兴奋之后，坏狗闻到了莉芮尔身上污泥的味道，“你最好起身，我们必须赶回溪边。还有很多亡者手卒——赫奇现在好像放任他们做任何事情了。至少我们这样猜测，因为闪电——它们应该是跟着两个半球的——已经转移到湖面上了。”

“是的，”他们开始往回赶的时候，莉芮尔说，“赫奇在那儿。尼克……他体内的东西……在芦苇丛里召唤他。他们有两艘船，正把两个半球运往安塞斯蒂尔。”

“它又在尼克身上出现了，”坏狗若有所思地说，“没有间隔太长时间，即便是它的碎片，都比我想象中强大得多。”

“那力量也远超出我的想象。”莉芮尔回答，不禁发抖。他们快到溪边时，看到萨姆在树荫中等候，搭箭准备射出。她要怎么向他解释已经救出了尼古拉斯——然后又失去了他呢?

突然，萨姆动了。莉芮尔惊讶地停下。看起来他好像要把箭射向她——也可能是坏狗。弓弦“砰”地松开，一支箭射了出去，莉芮尔急忙低下头——箭径直冲她飞来。

## 第十三章

# 坏狗讲述的细节

就在低头的瞬间，莉芮尔突然感觉到头顶上有一只令人不寒而栗的血鸦。紧接着，俯冲下来的血鸦被萨姆的箭刺穿身体，重重地落在地上。箭镞上的咒契魔法溅出火花，吞噬着试图逃走的亡者碎片。

莉芮尔本能地取出一只法铃，抬头搜寻其他的血鸦。又一只血鸦俯冲下来，但又一支箭冲上天空，命中目标。箭镞刺穿它的羽毛和干枯的骨头，继续向前——血鸦则无法继续飞行。又一个亡者碎片坠落在此前那只血鸦附近的地面上，在阳光下扭动挣扎。

莉芮尔看看手中的法铃，又看看地上的亡者碎片。两片漆黑的亡者碎片正慢慢靠近，企图结合成更强的力量。莉芮尔手中的法铃是基佰司，正合适。于是她迅速摇动法铃划出“8”字形，清晰悦耳的铃声响起，她的左脚不禁轻轻跳动。

对血鸦残余的灵魂碎片而言，铃声却不怎么悦耳。两片墨渍像盐水中的水蛭一样竖起，因为极力挣脱，几乎翻转过去。但是，面对基佰司的强制召唤，它们无处可去，无路可逃。唯一的去处就是亡者最不想去的地方。但是它们别无选择。终于，那灵魂尖叫着服从法铃的召唤进入了冥界，两个黑色印迹随之消失。

莉芮尔再次看看周围的天空，远处三个黑点也坠落在地上，她满意地微笑起来。被驱逐的两个灵魂碎片将来自同一亡魂的其他碎片一起带回了冥界，血鸦被摧毁了。然后，她收起法铃，走上前跟萨姆打招呼。坏狗迅速跑向一旁，嗅嗅血鸦的羽毛，直到百分之百确定那灵魂已经消失了，而且没有剩下什么可以吃的东西。

和坏狗一样，萨姆看到莉芮尔似乎也高兴极了，甚至想要跟她拥抱以示欢迎——但他闻到她身上污泥的味道，张开的双臂转而变成了夸张的欢迎姿势。即使如此，莉芮尔还是注意到他正朝她身后张望，寻找其他人的身影。

“谢谢你射死血鸦，”她说，然后又补充道，“我把尼克弄丢了，萨姆。”

“弄丢了！”

“他体内有个毁灭者的碎片。那个碎片占据了他。我无法阻止。我试图阻止的时候，它差点杀死我。”

“毁灭者的碎片是什么意思？怎么会在他体内？”

“我不知道！”莉芮尔厉声回答。她深吸一口气，然后继续说道：“对不起。坏狗说尼古拉斯体内有其中一个半球的一小片金属。我也只知道这些。不过这已经足以解释为什么他会和赫奇一起做事。”

“那他现在在哪儿？”萨姆问，“还有……我们现在该做些什么？”

“几乎可以肯定，他在赫奇运输两个半球的船上，”莉芮尔回答，“运到安塞斯蒂尔。”

“安塞斯蒂尔！”萨姆惊呼。同时莫格也从背包里跳出来，小猫朝莉芮尔走了几步，然后又皱着鼻子退了回去。

“是的，”莉芮尔沉重地说，不去理会莫格的反应，“显然，赫奇——或者毁灭者自己——知道穿越界墙的办法。他们用船尽可能把两个半球运到靠近界墙的地方，然后再运过界墙，去一个叫作福文加工厂的地方。到那儿以后，尼克用一千个避雷针把整场风暴的电能注入半球，从而使两个半球合并在一起。然后，我想，禁锢在半球中的东西，无论那是什么，将再次合为一体，挣脱束缚。恐怕只有咒契知道那时会发生什么。”

“彻底的毁灭，”坏狗阴郁地说，“所有生命的尽头。”

大家都默然，算是同意了坏狗的说法。坏狗抬起头看到萨姆和莉芮尔正盯着她，只有莫格无动于衷，清理着自己的爪子。

“我想是时候告诉你们，我们面对的究竟是什么了，”坏狗说，“但是我们应该先找个便于防守的地方。赫奇用来挖掘深坑的亡者都还在，而那些可以白天活动的强大亡者正对生命感到饥渴。”

“溪口有个岛屿，”萨姆慢慢地说，“不是特别有效的防御，但比没有强。”

“带我们去吧。”莉芮尔疲倦地说。她想当场崩溃，捂住耳朵不听坏狗要告诉他们的事情。但这于事无补，他们必须知道这一切是怎么回事。

岛上怪石嶙峋，矮树丛生。它原本是湖边的一个小山丘，小溪从旁边流过。但几个世纪前，湖面抬高，溪水被山丘一分为二。现在，小岛就位于宽阔的溪口，四面环水，北面、南面、东面是奔涌的急流，西面则是深深的湖水。

他们涉水过溪。莫格趴在萨姆的肩膀上，坏狗在溪中游水而过。莉芮尔注意到，与大多数狗不同，她的朋友将整个头部，包括耳朵，全部埋在水下。能阻挡亡者和部分肆行魔法生物的急流显然对坏狗毫无影响。

“你怎么会喜欢游泳，却讨厌洗澡呢？”莉芮尔好奇地问。他们终于回到干燥的地面上，在岩石之间找到一小片沙滩，建起临时营地。

“游泳就只是游泳，没有别的气味，”坏狗说，“洗澡却需要用肥皂。”

“肥皂！我真希望现在能有块肥皂！”莉芮尔大声说。溪水冲走了部分污泥和芦苇花粉，但身上还有很多。她感觉自己满身脏污，简直无法思考。但经验告诉她，如果继续拖延，坏狗肯定又要逃避，什么都不肯说了。她坐在背包上，满怀期望地看着坏狗。萨姆也坐下来，莫格从他肩膀上跳下来，伸伸懒腰，然后舒服地趴在温暖的沙滩上。

“告诉我们，”莉芮尔要求，“两个半球中囚禁的是什么东西？”

“我想太阳够高了，”坏狗说，“应该有几个小时不被打扰。虽然可能……”

“告诉我们！”

“我正要告诉你，”坏狗非常严肃地抗议，“我只是在寻找最合适的表达方式。毁灭者有很多个名字，但最常用的是我将要写下的这个。除非必要，千万不要读出来。现在两个银色半球已经重见天日，即使这个名字都蕴含着力量。”

坏狗蜷曲脚掌，只露出一根尖利的脚趾，在沙滩上写出七个字母。她用的是现代字母，咒契魔法师交流魔法论题时，偏爱使用不具有魔法的现代字母。

这七个字母组成了一个词。

奥兰尼斯。

“这是什么人……或者什么……东西？”莉芮尔在心里默默地念出这个名字。她已经有种情况比想象中更糟糕的感觉。莫格蜷缩着身体，感到一种强烈而微妙的紧张，他碧绿的眼睛盯着那几个字，这样坏狗注意不到他的眼神。

坏狗没有马上回答，只是在沙滩上摩擦着脚掌，咳嗽了几声。

“请告诉我们，”莉芮尔轻声说，“我们必须知道。”

“它是第九位光明者，是肆行魔法生灵中最强大的。创世之初，咒契被制定时，它以一己之力对抗另外七个光明者，”坏狗说，“它是世界的毁灭者，其本质就是以毁灭对抗创造。很久以前——久到无法以年计数——它被打败了，灵魂一分为二，分别封存在两个银色半球内。这两个半球被用七层束缚加以防护，之后被深埋于地下。当初以为它将永远不会被释放出来。”

莉芮尔紧张地扯着自己的头发，希望能永远消失在长发之后。

她万分焦虑，想要大笑或尖叫或跌坐在地上痛哭。她看向萨姆。他正用力咬着嘴唇，完全没有意识到自己已经把嘴唇咬破，鲜血沿着下巴滴下来。

坏狗没有再说什么，莫格则一直盯着那几个字。

奥兰尼斯。

“我们怎么可能打败这样的东西呢？”莉芮尔突然大声说，“我甚至还不是真正的阿布霍森！”

萨姆在她说话时摇摇头，但莉芮尔看不出那是反对还是赞成。他一直摇头，莉芮尔终于意识到他只是无法完全理解坏狗告诉他们的事情。

“它还被囚禁着，”坏狗轻轻地说，她舔了舔莉芮尔的手，表示鼓励，“只要两个半球还是分开的，毁灭者就只能使用很小一部分力量，而且无法使用最具破坏性的那部分。”

“你之前怎么不告诉我们！”

“因为之前你还不够强大，”坏狗解释道，“那时，你还不知道自己到底是谁。现在你知道了，也已经准备好彻底了解我们所面对的情况。此外，在看到闪电风暴之前，我自己也不确定。”

“我早就知道，”莫格说，他站起身，伸了一个长长的懒腰，然后坐下来检查他的右脚掌，“很久以前就知道。”

坏狗皱皱鼻子，显然不相信莫格，然后继续说话。

“最令人不安的是赫奇要把两个半球运到安塞斯蒂尔。一旦他们越过界墙，我不知道会发生什么。也许尼克大规模的避雷针会帮助毁灭者合并两个半球，重归完整。如果真是这样，那么界墙两侧，所有人……所有的一切都死定了。”

“它一直是九个中最强大、最狡猾的，”莫格沉思着说，“它一定已经想到，唯一可以完整归来的地方就是它从未涉足过的地方。然后它不知怎么又了解到古国之外还有一个国度，毕竟毁灭者在界墙建成很久之前就被禁锢了。聪明，太聪明了！”

“听起来你好像很钦佩它，”萨姆有点讽刺地说，“这可不是作为阿布霍森的仆人应有的态度，莫格。”

“哦，我确实很钦佩毁灭者，”莫格睡梦般地回答，粉红色的舌头舔着嘴角，露出雪白的牙齿，“但只能远远地钦佩。你知道，如果真的遇见，它会毫不犹豫地消灭我——因为很久很久以前，它召集部下对抗另外七个，我拒绝与它结盟。”

“那是你做过的唯一一件明智的事情，”坏狗低吼，“不过，你本可以更明智的。”

“不支持也不反对，”莫格说，“因为不论选择哪一方我都会失去自我。当然，选择中立最终对我也没什么好处，我还是失去了大部分的自己。唉，悲哉！但生活还要继续，河里还有鱼，毁灭者也正向着安塞斯蒂尔去，希望重获自由。我很好奇你的计划，继任阿布霍森女士。”

“我还不确定究竟有没有计划。”莉芮尔回答。她的大脑沉浸于恐惧之中。她甚至还无法完全理解毁灭者造成的威胁，因此还能感到疲惫和饥饿，而最强烈的是身上散发恶臭的污泥所引起的恶心。“我想我必须洗一洗，吃点儿东西。在此之前，我还有个问题，或者说两个问题。”

“首先，如果毁灭者在安塞斯蒂尔得以重归完整，它能做什么吗？我的意思是，咒契和肆行魔法在界墙另一侧都无效，对吗？”

“魔法会逐渐消失。”萨姆回答，“我在界墙以南三十英里的学校中可以使用咒契魔法，在考威尔则完全不行。另外，这也取决于刮的是不是北风。”

“不管怎样，毁灭者本身就是肆行魔法的源泉之一，”坏狗沉思着皱起眉头，“如果它重归完整，获得自由，就可以漫游于任何地方，尽管我不知道在古国之外它将如何显现。界墙肯定无法阻止它，因为界墙的咒契石只包含七人中两人的力量，而很久以前是合七人之力才将毁灭者囚禁的。”

“这就引出了我的下一个问题，”莉莉尔疲惫地说，“你们俩谁知道——或者记得——七人是如何将它一分为二并封存进两个半球的吗？”

“和很多力量一样，我那时已经被束缚了，”莫格不屑地说，“再说，我现在已经不是一千年前的我，更不必说创世之初的我了。”

“某种程度上，我当时在场，”漫长的沉默后，坏狗开口说，“但我现在也只是曾经的我的影子，只记得那之后的事情，所以也无法回答你的问题。”

莉芮尔想到《回忆与忘却之书》中的某段文字，然后叹了口气。她之前就听过“创世之初”一词，但现在才想起是来自哪本书。

“我想我知道如何寻找答案，虽然我不知道能否做到。不过我必须在污泥浸透我的衣服前先洗个澡！”

“然后想个计划？”萨姆满怀希望地问，“我想我们必须尽力阻止两个半球越过界墙，对吗？”

“是的，”莉芮尔说，“严密看守，好吗？”

她小心翼翼地走到溪水中，心想幸好今天是一个反常的炎热的日子。她本想脱下衣服彻底清洗一下，但还是放弃了。虽然不清楚盔甲鳞片是什么材质，但至少不是金属，所以不必担心生锈。而且她也不想半裸的时候被亡者出其不意地攻击。另外，天气很热，雨早已停了，衣服很快就能干了。

她把佩剑放在岸边，法铃带挨着佩剑。它们也都需要彻底清洗，法铃带还需要重新打蜡。盔甲罩衫内外满是污泥，必须一点一点刮掉。她把它卷起，放进急流之外的一个小水池。

突然的声响让她四处张望，结果发现只是坏狗。她小心地滑下溪岸，嘴里叼着一个明亮的黄色的东西。她来到莉芮尔身边后，把那个东西吐了出来，紧接着是坏狗的唾液。

“瞧，”坏狗说，“肥皂。看我多爱你？”

莉芮尔笑着抓住肥皂，用溪水冲走坏狗的唾液，然后开始涂抹在身上和衣服上。很快，她就被完全包裹在了肥皂泡中，但污泥和红色花粉很难清洗，尽管有肥皂和水，仍然无法清洗干净。她的罩衫似乎被永久染色了，除非她有时间和精力施展洗涤魔法。

不使用魔法，她可以边洗衣服，边思考下一步的计划。她想得越多，就越清楚地意识到，他们无法在古国境内阻止赫奇运送两个半球，唯一的机会是在界墙拦截他们。这就意味着要进入安塞斯蒂尔，争取任何可能的帮助。

如果他们竭尽全力，仍然没能阻止赫奇把两个半球运过界墙，那么还有最后一个机会：阻止尼克的闪电农场帮助毁灭者重归完整。

如果那也失败了……莉芮尔不想再去考虑那之后要采取什么补救措施。

当她认定除非换新的衣服，否则再洗也无济于事时，莉芮尔涉水回到岸边擦洗自己的装备。她小心翼翼地擦洗法铃带，用一块气味香甜的蜂蜡打蜡，用鹅油和布擦洗尼希玛。然后，她穿上罩衫，把法铃带和佩剑佩戴在盔甲外。

萨姆和坏狗站在最大的一块岩石上，望着湖岸和天空。莫格又不见了，他可能已经又回到萨姆的背包里了。莉芮尔爬上岩石，在萨姆和坏狗之间选了一小片阳光照耀的地方坐下来，吃一块肉桂饼干以缓解饥饿。

萨姆看着她吃东西，但显然迫不及待地想要开口说话。

莉芮尔起初不理会萨姆，直到他从袖子里拿出一枚金币抛在空中。金币旋转着不断上升，就在莉芮尔以为它要落下时，它悬在了空中，转个不停。萨姆盯着看了一会儿，叹了口气，打了个响指。金币立即掉进了他的手中。

他重复几次，直到莉芮尔打断他。

“那是什么？”

“哦，你吃完了。”萨姆无辜地说，“这个？这是枚羽毛金币。我做的。”

“用来做什么？”

“不做什么，只是个玩具。”

“是为了惹人烦，”萨姆背包里的莫格说，“如果你不把它扔掉，我就吃了它。”

萨姆握紧硬币，放回了袖子里。

他说：“我想它确实惹人烦。这是我做的第四个。妈妈打破了两个，艾丽米尔拿走了上一个，把它砸扁了，这样它就只能在地面附近摇摆。不管怎么样，现在你已经吃完了——”

“怎么？”莉芮尔问。

“哦，没什么，”萨姆明朗地回答，“我只是希望我们可以讨论一下……我们接下来怎么做。”

“你觉得我们该怎么办？”莉芮尔问，努力抑制羽毛金币引起的怒气。不管怎样，萨姆似乎没有她预期中那么紧张和焦虑。莉芮尔心想，也许他已经认命，同时自问自己是否也如此。面对一个力量明显超越他们的敌人，他们只能听天由命，等待被杀害或奴役的下场。但她感觉自己并没有认命。清洗干净后，莉芮尔异常乐观，好像他们真的可以做点儿什么。

“在我看来，”萨姆停下，若有所思地咬着嘴唇，“在我看来，我们应该赶到那个福文加工厂……”

“福文加工厂。”莉芮尔打断说。

“就是福文加工厂，”萨姆继续道，“我们应该尽量先赶到那儿，从安塞斯蒂尔尽可能争取帮助。我的意思是，他们不想任何人从古国携带任何东西进入境内，更不必说他们根本不懂的魔法事物了。所以，如果我们能先赶到，获得帮助，我们就可以在赫奇和尼克把两个半球运抵之前将尼克的闪电农场拆除或摧毁。没有闪电农场，尼克就没办法把电能注入两个半球，也就能继续禁锢它了。”

“这是个不错的计划，”莉芮尔说，“不过，我认为我们应该先尽量阻止两个半球穿越界墙。”

“有个问题，不解决好的话，这两个计划都无从谈起。”萨姆犹豫地说，“那两艘边城海船从边城到雷德蒙斯只需要不到两天的时间，有法术风的话会更快。从雷德蒙斯到界墙并不远，根据他们拖拽半球的速度，也许要半天左右。而我们步行到界墙至少要四到五天。即使我们今天能找到马骑，至少也会比他们晚到一天。”

“可能会晚更多，”莉芮尔说，“我不会骑马。”

“哦，”萨姆说，“我总是忘记你是个珂眯。从没见他们骑过马……我想我们只能期盼安塞斯蒂尔不让他们通过。尽管我都不确定他们能不能阻止一个赫奇，除非有很多侦察兵——”

莉芮尔摇摇头。“你的朋友尼克有一封他舅舅写的信。我不知道总理是什么，但是尼克似乎认为这封信会迫使安塞斯蒂尔人允许他把两个半球带过界墙。为什么‘你的朋友尼克’总是给我们制造麻烦呢？”

萨姆抗议道：“他的确是我的朋友，但这些事情都是毁灭者和赫奇让他做的。这不是他的错。”

“对不起，”莉芮尔叹了口气，“我知道这不是他的错，我不会再称他‘你的朋友尼克’了。但他确实有这样一封信。或者应该说，界墙另一侧的某个人带着这封信，那个人会在界墙接应他们。”

萨姆挠挠头，恼怒地皱起眉头。

“这取决于他们从哪里穿越界墙，谁负责把守，”他沮丧地说，“我猜他们会在防御带被部队拦下，但那些部队多半是常规军而非侦察队员，只有他们是咒契法师。所以他们可能会让尼克、赫奇以及他们所有人都穿过防御带。而且我认为普通的部队即使想阻拦，也根本拦不住赫奇。如果我们能先赶到那儿就好了！我认识廷德尔将军——他指挥整个防御带的军队。而且我们可以给在考威尔大使馆的父母打电话，如果他们还在那里。”

“我们也可以走海路吗？”莉芮尔问，“我们在哪儿能找到比尼克的船更快的船呢？”

“边城是最近的地方，”萨姆回答，“但至少要往北走一天，所以我们多耗费的时间和能节省的一样多。如果边城还存在的话。我不愿去想赫奇是怎样找到他的船的。”

“那么河流下游呢？”莉芮尔问，“有没有渔村之类的？”

萨姆心不在焉地摇摇头。他知道肯定会有个办法。他可以感觉到有个念头就潜伏在什么地方，呼之欲出。他们怎样才能比赫奇和尼克更快赶到界墙呢？

陆地、海洋……还有天空。

“飞！”他跳起来大叫着，双手举在空中，“我们可以飞！你的猫头鹰咒契皮肤！”

这次轮到莉芮尔摇头了。

“我至少需要十二个小时才能制作两件咒契皮肤。也许还要更久，因为我需要先休息一下。而学习飞行还得需要几周的时间。”

“但我不需要咒契皮肤，”萨姆兴奋地说，“是这样——我之前看过你制作猫头鹰咒契皮肤。我注意到设定它的大小只需要几个关键的咒印，对吧？”

“是吧。”莉芮尔的语气里充满疑虑。

“嗯，我的想法是，你做一件非常大的猫头鹰咒契皮肤，大到可以用爪子抓着我和莫格一起飞，”萨姆继续说，激动地比画着，“这不需要花费比平常更多的时间。然后，我们飞到界墙……穿越它……从那里采取行动。”

“绝妙的想法。”坏狗说，表情里满是惊喜和赞许。

“我不知道，”莉芮尔说，“我不确定巨型咒契皮肤是否可行。”

“一定行。”萨姆自信地说。

“我想我们也没有别的可做，”莉芮尔平静地说，“所以我最好试试。莫格在哪儿？我很好奇他对你的计划有什么看法。”

“糟透了，”莫格在巨石下的阴凉处含混地说，“但也没有理由不行。”

“还有一件事，我想我可以稍后去做，”莉芮尔犹豫着说，“在界墙另一侧可以进入冥界吗？”

“当然，取决于你有多深入安塞斯蒂尔，跟魔法一样，”萨姆回答，他的声音突然严肃起来，“你要……你要做什么？”

“使用暗镜回顾过去，”莉芮尔说，声音无意识地蒙上了些许珂睐预言的音色，“回到创世之初，看看七位光明者是如何击败毁灭者的。”

## 第十四章

# 飞向界墙

“它巨大无比，”男人呜咽道，眼神和声音里满是恐慌，“比马还要大，长着翅膀……翅膀都遮住了天空。爪子里抓着一个男人，悬在那儿……太可……太可怕了！那尖叫声……你们一定听到尖叫声了吧？”

这一小伙旅行者的其他成员纷纷点头，望向暮色初上的天空。

“而且，还有个什么东西跟它一起在飞，”男人小声说，“是一只狗，一只长着翅膀的狗！”

他的伙伴互相看看，眼神中满是怀疑。他们可以接受巨型猫头鹰的说法，因为他们听到了尖叫声。毕竟这里是边境之地，又是多事之秋。他们这几天确实见到了很多连想都没想过的东西，但是一只长翅膀的狗？

“我们最好继续赶路。”这群人的领队说。她看上去是个很强悍的女人，额头上有咒印的标记。她闻了闻空气补充道：“空气有点奇怪，但我们要继续赶往霍格瑞斯特，除非你们有更好的主意。你们谁帮帮埃乌夫吧，给他口酒喝。”

很快，旅行者们拆了帐篷，松开马缰绳，继续向北前行。倒霉的埃乌夫喝水似的喝着酒袋里的酒。

在这伙旅行者南面的天空中，莉芮尔拍打翅膀的速度渐渐变慢。以正常猫头鹰二十倍的体形飞翔十分艰难，尤其是还带着萨姆、莫格和两个背包。萨姆一路上为她施注力量和耐力咒印，但大部分魔法都被咒契皮肤吸收了。

“我得停一会儿。”翅膀再次传来一阵痛楚时，她对飞在身后的坏狗喊道。莉芮尔在丛林中选了一处空地，开始滑翔降落。

这时，她突然看到了他们的目的地。越过森林，长长的灰色线条蛇一般卧在矮山的山峰上，由东向西，蜿蜒到她看不到的远方。那就是分隔古国和安塞斯蒂尔的界墙。

再往远处，界墙的另一侧是无尽的黑暗。安塞斯蒂尔正值早春，几近午夜的黑暗蔓延至界墙，与古国夏日傍晚的温暖短兵相接。这情景让莉芮尔立刻头痛起来，她的猫头鹰眼睛无法适应这种强烈的对比——这边是傍晚，那边是午夜。

但界墙就在那儿，在此情此景中尤为凸显。她忘记了身上的痛楚，也忘了即将停落的空地。翅膀轻轻一振，她又飞向高空，直直向着界墙飞去，充满欢欣的尖叫声划破夜空。

“别直接飞越过去！”萨姆在下面急切地喊，同时向内拉紧自己的临时安全带，那是用佩剑肩带和背包带做成的，猫头鹰的爪子紧紧抓着带子。“记住，我们必须在界墙这边降落！”

莉芮尔听到萨姆的话，想起了他之前关于安塞斯蒂尔境内的防御带的警告。于是她垂下一只翅膀，开始盘旋下降。但她立即意识到，自己错误估计了飞行速度，这样的话，萨姆、莫格，还有她自己都会结结实实地摔到地上，于是她立即狂乱地扇动翅膀。

翅膀的拍动多少起了点儿作用。萨姆从地上爬起来，检查自己瘀青的膝盖，幸好还能活动。然后他走向躺在他身边、显然受惊的巨型猫头鹰。

“你还好吗？”他焦急地问，不知道该怎么为她检查。要怎么给一只猫头鹰把脉呢？尤其是一只身长二十英尺的猫头鹰。

莉芮尔没有回答，几缕微弱的金色光线沿着巨型猫头鹰周身细小的纹路流动。光线交汇，萨姆看到一个个独立的咒印；接着整个猫头鹰的身体发出强光，萨姆不由得退后几步，遮住眼睛躲避耀眼的光芒。

随着古国一侧落日西沉，萨姆眼中只剩下柔和的暮光。旁边，莉芮尔四肢伸展趴在地上，不停地呻吟。

“哎哟，我身上的每块肌肉都痛死了，”她咕哝着，双手撑地，慢慢坐起，“而且，我现在恶心极了！咒契皮肤简直比烂泥还难闻。坏狗在哪儿呢？”

“我在这儿，主人，”坏狗说着冲到莉芮尔身边，舔了舔她张开的嘴，莉芮尔十分惊讶，“真有趣，尤其是飞过那个男人头顶时。”

“我不是故意的，”莉芮尔边说边扶着坏狗站起身，“我跟他一样惊讶，但愿我们节省了足够多的时间，这样才值得。”

“如果我们今晚能越过界墙——还有防御带——我们一定能赶在赫奇前面，”萨姆说，“毕竟，船能走多快？”

这是个反问句，但还是有人回答了。

“如果有法术风助力，船一昼夜可以航行六十多里格，”莫格从萨姆的背包里闷声说道，声音里带着不容置疑的权威，“我推测他们今天中午左右就到达雷德蒙斯了。从那儿到界墙，谁知道要多久呢？这取决于他们搬运半球的速度。说不定他们已经穿过界墙了。而且古国和安塞斯蒂尔有时差。赫奇，在毁灭者的帮助下，甚至可能操纵时间差，节省一天……甚至更多的时间。”

“更兴奋了，是不是，莫格？”莉芮尔说道。其实她自己也出乎意料地兴奋，没有预想中那么累。猫头鹰咒契皮肤确实有用，她很骄傲。她很确定他们已经赶在赫奇和他的船前面了。

“我想我们应该继续前进，”她说，最好不要太过乐观，“萨姆，我还没想过这一点，我们怎么进入安塞斯蒂尔境内？怎么穿越界墙呢？”

“穿越界墙很容易，”萨姆回答，“除了目前的关卡，界墙上还有很多老旧的城门，都上了锁，并且被封印了，但我想我可以打开。”

“我相信你可以的。”莉芮尔鼓励他。

“但穿过防御带会比较困难。虽然大部分部队都驻守在关卡附近，在这么远的西部可能只有巡逻队，但他们会射杀任何非法越境人员。为保证安全，我想我们可以分别伪装成关卡过来的军官和中士。你可以扮成头部受伤的中士——这样你就不用说话，避免麻烦。巡逻队应该会相信——至少不会直接射杀我们。”

“坏狗和莫格怎么办？”莉芮尔问。

“莫格可以待在我的背包里，”萨姆向后瞥了一眼那只猫，补充道，“但你必须保证安静，莫格。会说话的背包肯定会让我们送命。”

莫格没有回答。不过既然没有抗议，萨姆和莉芮尔就当作默许了。

“坏狗也可以用魔法伪装一下，”萨姆继续道，“伪装成一只军队里的嗅探犬。她有项圈，再穿上腹甲，会很像。”

“嗅探犬探测什么？”坏狗很感兴趣地问。

“哦，炸弹啊，还有……嗯……其他的爆破装置，就像我们用的爆炸咒印，不过是用化学物质制成的，不是魔法，”萨姆解释，“那是南方的一种东西。但他们在防御带也有特殊的军犬，专门嗅探亡者和肆行魔法。那些军犬比普通的安塞斯蒂尔狗更善于侦察这些东西。”

“我自然也不能说话，对吧？”坏狗说。

“对，”萨姆确认，“我们得给你一个名字和编号，就像真正的嗅探犬那样。乌佩特怎么样？我知道有条狗就叫这个名字。而且你可以用我在学校军训队的旧编号，282973，或者简单点，就973号乌佩特吧。”

“973号乌佩特，”坏狗玩味着，口中不断重复这个名字，好像那是能吃的东西，“很有趣的名字。”

“我们最好现在就释放伪装幻象，”萨姆说，“穿越界墙前就熟悉自己的角色。”

他望着界墙南侧安塞斯蒂尔的夜色，说道：“我们得在黎明之前穿过界墙，黎明已经快来了。夜里遇到巡逻队的概率会小一点儿。”

“我还没施过伪装魔法。”莉芮尔有点犹疑。

“我来，”萨姆回答，“你也不知道我们要伪装成什么样。其实也没那么难——比你的咒契皮肤简单多了。我可以很轻松地伪装三个。”

“谢谢你。”莉芮尔说。她挨着坏狗坐下来，放松自己酸痛的肌肉，顺便抓着坏狗的项圈挠挠它。萨姆走开几步，选出伪装所需要的咒印。

“想到他是我外甥，就觉得好笑，”莉芮尔轻声对坏狗说，“感觉很奇怪。我们是真正的一家人，不像珂睐，大家都是宗族表亲。自己有一个姨妈，也是别人的姨妈，还有一个姐姐……”

“又开心又奇怪吧？”坏狗问。

“我还没认真想过这个问题，”莉芮尔沉默地想了一会儿，然后回答，“又开心又伤感。开心，是因为我是……我是阿布霍森，骨血都是，所以找到了归属感。伤感，是因为我之前所有的生活都没有归属感，不是真正的珂睐。我竟然花了那么多年的时间，想去成为一个我注定不是的人。现在我想，如果真的成为珂睐，我会满足吗？还是说，如果真的成为珂睐，我根本想象不到自己还可以有其他身份？”

她犹豫着，然后安静地补充说：“不知道我母亲清不清楚我的童年会是什么样子。但那时我母亲也是珂睐，大概无法理解在冰川长大却没有预视能力，是怎样的感受。”

“这倒提醒我了，”莫格出人意料地从背包中探出脑袋，因为猛地钻出，左耳被压弯了，“阿瑞丽，你的母亲，她在宅邸的时候给我留了一个口信。”

“什么！”莉芮尔惊呼，跳过去抓住莫格的后颈，完全忘了岚纳的铃声会让人昏昏欲睡，也忘了猫皮肤下的肆行魔法与咒契项圈碰撞会让人很不舒服，“什么口信？为什么之前不跟我说？”

“嗯……”莫格回答。他抓住还在她手中的项圈，用力挣脱。就在莫格要滑出那条皮革项圈逃脱前，莉芮尔松开了手。岚纳警告的铃声让莫格停止了扭动，“如果你要听的话，我就告诉你——”

“莫格！”坏狗咆哮着追过去，呼吸喷在猫的脸上。

“阿瑞丽预视到我跟你一起，在界墙附近，”莫格快速地说，“她当时坐在自己的纸翼中，我正要递给她一个包裹——不过，那时的我不是现在的样子，你懂吧。事实是，如果不是在宅邸地下被迫交谈后，我再次变成那个身形，我大概也记不起来了。很奇怪，我变成人形的时候，记忆会不一样。大概只有来到她预视的地方后，我才会记起来，否则都必须忘记……”

“莫格！口信是什么！”莉芮尔恳求道。

莫格点点头，舔了舔嘴唇。很显然，他只会按自己的思路讲述。

“我把包裹交给了她，”他继续道，“她看着瀑布上的薄雾，那天瀑布上有一道彩虹，但她并没看到。我看到她的眼中满是预视的景象，然后她说：‘你将与我女儿一起站在界墙附近。你会看着她成长，而我却不能。告诉莉芮尔……我的离开是……是……迫不得已的。我已将她和我的生命与阿布霍森连在了一起，我们母女都将走上一条不由自己选择的路。告诉她，我爱她，我永远爱她，离她而去之时也是我心死之时。’”

莉芮尔全神贯注地倾听，她听到的不是莫格的声音，而是她母亲的声音。莫格讲完，莉芮尔抬头看向布满红晕的天空，和界墙之外闪烁的繁星，慢慢落下一滴泪。夕阳余晖中，一道银色的泪痕留在她脸上。

“你的伪装我做好了，”萨姆说，他一直专注于咒印，完全没听到莫格所说的话，“只需要迈进去就好。眼睛一定要闭上。”

莉芮尔转身看着空气中闪光的轮廓，跌跌撞撞地走过去。走进咒印之前，她闭上眼睛。金色的火焰在她的脸上蔓延开来，像温暖而热情的双手拂过她的脸庞，擦干了她的眼泪。

## 第十五章
# 防御带

“中士——那边肯定有东西在动，”上等兵兰斯·科博拉·霍罗克斯轻声说，他正透过勒温机枪的瞄准器观察周围，“要不要让他们吃几发子弹？”

“不用怕！”埃文斯中士轻声回答，“你什么都不知道吗？如果那是个亡魂，或者格里姆斯什么的，它会直接过来把你生吞活剥！斯卡罗——回去告诉中尉，这儿有情况。剩下的人，传话下去，上刺刀，别出声。除非我下令，任何人不许动。”

斯卡罗转身跑进他们身后的通信战壕，埃文斯又自己观察了一下外面的动静。主战壕里传来上刺刀的咔嗒声，声音被努力压低。埃文斯自己也给弓上好弦，在信号枪里装上红色的弹药盒。红色代表有来自界墙之外的入侵。他心想，至少信号枪不失灵的话，能发出正确的警告信号。一股温暖的北风从古国吹来，这有助于融化战壕内的冻土，驱走寒冷，因为春天还没有完全取代刚刚过去的冬天。但这也表示，枪械、飞机、热焰信号弹、地雷，以及其他任何技术类的东西都可能失灵。

“有两个人——和类似一只狗的什么东西。”霍罗克斯再次低声道，他扣扳机的手指慢慢弯曲，压向扳机。

埃文斯凝视着黑暗，努力地想要看清什么。霍罗克斯不太聪明，但他确实有超出常人的夜视能力，比埃文斯要好多了。埃文斯什么都看不到，但能听到金属线上的锡罐叮当作响。有什么人……或什么东西……正慢慢地穿过来。

霍罗克斯的手指现在已经扣入扳机护环，拉下保险，弹鼓满弹，枪膛也已经装入一发。他现在只等一声令下，或许还要等风向转变。

然后他突然叹了口气，松开扳机上的手指，身体离开枪托向后倾斜。

“看起来像是我们的人，”他说道，声音也没那么低了，“侦察兵。一名军官，还有个可怜的倒霉蛋，头上缠着绷带。其中还有一只……你知道的……闻味儿的狗。”

“嗅探犬，”埃文斯不假思索地纠正，“闭嘴。”

埃文斯正在思考该怎么做。他从未听说古国的生灵会以安塞斯蒂尔军官或部队军犬的样子出现。它们曾经化身几乎看不见的影子、普通的古国人以及会飞的恐怖怪物。但凡事都有第一次——

“怎么了，埃文斯？”身后一个声音问道。他心里顿时轻松起来，但他不露声色。廷德尔中尉可能是某位将军的儿子，但绝非无用的文职官员。他对防御带的事一清二楚——他额头上的咒印就可以证明这一点。

“前面有动静，大概五十码远。”他报告，“霍罗克斯认为他看到两个侦察兵，其中一个受伤了。”

“还有一只闻味儿——嗅探犬。”霍罗克斯补充道。

廷德尔没说话，向前走了几步，从护墙向外看。确实有两个不明身份的模糊身影正在靠近。但他感觉不到一丝危险的力量，也感觉不到危险的魔法。但确实是有什么……但如果他们是关卡侦察兵的话，他们同时也是魔法师。

“你发射过信号弹了吗？”他问，“白色的？”

“没有，长官，”埃文斯说，“现在是北风，信号弹可能无效。”

“很好，”中尉说道，“警告所有人，我要向前方投射光线，所有人站好，听我命令。”

“是，长官！”埃文斯回答。他转身对身边的部下小声说：“准备作战！前方投光！传下去。”

命令挨个传了下去，士兵在射击踏台上站好，他们的姿势中明显透着紧张。埃文斯没办法看到整个排——天太黑了——但他知道两端的下士会安排妥当。

“现在释放。”廷德尔中尉说。一个微弱的光咒印在他半握的手中出现。在它慢慢变亮时，他将咒印举过肩，像掷板球一样扔向前方。

咒印穿过空气，白色的火花越来越亮，变成一个小型太阳，在那片无人之地上空奇异地高悬着。强光之下，一切暗处都被照亮，可以清楚地看到有两个人沿着带刺铁丝网间狭窄的“之”字形小路走来。正如霍罗克斯所说，他们身边还跟着一只嗅探犬。两人的盔甲里面都穿着安塞斯蒂尔部队的卡其色制服，这是防御带部队的标志。他们身上难以名状的奇怪织物和武器也都表明他们隶属于防御带勘测队，更众所周知的名字，就是关卡侦察队。

光罩在他们身上，其中一个男人举起了双手。头上缠着绷带的那个，也慢慢地跟着照做。

“是友军！别开枪！”咒契光慢慢在头顶变暗，萨姆斯大声喊，“斯通中尉和克莱尔中士，带着一只嗅探犬！”

“举起双手，一个一个进来！”廷德尔喊道，他与旁边的中士悄声说，“斯通中尉？克莱尔中士？”

埃文斯摇了摇头，“从来没听过，长官。但是您也知道，侦察兵都不怎么跟别人接触。这个中尉看起来倒确实有点面熟”。

“对。”廷德尔皱着眉喃喃地说。正在靠近的那个军官确实有点儿熟悉。那个受伤的中士的确像因为持续的疼痛而缓慢地拖着脚步行走。那只嗅探犬也套着卡其色腹甲，上面印着白色的编号，还戴着一根宽宽的铆钉皮项圈。总之，他们看起来很可信。

“在那儿别动！”廷德尔喊道。萨姆斯正好踩在离战壕只有十码的一片松垮的铁丝网上。“我过去查看一下你们的咒印。”

“掩护我，”他低声对身边的埃文斯说，“如果他们身份有问题，你知道该怎么做的。”

埃文斯点点头，将四支带银色箭头的箭插进踏台缝隙的泥土中，以备不时之需，接着在弦上搭了另一支箭。部队并不发放弓箭，甚至不认可弓和银色箭头的使用，但是就像防御带的很多东西一样，每支部队都在用这种弓箭。他们很多人都是老练的弓箭手，而埃文斯是最优秀的弓箭手之一。

廷德尔中尉看着那两个人，随着咒契光变弱，他们的身影也变得模糊起来。他之前按照接受的教导，闭着一只眼阻挡光线，以保护夜视能力。现在他睁开眼睛，再次发现这种办法似乎没什么作用。

他拔出佩剑，剑上的银色条纹在黯淡的星光下闪闪发亮。他爬出战壕，剧烈心跳的声音在胸膛中回荡。

斯通中尉站在那儿等着，双手高举。廷德尔小心翼翼地靠近，所有的感官都保持警觉，防备着肆行魔法或亡者的迹象和气味。但他只感觉到咒契魔法的存在，某种模糊不清的魔法笼罩在那两个人和那条狗身上。他估计是某种起保护作用的魔法。

在距离来者还有一臂远的时候，他把剑轻轻地指向这位陌生中尉的喉咙，就在盔甲带上方大约一英寸处。然后他伸出左手食指去摸中尉额头的咒印。

金黄色的火焰忽然迸发出来，廷德尔感觉自己陷入了咒契熟悉的、永不停歇的旋涡中。这是个纯正的咒印，廷德尔心里长长地舒了一口气，那种释然的感觉与感触到咒契时一样强烈。

“弗朗西斯·廷德尔，是你吧？”萨姆问，庆幸自己在施加魔法伪装时，除了侦察兵军官的制服和装备，还加上了浓密的胡子。去年，他在学校经常参加定期的官方活动，因此与这位年轻的军官见过几次面。他只比萨姆年长几岁。弗朗西斯的父亲——廷德尔将军指挥着整个防御带守卫队。

“是的，”弗朗西斯惊讶地回答，“但我没想起你是……”

“萨姆·斯通，”萨姆斯说道，但他依然举着双手，然后转过头，“你最好检查一下克莱尔中士，但小心他的头，左侧受了箭伤。他现在头昏脑涨的。”

廷德尔点点头，走过去，用剑和手对受伤的中士重复了一遍刚才的程序。他的头基本被用绷带草草包扎了起来，但咒印裸露着，他触摸了一下，发现也没有被腐蚀。同时他也发现这位中士体内的力量十分强大——与斯通中尉一样。这两位军人都是法力强大的咒契魔法师，是他遇到过的最强大的咒契魔法师。

“没有问题！”他对埃文斯中士喊道，“让士兵从踏台下来，监听哨的人也撤下来！”

“啊，”萨姆说，“我想知道你是怎么发现我们的，我原本以为战壕里没人把守。”

“西边有些紧急情况，”廷德尔边带着他们走回战壕，边解释道，“一小时以前我们刚收到命令出动。幸好我们还留在这儿，事实上，营部其他人都在去拜恩的路上，去增援民事当局。可能是南方人难民营有麻烦，也可能是祖国党游行。我们连负责断后。”

“西边有紧急情况？”萨姆焦急地问，“什么紧急情况？”

“我还没收到消息，”廷德尔回答，“你知道些什么吗？”

“我也不知道，”萨姆回答，“但我需要尽快与总部联系，你们有战地电话吗？”

“有，”廷德尔答，“但电话失灵了，大概是因为从界墙那边吹来的风。我想，连队指挥部的电话或许还能用，否则你得一直走到大路那儿。”

“该死！”萨姆边爬进战壕边说道。西边有紧急战事，肯定与赫奇和尼古拉斯有关。他心不在焉地跟埃文斯回礼，发现所有人都在战壕的黑暗中盯着他们，看到他不是来自古国的怪物，他们露出如释重负的表情。

坏狗从他身旁跳下战壕，离得最近的战士受惊后退几步。莉芮尔跟在坏狗后面慢慢地爬了下来，她的肌肉还因为飞行而酸痛。防御带很奇怪，也很恐怖。她能够感觉到这里无处不在的沉重的死亡气息。无数亡者挤在现世的防御带上，无人之境的风笛吹奏着无声的乐曲，阻止他们进入。莉芮尔知道，风笛是萨布莉尔设下的。只要现任阿布霍森还活着，风笛就一直吹奏。一旦她死去，风笛会在下一个月圆之夜失效，亡者随之肆虐，直到下一任阿布霍森将它们束缚。莉芮尔意识到，下一任阿布霍森，就是她自己。

廷德尔中尉察觉到她在颤抖，关切地看着她。

“我们是不是先把中士送到救护站去？”他问道。这位中士有点特别，让他无法直视。如果用眼角余光望过去，廷德尔就会看到一团模糊的光晕，与他身体的轮廓不太相符。他身上那子弹带也很古怪，从什么时候起，侦察队开始背着步枪子弹带了？何况他们两人身上都没带步枪？

“不用，”萨姆马上说，“他会没事的，我们现在必须尽快找到电话，跟德怀尔中校取得联系。”

廷德尔点点头，什么也没说。点头的同时他脸上闪过一丝不安，无数念头涌入脑海。德怀尔中校负责指挥关卡侦察兵，但他过去两个月都在休假。廷德尔和他在父亲的司令部吃了一顿难忘的晚餐，然后亲眼看着他离开。

“你最好跟我一起去连部去，”他最后说道，“格林少校可能想跟您聊一下。”

“我必须打电话，”萨姆坚持道，“没有时间闲聊！”

“格林少校的电话或许还能用，”廷德尔说道，尽力让自己的声音保持平稳，“埃文斯中士——你负责指挥这个排。拜厄特和埃默森……跟我来。不要卸刺刀。哦，埃文斯——派一名通信员到戈特利中尉那里，让他到连部来见我。我想我们可能需要用到他的信号专业知识。”

他带着萨姆、莉芮尔和坏狗沿着通信战壕向前走。埃文斯注意到中尉的眼神，马上去找连队除了格林少校之外的另一位咒契魔法师。他拉住拜厄特和埃默森，小声交代道：“有点儿不对劲，伙计们。如果中尉下令，或者有危险的迹象，从后面刺死他们两个！”

## 第十六章

# 少校的决定

廷德尔中尉把他们带到战壕后面约一百码处，一个很深的防空洞中。萨姆斯心往下一沉。即使在油灯昏暗的光线下，他也可以看出这里住的是个懒散而贪图安逸的军官，他肯定不会听他们的讲述，更不必说去理解迫在眉睫的事情了。

角落里的柴炉烧得很旺，专门用来铺地图的桌子上放着一瓶打开的威士忌，另一个角落里放着一把舒适的扶手椅。格林少校则挤在椅子里，脸色发红，一副很难相处的样子。但萨姆注意到，他至少还穿着靴子。椅子旁边放着一把剑，旁边的钉子上挂着一把装在皮套内的左轮手枪。

他们低头走进防空洞，围站在地图桌旁。“什么情况？”少校吼道。随着一阵吱吱嘎嘎的声响，他从椅子上站起来。作为少校来说，他有点儿老了，萨姆心想。他至少快五十岁了，马上就要退役了。

没等他开口，廷德尔中尉——他已经绕到他们身后——说：“几个冒牌货，长官。只是我还不确定是哪一种。他们额头上的咒印倒是很纯正。”

萨姆听到“冒牌货”一词时板起了脸，坏狗愤怒地低吼，他看到莉芮尔抓着坏狗的项圈。

“冒牌货，哈？”格林少校说。他看着萨姆，萨姆这才意识到这位老军官额头上也有咒印，“你们有什么要为自己辩解的吗？”

“我是防御带侦察队的斯通中尉，”萨姆生硬地说，“那是克莱尔上士和嗅探犬乌佩特。我急需给防御带总指挥部打……”

“胡扯！”少校大吼，但声音里没有一丝怒气，“我认识侦察队的所有军官。我服役够久了！嗅探犬我也非常熟悉，那只狗显然不是同一个品种。它恐怕连厨房里的牛粪都闻不出来。”

“我能闻出来。”坏狗愤愤地说。紧接着是一阵寂静，少校拔出剑对着他们，廷德尔中尉和他的手下向前一步，剑和刺刀抵在萨姆和莉芮尔未佩戴盔甲的脖子上。

“哎呀，”坏狗说着坐下来，头埋在爪子里，“对不起，女主人。”

“女主人？”格林喊道，脸色变得更红了，“你们两个到底是谁？那又是什么东西？”

萨姆叹了口气说：“我是古国的萨姆斯王子，我的同伴是继任阿布霍森莉芮尔。那只狗是我们的朋友。我们身上都施了伪装魔法。请允许我们解除伪装。我们会发点光，但没有任何危险。”

少校的脸看起来更红了，但他点了点头。

几分钟后，萨姆和莉芮尔穿着自己的衣服，以本来面貌站在格林少校面前。显然，两人非常疲惫，最近吃了很多苦。少校仔细地打量他们，然后目光又落在坏狗身上。她的腹甲消失了，项圈也变了，看起来比之前体形要大。她忧郁地望着少校，但很快眨了眨眼。

“是萨姆斯王子。”廷德尔中尉绕过来仔细看过他们的面孔后说。他脸上出现古怪的表情，一副同情的样子。他向一脸惊讶的萨姆斯点了两下头。“她看起来……请原谅，女士，我想说的是你看起来很像萨布莉尔，我是说阿布霍森。”

“是的，我是萨姆斯王子。”萨姆缓缓地说，对这位体重超标、即将退休的少校所能提供的帮助不太抱希望，“我急需联系德怀尔中校。”

“电话坏了，”少校回答，“而且，德怀尔中校正在休假。你有什么急事要联系他呢？”

莉芮尔回答了他的问题。突然从温暖的古国之夏进入安塞斯蒂尔的早春，她感到疲惫、声音嘶哑，有点要感冒的迹象。她说话时，油灯的火焰闪烁着，她的影子随之在桌子上摇曳跳动。

“一个古老而可怕的邪恶灵魂正被带入安塞斯蒂尔。我们希望得到你们的帮助，去找到并阻止它——在它毁灭你们的国家和我们自己的国家之前。”

少校看着她，红红的脸上，眉头紧锁。萨姆担心他不相信，不过事实并非如此。

“如果我不知道你的头衔的意义，不认识你佩戴的法铃，”少校平缓地说，“我会怀疑你言过其实。我从未听说过这么强大的邪恶灵魂，竟能毁灭我们整个国家。真希望现在也没听到。”

“它被称为毁灭者，”莉芮尔说，她的声音很柔和，却充满了离开红湖以来不断滋长的恐惧，“是九大光明者之一，创世之初的自由灵魂。它被另外七位光明者一分为二，束缚起来，埋于地下深处。但是现在，囚禁它的两个金属半球被一个名叫赫奇的役亡师挖了出来。我们谈话的此刻，他可能正带着它们穿越界墙。”

“原来如此，”少校说道，似乎对这个回答并不满意，“我收到旅部信鸽带来的消息，说西边有麻烦，还收到了防卫警报，但之后就没有消息了。你说，赫奇？我刚加入巡逻队时，有个军士叫这个名字。不可能是他。不过——那是三十五年前了，如果他还活着的话，现在应该已经五十岁了……”

“少校，我需要一部电话！”萨姆斯打断了他的话。

“马上！”少校回答，他似乎年轻了不少，干劲十足，“廷德尔，召集你们排，同时告诉爱德华和波瑞特准备行动。我要带这两位——”

“三位。”坏狗说。

“是四位，”莫格从萨姆的背包里探出头，“我受够了保持沉默。”

“他也是我们的朋友，”莉芮尔急忙向士兵们保证，他们已经再次拿起佩剑，端起刺刀，“莫格是只猫，坏狗是……嗯……狗。他们是……嗯……珂睐和阿布霍森的仆人。”

“就像防御带一样！不雨则已，一雨倾盆，”少校说道，“现在，我带你们四位到有备用线路的大道去，试试那里的电话。弗朗西斯，马上到运输集合点。”

他停顿一下，又补充说："我想，你们不知道赫奇他们穿过防御带后会去哪里吧？"

"福文加工厂，那里有个叫作闪电农场的地方，可以让毁灭者重获自由，"莉芮尔说，"他们通过防御带可能没有问题。总理的外甥尼古拉斯·塞尔和赫奇一起，而且有人带着总理的信接应他们，信上允许他们把半球运进安塞斯蒂尔。"

"这份文件还不够，"少校说，"我想这在过境点或许有用，但是他们得在卫兵的陪护下从过境点到拜恩，甚至是考威尔，去征得批准和确认，这中间就得花费几个小时。真正到了防御带，任何头脑正常的人都不会轻易上当受骗。他们只能杀出一条血路来。不过警报是一个小时前响的，他们可能已经这样做了。勤务兵！"

一个下士将头探进防空洞的入口，手掌中隐藏着一截燃烧的香烟。

"给我一张覆盖福文加工厂的地图，它在我们的西面！我从没听说过这个鬼地方。"

"在距离这里约三十英里的海岸边，长官，"正要冲出去的廷德尔停下说，"我在那里钓过鱼，那个海湾里的鲑鱼非常不错。就在防御带以外几英里的地方，长官。"

"是吗？哈！"格林说，他的脸又变得通红，"那里还有什么？"

"有个废弃的锯木厂，一个破旧弃用的码头，还有以前用来从山上往下运送木材的废旧铁路，"廷德尔说，"我不知道这个闪电农场是什么，但是……"

“尼古拉斯在那里建了闪电农场，”莉芮尔打断廷德尔，“我想是最近才建的。”

“那地方有什么人吗？”少校问道。

“现在有，”廷德尔中尉回答，“去年年底，那里建了两座南方人难民营。他们称之为诺里斯和埃里姆顿，就在湖谷边的丘陵上。大概有五万名难民，有警察守卫。”

“如果毁灭者能够合为一体，他们将是第一批丧命的人，”坏狗说，“而且赫奇会在冥界捕获他们的灵魂，奴役他们。”

“我们必须让他们离开那里，”少校说，“虽然在防御带之外我们很难采取行动。不过廷德尔将军会理解的。希望金斯沃德将军回家了，他可是祖国党的坚定支持者。”

“我们必须抓紧时间！”莉芮尔突然打断他。没有时间多说了。她有一种不祥的预感，好像他们在这里度过的每一秒，都是从几乎空掉的沙漏中流失的一粒沙子。“我们必须赶在赫奇和两个半球之前到达福文加工厂！”

“对！”格林少校喊道，突然又动力满满。他似乎需要被不时地刺激一下。他抓起头盔，戴在头上，然后顺手抓住系手枪的绳子，提起手枪，“去吧，廷德尔。抓紧时间！”

接下来，一切都发生得很快。廷德尔中尉消失在夜色中，少校带着他们小跑着穿过另一条通信壕。最终，通信壕延伸到地面上，成为一条小路，每隔几码就有一块涂成白色的岩石标明路径，在星光下闪着微弱的光。古国一侧月亮已经升起，但这边的天空没有月亮，而且寒冷得多。

二十分钟之后，气喘吁吁——但出奇健壮——的少校放慢了脚步。小路延伸至一条东西向的宽阔沥青路，星光下一眼望不到头。电话线杆沿着道路排列，与防御带电话线网络相连。

一座低矮的混凝土碉堡立在道路的另一边，一堆意大利面条似的电话线从电话线杆上伸进碉堡里。

格林少校像一枚重磅炸弹似的冲进碉堡，大声叫醒正趴在交换台上的倒霉士兵，他脑袋埋在蜘蛛网似的电话线和插头里。

“给我接防御带总指挥部！”少校命令道。迷迷糊糊的士兵立即遵命照做，训练有素地插上几根电话线。“要廷德尔将军本人接电话！必要的话请叫醒他！”

“是，长官，是。”接线员含糊不清地咕哝着，后悔自己选择今晚喝掉自己私藏的朗姆酒。他一手捂住嘴巴，尽量不让这位凶恶的少校和他奇怪的同伴闻到酒气。

电话接通后，格林一把抓过听筒，语速很快地说着。很明显，他正在与各种无益于事的中间人交谈，因为他的脸变得越来越红，莉芮尔甚至觉得他火红的皮肤会把胡子点着。最后，终于有一个人让他专心听了一分钟。然后他慢慢将听筒放回支架上。

“现在防御带最西端遭到入侵，”他说，“据说那儿的守军发射了红色的遇险信号火箭，但是我们九英里范围内的岗哨已经失去联系，所以这是一次大范围的入侵。没人知道现在情况如何。廷德尔将军已经下令让飞行纵队出动，但他在过境点还有其他麻烦。那个笨蛋上校命令我待在这里。”

“待在这里！我们不能到西面去阻止赫奇通过界墙吗？”莉芮

尔问。

“一小时前我们的通信就中断了，”格林少校说，“目前还没有恢复。也没再看到信号火箭。这意味着那儿无人生还，或者他们都逃跑了。无论是哪种情况，赫奇和他的半球一定已经穿过界墙和防御带了。”

“我想不通他们是怎么赶上我们的。”莉芮尔说。

“他们在这儿和古国的时差上耍手段。”莫格的声音像从坟墓里发出来的，吓得电话接线员魂不附体。小猫从萨姆的包里跳出来，没理会那个士兵，补充说：“不过，我觉得把半球拖到福文加工厂会慢得多，或许我们能先赶到那儿。”

“我最好和我父母联系一下，”萨姆说，“你们能接通民用电话系统吗？”

“嗯，”少校揉了揉鼻子，欲言又止，“我以为你已经知道了。大约一个星期前发生的……”

“什么？”

“对不起，孩子，”少校说，他挺身肃立，继续说道，“你父母去世了。他们在考威尔被克罗里尼派的激进分子杀害了。一颗炸弹，他们的车被完全炸毁了。”

萨姆面无表情地听完少校的话，然后顺着墙滑下去，瘫坐在地上，头埋进了双手。

莉芮尔把手放在萨姆的左肩，坏狗的鼻子搁在他的右肩上，只有莫格似乎完全不受影响。他坐在接线员的旁边，绿色的眼睛闪闪发光。

莉芮尔花了几秒钟将这个噩耗隔离，把它深埋进内心专门搁置痛苦的地方，好让自己继续前进。如果她侥幸生还，她会为她这位素昧平生的姐姐流泪，她也会为塔齐斯顿和她的母亲，以及这世界上种种糟糕的事情哭泣。但现在没有时间，因为许多别人的姐妹、兄弟、母亲、父亲和其他人都需要依赖他们去完成使命。

“别想了，”莉芮尔说着，捏捏萨姆的肩膀，“现在要靠我们了。我们必须在赫奇之前赶到福文加工厂！”

“我们做不到，”萨姆说，“我们还是放弃……”

他话没说完，自己停了下来，双手从脸上滑下，然后站起身，却弯着腰，仿佛腹痛难忍。他默默地站了一分钟，然后从袖子里取出羽毛金币，向上掷起。金币旋转上升到碉堡的顶部，悬在那儿。萨姆倚靠在墙上，望着它，仍然弯着腰，但头向后仰着。

终于，他不再看旋转的金币，而是直起身体，立正站在莉芮尔面前，没再打响指唤回硬币。

“抱歉。”他低声说。眼中含着眼泪，但他眨眨眼没让眼泪流出来。“我……我现在没事了，”他对着莉芮尔低下头，补充说，“阿布霍森。”

莉芮尔闭上眼睛待了一会儿。这个词说明了一切。她是阿布霍森了，不再是候补了。

“好的，”她回答，同时接受这一头衔和随之而来的一切，“我是阿布霍森，以此身份，我要求可以获得的一切帮助。”

“我将追随你，”格林少校说，“但我无权命令部队也追随你，虽然他们大部分可能会自愿追随你。”

“我不懂！”莉芮尔抗议，“谁还在乎有权无权？你们整个国家都可能被毁灭！生灵涂炭！你还不明白吗？”

“我明白。只是没那么简单……”少校刚开始说话，然后又停下来。他红脸膛上青一块紫一块，太阳穴也变得有些苍白。莉芮尔看他眉头紧皱，正在挣扎纠结，似乎他心里有个奇怪的想法。然后他放弃了这个想法，小心地把手伸进口袋，然后突然抽出，把套着新指环的拳头一下捶在胶木交换机上，机器脆弱的内部爆发出一阵火花和烟雾。

“见鬼！就这么定了！我会命令部队一起去。毕竟，如果我们赢了，那帮政客们最多把我枪毙。至于你，列兵，如果你向任何人提起半个字，我就把你喂给这只猫。明白吗？”

“好极了。”莫格说。

“是，长官！”电话接线员含糊地说。他双手颤抖，拿着消防毯试图扑灭燃烧的交换机残骸。

但是，少校没有等他回答就已经出了门，冲着外面可怜的下属喊道：“赶紧，发动卡车！”

“卡车？”莉芮尔问道，他们跟在少校后面冲出来。

“嗯……就是不用马拉的车子，”萨姆机械地说，这些话慢慢地从他的嘴里冒出来，仿佛他要去回忆它们的具体含义，“它们会……它们会让我们更快赶到福文加工厂，如果能把它发动的话。”

“最好能发动，”坏狗说着用鼻子嗅了嗅，“风正转向西南方向，越来越冷了。你们快看，看看西方！”

他们看过去，发现西面的地平线被刺眼的闪电照亮，远处传来沉闷的滚滚雷声。

莫格也从萨姆背包顶上望向西边。他绿色的眼睛正显示出他在计算着什么，莉芮尔注意到他正在低声地数数。然后他不满地深吸了一口气。

“那孩子说福文加工厂离这里有多远？”他问道，与此同时，他注意到莉芮尔正在看着他。

“大约三十英里。”萨姆说。

“约五里格。”莉芮尔同时说。

“闪电在西方六七里格的地方。赫奇和他的货物一定还在穿越界墙！”

## | 幕间二 |

蓝色邮政服务车减速拐入用砖砌成的小路，发出吱嘎吱嘎的声音。小路尽头的那扇门以往都是大开的，现在却紧紧关闭，汽车不得不继续减速，一阵抖动后停了下来。门内一群拿着枪和剑的人把守着。这些携带武器的女学生穿着白色网球裙或曲棍球比赛用的束腰外衣，她们手中更应该拿着网球拍或曲棍球棒。其中两个用步枪瞄准了司机，另外两个从旁边的边门走出来，她们手中的剑刃在傍晚的阳光下闪耀着光芒。

司机抬头看着门上方熠熠闪光的哥特式字母拼成的“威沃利学院”，下面还有一行字体稍小的铭文，“成立于1652年，为高雅青年女子而建”。

“真是古怪的充满血腥的高雅。”他咕哝着。他不喜欢这种害怕女学生的感觉。他回头看了一眼车厢内，大声说：“我们到了，威沃利学院。”

后面的车厢发出一阵微弱的沙沙声，然后慢慢变成一连串的砰砰声和沉闷的感叹声。司机看着邮包自己站起来，一双手从里面伸出来，扯开邮包上面的带子。然后他收回目光，看向前面。两个女学生走到他的车窗前，他立即摇下车窗。

“特种快递，”他眨了一下眼，“我应该说是艾丽的父母，这样你们才会明白，才不会刺我一剑，或者给我一枪。”

站得最近的那个女孩大概只有十七岁。她转过头对另一个年纪更小的女孩说："去把魔法学督科莉找来。"

"你在这儿别动，双手放到方向盘上，"她对司机补充道，"让你车上的乘客也别动。"

"我们能听到你说话，"车厢后面传来一个声音，是个女人的声音，坚定而响亮，"是费利西蒂吗？"

那个女孩吓得后退一步，然后把剑放在前面保持警惕，透过窗户看向司机的背后。

"是的，是我，女士。"女孩谨慎地说。她又后退了一步，向其他持枪的女孩发了个信号，她们都稍微松了一口气，但并没有放下武器，这让司机很不舒服。"您可以等科莉学督过来吗？我们今天不得不特别小心，风从北方吹来，而且有报告说发生了别的事情。你们有多少人？"

"那我们就等着吧，"那个声音说，"我们两个人，我自己，还有……艾丽米尔的父亲。"

"嗯，你们好，"费利西蒂说，"我们听说……你们……但科莉学督不相信……"

"暂时不说这些。"萨布莉尔说。她已经爬了出来，在司机后面蜷伏着身子。费利西蒂再次透过车窗往里看，确认自己看到的确实是艾丽米尔的母亲，终于放下心来。尽管萨布莉尔身上穿着邮递员的蓝色工作服，如夜色般漆黑的头发上扣着一顶帽子，帽檐压得很低，她仍然可以认得出那就是萨布莉尔。但费利西蒂仍十分警惕。真正的考验要等到科莉学督来检查这两个人的咒印时。

“这是你的酬劳，我们约定过的。”萨布莉尔说着递给司机一个厚厚的信封。他接了过去，马上瞟了一眼里面，嘴角眉梢满是笑意。

“不胜感激，”他说道，“我也会履行承诺，不透露一个字出去。”

“最好是这样。”塔齐斯顿低语道。

司机明显被他的言辞冒犯到了，他吸了口气说：“我一直住在拜恩附近，我也明白事理。我不是为了钱才帮你们的，钱只是小事。”

“我们很感激你的帮助。”萨布莉尔说，瞪了一眼塔齐斯顿。尽管在邮包里蜷缩了几个小时，现在又不得不在这里等待，但他并没有发脾气，因为已经离界墙和家很近了。威沃利学院就在界墙以南四十英里的地方。

“给你，我原封不动地还给你。”司机说着，拿出信封，递到塔齐斯顿面前。

“不，不，就把它当作我们的酬谢吧。”萨布莉尔冷静地说，又把信封推了回去。司机坚持了一会儿，然后耸了耸肩，重新将钱放进上衣的口袋里面，板着脸坐了回去。

“学督来了。”费利西蒂松了口气，她回头看到一位年长的女士和几位学生正沿着车道走过来。她们好像是凭空出现的，因为学校的主楼在车道转弯处，被一行枝叶交叠的白杨挡住了，从大门口看不到。

科莉学督一到门口便验明了萨布莉尔和塔齐斯顿额头上咒印的

纯洁性。随后，他们走进学院，邮政服务车也掉头返回拜恩了。

“我知道新闻是假的。”科莉学督一边说，一边和大家快速地——几乎是小跑着——赶往主楼宽阔的入口。“《考威尔时报》登载了一张照片，上面有两辆失火的轿车和几具尸体，但没什么别的可说的，很像是一个骗局。”

“那是真的，”萨布莉尔严肃地说道，“丹姆德还有其他十一个人都在那场偷袭中牺牲了。在赫勒城外，我们又有两个人牺牲。也许还有更多人丧生。离开赫勒后，我们兵分几路，以混淆敌人的视线。我们的人还没来过这里吧？”

科莉摇摇头。

“丹姆德永远不会被遗忘，”塔齐斯顿说，“还有巴莱斯特和他们所有人。我们也不会忘记我们的敌人。”

“这些都是可怕的回忆。”科莉叹口气。大家走入主楼时，她又摇了几次头。他们经过很多配备武器的女学生，她们都满怀敬畏地看着富有传奇色彩的萨布莉尔和她的丈夫，尽管他只是古国的国王，不像萨布莉尔那样有那么有趣的经历。萨布莉尔曾经跟她们一样，在这里就读。她们一直目送科莉领着这两位尊贵的客人进入家长接待室。那大概是全校陈设最奢华的房间。

“我想我们留在这里的东西都完好无损吧？”萨布莉尔问，“情况如何？有什么消息吗？”

“全部原封未动地放着呢。”科莉回答，“我们还没遇上什么麻烦。费利西蒂！把阿布霍森的箱子从地下室搬上来。皮帕和泽蒂……还有今天大厅的值日生……他们都可以帮你。至于消息，有封信和……”

“信？是艾丽米尔或萨姆斯寄来的吗？”塔齐斯顿急切地问道。

科莉从袖子里取出两张折起来的纸，交给塔齐斯顿。塔齐斯顿急忙拿过来，站在萨布莉尔身边读起来。费利西蒂和她的同伴则从他们身边经过，消失在一扇光洁的沉重大门后。

第一封信是用蓝色铅笔写在一张印有信头的破损的信纸上的，信头跟印在邮政车厢一侧的标志相同，有军号和卷轴。塔齐斯顿和萨布莉尔都仔细把信读了一遍，眉头紧锁。接着他们又读了一遍，互相看了一眼，脸上满是惊讶。

“是我们以前的学生送来的。”因为没人说话，科莉不安地开口说道，“她叫罗莱娜·埃克伦-简，是邮政大臣的助理。这显然是一份电文复印件，不知道它有没有被送到您的大使馆。”

“内容属实吗？”塔齐斯顿问，“莉芮尔姨妈？阿布霍森继承人？这是不是另一个迷惑我们的手段？”

萨布莉尔摇摇头。

“听起来像是萨姆的口吻，”她说道，“尽管我也没弄懂，但明显古国发生了很多事，我觉得我们没办法很快理出头绪。”

她展开第二张纸，跟第一张不一样，这一张是很厚的手工纸。白色的纸上只有三个黑色的咒印。萨布莉尔的掌心拂过，咒印立刻像有了生命一般闪闪发光，跃入她的掌心。艾丽米尔的声音随之响起，清晰洪亮，仿佛她就在他们身边。

“妈妈！爸爸！但愿你们能及时收到这条信息。珂睐预视到的事情太多了，无法在这条消息中说完。我们面临着超乎想象的危险。我现在和护卫队、训练团和七百八十五个珂睐待在巴赫德林。珂睐正努力预视我们必须采取的行动。他们说萨姆还活着，还在战斗。不论我们将采取什么行动，你们必须在安斯特节之前赶到巴赫德林，否则一切都来不及了。我们必须乘纸翼到某个地方。哦——我有一位姨妈，她显然是和你有一半血缘关系的妹妹……什么？不要打断……”

艾丽米尔话没说完就结束了，咒印黯淡下来，重新回到纸面上。

“咒语被中途打断了，”塔齐斯顿皱眉说道，“艾丽米尔没有重新施咒，这有点不像她的做事风格。和谁有一半血缘关系的妹妹？她不可能是我的……”

“重要的是珂睐终于预视到了一些事情。”萨布莉尔说道，“安斯特节……我们需要查一下年历，应该很快……很快了……必须马上出发。”

“我不确定你们能否及时赶到，”科莉紧张地说，“那一封信是今早才送到的，是关卡侦察队的队员送来的。他着急赶回去，显然界墙另一侧遭到了袭击，而且……”

“界墙另一侧的袭击！”萨布莉尔和塔齐斯顿打断她，齐声问道，“什么袭击？”

“他不知道。”科莉磕磕绊绊地说，她被两人的气势吓到了。萨布莉尔和塔齐斯顿身体向科莉倾斜，更靠近她，“是在很远的西边，但关卡也遇到了麻烦。显然前去视察的金斯沃德将军拥护祖国党政府，但廷德尔将军拒不承认祖国党政府，也不承认金斯沃德将军的权威。部队里有些支持廷德尔，有些拥护金斯沃德……”

“所以克罗里尼已经公然夺权了？”萨布莉尔问，“这是什么时候的事？”

“这份早报上写的。”科莉回答，“现在还没收到下午的报纸，考威尔发生了战斗……你们不知道吗？”

“我们一路避免跟安塞斯蒂尔人有任何接触，选择隐蔽的路线，才来到这里，”塔齐斯顿说，“根本没时间读报。”

“《考威尔时报》上说总理还控制着兵工厂、法庭和考威尔议会。”科莉说。

“如果他还控制着法庭的话，那他就还控制着世袭大法官。”塔齐斯顿说，他看了一下萨布莉尔，以求证实，“克罗里尼成立政府的话，必须得到大法庭的认可，对吧？”

“除非所有的权力机构都崩溃了。”萨布莉尔明确地说，“不过这不重要。克罗里尼这场蓄意已久的政变，只是小插曲而已。这里发生的所有事都是由来自我们古国的力量操控的。南部大陆的战争，南方难民的涌入，克罗里尼的崛起，所有的事情都是精心策划的，其中有着我们尚不知晓的目的。但古国的力量究竟想在安塞斯蒂尔得到什么呢？在安塞斯蒂尔制造混乱，以协助界墙外的袭击，这我可以理解。但是为了什么呢？背后的操纵者究竟是谁呢？”

“萨姆在电报中提到了克萝尔。”塔齐斯顿说道。

“克萝尔只是个役亡师，虽然她确实很强大。”萨布莉尔说道，“背后肯定还有别的力量，‘掘挖邪恶之物……我是说挖掘……在边城附近——’”

萨布莉尔停了下来，费利西蒂和她三个同伴费力地抬着一个包着黄铜的长箱子摇摇晃晃地走了进来。她们把它放在地板中间。咒印沿着箱盖和锁眼缓缓流淌。萨布莉尔摸着锁，低声念出咒语，咒印像有了生命一般闪出光芒。盖子咔嗒一声弹起，露出了约一指宽的缝隙，萨布莉尔把箱盖打开，里面的衣服、盔甲、剑和她的法铃带全都呈现在眼前。萨布莉尔并不在意这些，她继续翻找，从角落里掏出一本很大的用皮面装订的书。封面上印着突出的金色文字，《两国与界墙》。她迅速翻动着厚重的纸页，直到翻到印有很多表格的一页。

“今天是什么时候？”她问道，“几号？”

“二十号。”科莉回答。

萨布莉尔的手指顺着一张表格下移，然后又横移。她盯着手指所指的地方，然后手指顺着表格数字重复了一遍刚才的过程，迅速核对结果。

“是什么时候？”塔齐斯顿问，“安斯特节？”

“现在，”萨布莉尔说，“今天。”

大家都沉默了。塔齐斯顿片刻后重振精神。

“古国现在还是早上。”他说，“我们能赶上。”

“走陆路肯定不行，过境点的情况还不明了。”萨布莉尔说，“我们的位置太偏南了，根本无法召唤纸翼……”

她眼睛突然一亮，有了个主意：“学督，休·乔伯特现在还租用学校西操场办飞行学校吗？”

“是的，”科莉回答，“但乔伯特一家去度假了，一个月后才回来。”

“我们不能坐安塞斯蒂尔的机器飞行，”塔齐斯顿质疑，“风从北境吹来。从这儿向北飞不出十英里，引擎就会坏掉。”

“如果我们飞得够高，应该可以滑翔过去。”萨布莉尔说，“但是没有飞行员肯定不行。学校里有多少女孩儿参加了飞行课？”

“大概十多个吧，”科莉不情愿地说，“但我不知道她们有没有人可以单独飞行——”

“我到了单独飞行的水平，”费利西蒂急切地打断科莉，“我父亲过去跟乔伯特上校是战友，在空军服役。我在家的时候就已经有了亨伯特训练机两百小时的飞行经历，这儿的贝斯克韦思机我也有过五十小时的飞行时间。我也参加过紧急降落、夜航以及其他一系列的训练。我可以带你们飞过界墙。”

“不，你不可以，”科莉学督说，“我不允许！”

“现在是非常时期，”萨布莉尔说道，瞟了一眼科莉，“我们必须想尽所有办法。谢谢你，费利西蒂，我们接受你的帮助。请去准备好一切，我们去换一身适合飞行的衣服。”

费利西蒂兴奋地喊了一声，然后冲了出去，她的同伴紧随其后。科莉似乎想阻止她，但并没有跟出去。想反，她坐到最近的扶手椅上，从袖子里取出一块手帕，擦拭额头。手帕擦过时，额头上的咒印微弱地闪着光。

“她还是个学生，”科莉抗议，“如果她……没能……我要怎么跟她的父母交代……”

“我不知道，”萨布莉尔说，“我从来不知道该怎么向别人交代，但做点儿力所能及的事，总好过束手待毙，即使这要付出很大的代价。”

她说话时并没有看向科莉，而是望着窗外。外面的草坪中间立着一块白色大理石方尖碑，有二十英尺高，侧面刻着很多名字。字太小了，透过窗户根本看不清上面的字迹，但萨布莉尔知道其中大部分的名字，尽管她不认识那些人。那块方尖碑是一块纪念碑，纪念那些二十年前的一个可怕夜晚死去的人们。那一天，凯瑞格带着一群亡者跨过了界墙。碑上的名字中有霍瑞斯上校、众多的战士、女学生、教师、警察，还有两名厨师，一位花匠……

萨布莉尔看到纪念碑后面闪过一抹色彩。一只兔子跑过草坪，一个小女孩在后面穷追不舍，她徒劳地想要抓住她的宠物兔子，小辫子在脑后飞了起来。一时间，萨布莉尔迷失在了回忆中，想起了另一只飞跑的兔子，另一个扎着辫子的女生。

杰茜丝和小兔。

杰茜丝是刻在碑上的名字之一，现在外面那只兔子也许就是那只小兔的后代。生命还在延续，为了生存所需要的战斗从来没有停止。

萨布莉尔的视线从窗外转开，思绪从回忆中收回，未来才是她现在需要关注的。他们必须在十二个小时内赶到巴赫德林。她撕开身上的蓝色工装，露出不着寸缕的胴体，科莉大吃一惊。当塔齐斯顿开始解扣子时，科莉尖叫着夺门而去。

萨布莉尔和塔齐斯顿对视一眼，大笑起来。片刻之后，他们穿上箱子里的衣服。舒适的亚麻内衣、羊毛衬衣和绑腿，还有盔甲和外套。瞬间，他们看上去又像自己了，他们自己也感觉更自在了。塔齐斯顿拿着自己的双剑，萨布莉尔则拿着她的阿布霍森之剑，最重要的是，她又带上了法铃。

“准备好了吗？”萨布莉尔问道，她把法铃带挂到胸前，调整着带子。

“准备好了，”塔齐斯顿坚定地说，“或者说，我已经尽力准备到最好了。我始终讨厌飞行，更不用说坐在靠不住的安塞斯蒂尔机器里了。”

“我觉得这次会比往常更糟，”萨布莉尔说，“但我认为我们没有别的选择。”

“当然，”塔齐斯顿叹口气，“我不太想问这个问题——究竟怎么个比平常更糟法呢？”

“因为，除非我猜错了，”萨布莉尔说，“乔伯特肯定和妻子驾驶着双座贝斯克韦思走了，剩下的就只有单座的亨伯特十二号了。我们只能躺在机翼上。”

“你的学识总是让我惊叹，”塔齐斯顿说，“对那些机器，我一窍不通。乔伯特所有的飞行器对我来说都一个样。”

“很不幸，它们并不一样。”萨布莉尔说，“但我想不出别的回家的路。除此之外，我们无法在安斯特节结束之前赶到巴赫德林。快点吧！”

她大步走出房间，根本都没有停下回头去看塔齐斯顿是否跟上来。当然，他紧随其后。

乔伯特的飞行学校非常小，可以说是这位退役的空军上校的业余爱好。距离他那所被扩建了的农场一百码的地方，有一座飞机库，坐落在威沃利学院西操场的一角。操场上摆着两列喷着黄油漆的油桶，油桶中间就是跑道。

萨布莉尔关于只剩单座飞机的判断一点儿没错，只有一架盒子似的绿色单座复翼飞机。在塔齐斯顿看来，飞机太依赖那些支柱和金属线路了。

费利西蒂戴上头盔、护目镜，穿上飞行服，坐在驾驶舱里，几乎让人认不出来。另一个女孩站在螺旋桨旁边，还有两个蹲在机身下面的轮子附近。

“你们得躺在机翼上了，”费利西蒂兴奋地喊，“我忘了上校开走了贝斯克韦思双座机。不过不用担心，没那么难。机翼上有把手，我在上面趴过无数次……嗯，是两次……而且我还在机翼上行走过呢。”

“把手，”塔齐斯顿咕哝道，“在机翼上行走。”

“安静点儿，”萨布莉尔命令道，“不要打扰飞行员。”

她敏捷地爬上左翼，身体贴在上面，紧紧抓住两个把手。她身上的法铃有点儿碍事，但她已经习惯了。

塔齐斯顿爬上右翼，略显笨拙，脚几乎把机翼踩穿。在发现机翼只是木架上蒙了一层布料后，他很不安，小心翼翼地趴下来，用力抓住把手。他原本以为把手会脱落，但它们并没有。

“准备好了吗？”费利西蒂问。

“准备好了！”萨布莉尔喊。

“我想是的，”塔齐斯顿喃喃地说道，接着他又大声喊道，“是的！”

“开动！”费利西蒂命令道。站在前面的女生随即娴熟地推动螺旋桨，然后迅速后退。发动机发出突突的声音，螺旋桨也开始旋转。随后，发动机开始正常运转，螺旋桨也加速旋转，桨片变得一片模糊。

“拉开塞块！”

其他的女生拉动手中的绳子，将固定飞机轮子的塞块移开。飞机抖动着向前驶去，然后慢慢转弯，进入跑道，逆风向前。发动机的声音越来越响，飞机开始向前滑行，机身颤抖得更厉害了，像一只笨拙的鸟儿，需要不断跳跃和扑腾才能飞起来。

塔齐斯顿向前看着地面，随着滑行速度越来越快，双眼开始流泪。他原本以为飞机会像纸翼一样——迅速且轻松有力地起飞。当他们在跑道上加速，北端低矮的石墙越来越近时，他这才发觉自己对安塞斯蒂尔飞行器一无所知。显然他们将在跑道的尽头急速升空。

几秒钟后，他觉得他们也可能飞不起来。他们还在地面上，前面的矮石墙只有二三十步远了。他开始想松开手，跳下飞机，以避免马上就要发生的事故。但他看不到左翼的萨布莉尔，她没跳，他就不会跳。

飞机向一侧倾斜，然后跃入空中，只比石墙高出几英寸。塔齐斯顿安心地叹了口气，接着又因为下坠尖叫起来。飞机重重地落在地上，然后再次弹起，最终飞上天空。塔齐斯顿吓得大气都不敢出。

“抱歉！”费利西蒂大声喊道，她的声音在发动机的轰鸣和风声中几乎听不到，“机身比往常重，我忘了。”

他听到萨布莉尔在另一侧喊了什么，但听不清。不管是什么，费利西蒂听到后都点着头。几乎同时，飞机马上向上爬升，并盘旋着向南飞去。塔齐斯顿自顾自地点点头，他们需要尽可能爬升得更高一点儿，以便滑翔得更远。现在正吹北风，引擎很可能在离界墙十英里左右的地方熄火。所以他们必须至少滑翔十英里，最好更远一点儿。在防御带降落可不行。

在古国境内着陆也不会很容易。塔齐斯顿看向上方不断抖动的布翼，心里祈祷着机身大部分是人工制成的。如果有些部件不是人工制成的话，飞机一进入古国境内，很快就会散架。这是越过界墙的安塞斯蒂尔机器的共同命运。

“我再也不飞了。”塔齐斯顿咕哝着。接着他记起艾丽米尔的信。如果他们真的在界墙北侧着陆，并赶到巴赫德林，那他们必须再乘坐纸翼飞到其他地方，与那个拥有未知力量的未知敌人展开较量。

想到这些，塔齐斯顿脸上露出严肃的神情。他期待这场战争。一直以来，他跟萨布莉尔都在与被遥控的敌人斗争。现在，不管出现的是什么敌人，国王、阿布霍森和珂睐都将并肩与之战斗到底。

当然，前提是国王和阿布霍森能顺利完成这次飞行。

# 第三部

## 第十七章

# 回到安塞斯蒂尔

“风向转为东北偏北，长官。”士官普林德看着风速计上的箭头报告道，风速计与几层楼上面的风向标连在一起。随着风速计上箭头的摆动，头顶的电灯闪烁几下，然后熄灭了，只剩下两盏散发着浓烟的防风灯还亮着。普林德看了一眼手表，它已经停了，他又看了看防风灯中间带条纹的计时蜡烛。“大约下午四点四十九分停的电。”

“很好，普林德，”德鲁中尉回答，“下令改用油灯，一级战备状态。我去灯室看看。”

“是，长官，”普林德答道，他揭开一个传声筒，冲着它大喊，“点亮油灯！一级战备！我再说一遍，一级战备！”

“是！”“是！”传声筒里传来回声，紧接着是手摇警报器的尖啸，还有一只破烂手摇铃的叮当声，响遍整个灯塔。

德鲁耸肩穿上他的蓝色呢大衣，腰间系一根宽皮带，上面别着左轮手枪和一把短剑。他头上戴着一顶蓝色钢盔，上面点缀着交错的金色钥匙徽章，这代表着他西部灯塔守卫者的身份。戴上头盔，他就装备完毕了。这顶头盔原来属于他的前任，所以有点儿大，德鲁戴上它总觉得自己像个傻子，但规定就是规定，他必须戴着。

灯室在控制室上面五层处，德鲁一步一步稳稳地爬着台阶，这时二等兵克里克正往下冲。

“长官！您最好快点儿！”

“我尽量快了，克里克，”德鲁冷静地说，他希望自己的声音听起来从容镇定，不受狂跳的心脏的影响，“发生了什么事？”

“有雾……”

“一直都有雾，这就是我们在这里的原因，警告航船不要驶进雾中。”

“不，不，长官！不是海上的雾！是陆地上。从北方慢慢向南席卷而去。闪电紧随其后，正朝着界墙移动。而且南方也有人赶过来！”

德鲁把从容镇定抛到了脑后，尽管他在海军学院的训练要求他遇事一定要冷静。十八个月前他刚离开那里。他从克里克身旁挤过，一步三级地爬上剩下的阶梯。推开灯室厚重的钢板门时，他已经气喘吁吁了。他深吸一口气，尽力让自己看上去还是那个镇定冷静的海军军官。

灯灭了，而且大概一小时内亮不起来。这里有两套系统，一套使用油和发条装置，另一套全靠电力，这是为了适应风从北方的古国吹来时，电力中断，技术失灵的情况。

看到最有经验的海军士官贝尔艇长已经赶到时，德鲁松了一口气。贝尔站在外面的走道上，举着一副很大的观测用的双筒望远镜。德鲁走出去跟他站在一起，做好了迎接寒风的准备。但当他真的站在外面时，发现风是温暖的，这也表明风是从北方吹来的。贝尔早就告诉过他，界墙两侧季节有所不同，而且德鲁在西部灯塔待的时间已经很长，所以他相信这种说法，不像初到时，对此不屑一顾。

“怎么回事？”德鲁问道。海雾一如往常地远离海岸，日日夜夜都是如此。但北方有一片更浓的雾正涌向界墙。浓雾不时被闪电照亮，一路向东弥漫到德鲁的视线尽头，非常诡异。

“从南方赶来的人在哪儿？”

贝尔把双筒望远镜递给他，并指了指方位。

“有几百人，德鲁先生，也可能是几千人。我觉得是南方难民，从林格顿山的新营地来。他们一路往北，想穿过界墙，但他们不是问题所在。”

德鲁调整聚焦旋钮，双筒望远镜碰到他头盔边缘，叮当作响，他希望自己能给贝尔留下点儿好印象。

起初他什么都看不到，但等他调整好焦距，眼前模糊的斑点清晰起来，变成正在奔跑的身影。有几千人，男人戴着蓝色帽子，女人系着蓝色围巾，小孩子全身都穿着蓝色衣服。他们把木板架在铁丝网上，强行穿过，迫不得已时还会剪断一些铁丝网。他们有些人已经成功穿过这片铁丝网隔出的无人区，几乎到了界墙边。德鲁见此不禁摇了摇头。那些人究竟为什么想要进入古国呢？更让人摸不着头脑的是，那些赶到界墙边的南方人又开始往回跑了……

“这些难民的举动，通知防御带总指挥部了吗？”他问道。灯塔下面有一处军队的营地，至少有一个连队驻扎在后面的战壕中，前后都分布着警戒哨和监听哨。那些士兵到底在干什么？

“电话肯定不通。”贝尔严肃地说，“而且，那些南方人不是麻烦所在。请看看那片雾的前沿，长官。”

德鲁转动双筒望远镜。浓雾移动的速度比他想象中快，而且竟然方方正正，就像一堵墙，正向着石头砌成的界墙移动。而且这诡异的雾被其内部的闪电照亮。

德鲁咽了咽口水，眨眨眼，又调整了一下聚焦旋钮，他不敢相信眼前所见。浓雾的前端部分似乎有什么东西，那些东西曾经是人，但现在不是了。在被派来驻守北方海岸时，他曾听说过有关那些怪物的故事，但他并不相信。行走的腐尸，难以描述的怪物，残酷的魔法和善意的魔法……

“那些南方人没有生还的机会，”贝尔小声说，“我在北方长大，二十年前我目睹了在拜恩发生的事……”

“安静点儿，贝尔。”德鲁命令道，“克里克！”

克里克从门里探出脑袋。

“克里克，去拿一打红色火箭，开始发射，每隔三分钟发射一个。”

“红……红色火箭，长官？”克里克的声音有些发抖。红色火箭是灯塔的终极呼救信号。

“红色火箭！行动！”德鲁吼道，“贝尔！除了克里克，所有人五分钟内在外面集合，带三号装备和步枪！”

“步枪根本没用，长官。”贝尔沮丧地说，“而且，如果不是驻守部队的人都阵亡了，那些南方人是无法穿越防御带的。那里至少有一个连驻守……”

“我给你下了命令！现在执行命令！”

“长官，我们帮不了他们。”贝尔恳求道，“你不知道那些东西能做什么！我们的责任是守护灯塔，不是……”

“贝尔艇长，”德鲁固执地说，“不管军队是否战败，皇家安塞斯蒂尔海军从未在无辜百姓死于非命时袖手旁观过。在我任职期间也绝不会开这个先例！”

“是，是，长官。”贝尔缓缓说道。他抬起强壮的手臂向德鲁敬礼，接着突然猛地用手击向德鲁的脖子，正中他头盔边缘下部。中尉倒进贝尔怀中，艇长轻轻地将他平放在地板上，拿走了德鲁的左轮手枪和短剑。

“看什么，克里克！快去点燃那些该死的火箭！”

“但是……但是……这……”

“如果他醒来，给他杯水喝，告诉他指挥权归我了。”贝尔命令道，“我这就下去准备防御。”

“防御？”

“那些南方人从南边过来，直接越过了军队防线。所以一定有什么东西已经到了界墙这边，彻底解除了所有士兵的战斗力。如果我没猜错，应该是亡者。如果它们还没开始攻击我们，我们就是下一个目标。所以赶紧继续燃放那些该死的火箭！”

这位身材高大的士官边喊出最后几个字，边爬下地板门，砰的一声把门关上了。

克里克听到下面院子里第一阵叫喊时，关门的声音还在回响。随后叫喊声不绝于耳，还有一阵可怕的尖叫声及让人费解的喧闹声：那是呐喊、尖叫，还有钢铁的撞击声混杂在一起的声音。

克里克颤抖着打开火箭仓库，跌跌撞撞地拿出一支火箭。发射架已经安装在阳台围栏上，尽管他早就训练过一百次，仍然无法将火箭安放妥当。终于成功放好时，他太急于拉动绳索点火，火箭爆炸升空时，灼伤了他的双手。

克里克又痛又怕地呜咽着，跑回仓库拿出另一支火箭。他头顶上空，红色花朵一般的火花从天空降落，光亮如斯，与云朵相映。

亡者推开地板门汹涌而来时，他还在忙着发射火箭。那时浓雾已经包围了整座灯塔，只剩下克里克、火箭以及头顶的灯室在这片潮湿涌动的雾气之上。下面的浓雾从上面看起来就像是扎实的平地，因此，当亡者冲破玻璃门，伸出无数只手，用无数扭曲的露着血淋淋骨头的手指，企图撕碎他时，克里克想都没想就跳了下去。

克里克跳入浓雾中，起初雾气好像托住了他。他一边迈步跑动，一边歇斯底里地大笑。但他随即下坠，不断下坠。亡者手卒看着他消失在浓雾中，转瞬间，微弱的生命火花就熄灭了。

但克里克没有白白牺牲，南方和东方都看到了红色火箭。克里克跳下灯塔时，灯室里的德鲁中尉醒了，他摇摇晃晃地站起来，看到身边的亡者，急中生智，拉动控制杆，松开点火器和加压油。

灯室顶上火光闪耀，亮度在考威尔玻璃大师制造出来的最精妙绝伦的镜面下增强了上千倍。光束从两侧射出，对在阳台上的亡者形成夹击。它们尖叫着挡住自己腐坏的眼睛。年轻的海军军官拼命撞击发条，将其转到空挡，然后靠在绞盘上，转动光束照遍所有方位。这个装置的设计初衷便是如此，万一机械失灵，可以手动操作，但设想中不是由一个人来推动。

绝望和恐惧使德鲁激发出了必要的力量。转动的炽热白色光线笼罩了所有亡者。这伤不到它们，但它们讨厌这光芒，因此它们开始退却，像克里克一样，跳进了浓雾。不过，和克里克不同的是，尽管亡者手卒的身体摔得支离破碎，却没有摔死。它们缓缓地站起来，用胶状的断肢重新爬上楼梯。那上面有生命，它们极想一尝为快，已经忘了它们厌恶的光束。

尼克在电闪雷鸣中醒来。跟近来的情况一样，他分不清方位，头晕目眩。他感觉到身下的地面摇摇晃晃地移动，过了一会儿他才意识到自己是在担架上。担架两头各有两个人，抬着他往前走。看起来是正常人，不是深坑周围赫奇称为夜班工人的麻风病人。

“我们在哪儿？”他问道，声音嘶哑，嘴巴里有股血腥味儿。他迟疑地碰了碰嘴唇，摸到嘴边的血痂，“我想喝水。”

“主人！”有一个抬担架的人喊，“他醒了！”

尼克试图坐起来，但他没有力气。他只能看到头顶的雷雨云和击打在前方的闪电。两个半球！他现在全想起来了。他必须保证半球的安全！

“半球！”他喊道，喉头感到一阵尖锐的刺痛。

“它们很安全。”一个熟悉的声音传来。赫奇突然出现在他头顶上，尼克有种荒谬的想法，他变高了，也变瘦了，有点儿被拉长了的感觉，就像被两个小孩抢夺的太妃糖。而且他以前好像是秃顶，但现在头上似乎长出头发了。也许是投射在他额头的阴影吧。

尼克闭上眼。他记不起自己在哪儿，是怎么来到这儿的。显然，他还病着，比以前更严重了，否则也不会被人抬着。

“我们在哪儿？”尼克虚弱地问。他又睁开眼，但赫奇不见了，只听到他的声音从附近某处传来。

“我们就要穿越界墙了。”赫奇大笑着回答。他的笑声让人浑身不舒服，但尼克也忍不住笑起来。他不知道为什么要笑，但是却停不下来，直到他喘不过气，不得不停下来。

除了赫奇的声音和不断传来的隆隆的雷声，还有一种声音。尼克起初没听出那是什么声音。抬担架的四个人麻木地抬着他向前走，他一直仔细倾听，直到他觉得听出了那是什么声音。那是足球赛或板球赛的观众为胜利一方喝彩的声音。虽然在界墙一带比赛有点儿诡异，但尼克想，也许是防御带的士兵在比赛吧。

五分钟后，尼克听到人群中有尖叫声，他才知道那根本不是足球赛。他又想坐起来，但被一只手摁回到担架上，他知道那是赫奇的手，尽管那只手是黑色的，像在燃烧，本该是指甲的地方吐着红色的火焰。

是幻觉，尼克绝望地想。一定是幻觉。

“我们必须迅速穿过去，”赫奇命令抬担架的四个人，“亡者只能让通道再维持几分钟。半球一运过去，我们就跑步前进。”

“是，主人。”抬担架的人齐声道。

尼克不知道赫奇在说什么。他们正从两排赫奇手下奇怪而痛苦的工人中间穿过。尼克尽量不去看它们被蓝色的破烂衣衫包裹起来的腐烂躯体。幸好，他看不到它们备受蹂躏的脸。它们手拉着手，像是背对着他的仪仗队。

“半球正在通过界墙！”

尼克不知道这是谁在说话，声音很奇怪，还有回声，听起来很邪恶。但这句话立刻得到了回应，抬担架的人跑动起来，尼克上下颠簸。他紧紧抓住担架边缘，在颠簸最剧烈时，顺势坐起来，环视四周。

他们正在穿过将古国和安塞斯蒂尔分开的界墙中的隧道。那是一条从界墙的石头中凿出的低矮拱形隧道，里面从头到尾全是夜班工人。他们手臂相连，形成两条长线，中间只留出一条窄道。所有的男男女女都闪着金光，但等尼克靠近了才发现，那金光源于成千上万的金色火焰，蔓延开来形成大的光束，隧道更里面的人的身体实际上正在燃烧。

进入隧道后，尼克不禁恐惧地叫出声来。到处都是火焰，奇异的金色火焰熊熊燃烧，但是没有一丝烟雾。尽管夜班工人们正在被火焰吞噬，但他们听之任之，丝毫没有要逃跑或哭喊的意思，也不采取任何行动去灭火。更有甚者，尼克意识到每当有一个工人被燃烧殆尽，就会有其他人自动补位。远处更有成百上千身着蓝色衣服的男男女女涌入隧道，保持两侧队列的完整。

尼克看到赫奇在前面拼命向前，但那好像又不是赫奇，更像是一团有着赫奇身形的暗影。那暗影周身的红色火焰与金色火焰对抗着，每一步都很费力。金色火焰对他来说似乎是一种实实在在的阻力，阻止他穿过界墙的隧道。

突然间，前面一整片的夜班工人燃烧起来，就像点着的蜡烛慢慢熔化成一摊蜡油，随后完全不见了踪迹。两边的工人都还没来得及重新挽起手，新的夜班工人也没来得及加入，金色的火焰趁着空隙嘶吼着一路穿过隧道。抬担架的四个人看到后咒骂尖叫起来，但他们继续跑动。他们就像游泳的人从岸边跑向海里去冲浪，冲入金色的火焰之中。尽管担架和抬担架的人都成功穿了过去，但尼克被火焰从担架上扯了下来，摔倒在隧道的石头地面上，随即被火焰包围。

金色火焰让他心口感到一阵冰冷的尖锐痛楚，就像一根冰锥直直插入胸口。但同时他的头脑突然清醒起来，感官也更敏锐。他看到火焰和石头里的每个符号，它们流动着，变化着，形成新的组合。尼克意识到这就是他曾听说过的咒印。萨姆斯……和莉芮尔的魔法。

最近发生的一切都纷纷在脑海中浮现。他记起了莉芮尔和那只长着翅膀的狗，逃离他的帐篷，躲在芦苇丛中，还有他和莉芮尔的谈话，他对她承诺过会尽全力阻止赫奇。

火焰拍打着尼克的胸膛，但并没有灼伤他的皮肤。火焰想攻击的是他身体里的东西，迫使那块碎片逃离他的身体。但那是一种界墙的魔法对付不了的力量。尽管尼克努力拥抱咒契火焰，紧紧抓住火舌，甚至想吞下金色的火光，但那股力量重新占据了尼克。

白色的火花从尼克的嘴巴、耳朵和鼻子中喷涌而出。他的身体突然伸展开来，僵硬地翻身，直直站起，手肘膝盖被锁定一般伸直。随后，尼克像一个身体僵硬的娃娃，蹒跚地向前走着，每走一步金色的火焰都愤怒地扑来。尼克内心深处知道发生了什么，但他只能做一个旁观者。他无法控制自己的肌肉。那块碎片控制着他，尽管它不知道如何让尼克像正常人一样走路。

尼克笨拙而缓慢地移动着，关节僵硬，无法弯曲。他经过无数身上着火的夜班工人，而隧道尽头处还有越来越多的人涌入。新加入的那些人看起来根本不像夜班工人，他们看上去几乎就是正常的男人女人，皮肤和头发充满了生命气息。只是他们的眼睛显露出他们与常人不同。尼克内心深处知道他们不只是病了那么简单，他们已经死了。跟那些腐烂的同伴一样，新来的人也戴着蓝色帽子或围巾。

在他前面，赫奇冲出了隧道，转身向尼克招手。他感觉赫奇的手像是抓住了他的身体，拖着他快速向前。金色的火焰从四周向他扑来，但周围有太多的夜班工人，太多燃烧的尸体，火焰抓不到尼克。最终，他跌跌撞撞地走出隧道，离开了金色的火焰。

他已经穿过界墙，身在安塞斯蒂尔境内了。确切地说，是在防御带和界墙之间的无人区。通常这里空旷安静，寸草不生，布满带刺的铁丝网。风笛的低语使这里有种安宁的感觉。尼克一直认为风笛是一种奇异的装饰或者纪念物。但现在，周围浓雾弥漫，在夕阳的红色光芒和闪电的白光照射下，显得暗淡怪异。浓雾继续向着南方滚滚而去，有的地方变得稀薄，露出残酷的杀戮场景。白色的浓雾像一场恐怖表演的幕布，慢慢拉开后，看到一堆堆尸体，横尸遍野，有的挂在铁丝网上，有的堆在地上，全都戴着蓝色帽子和蓝色围巾。尼克终于意识到那是被屠杀的南方难民，而更让他感觉恐怖的是，赫奇的夜班工人也是由他们变来的。

头顶上电闪雷鸣，浓雾翻腾而去，尼克看到前方不远处的半球，它们被用绳索困在巨大雪橇上。尼克知道，在雷德蒙斯卸下这两个半球时，雪橇就已经等在这儿。但他在芦苇丛与莉芮尔交谈过后，直到刚才穿越界墙时醒来，中间发生了什么事他全然不记得了。半球已经被拉到这儿来了，显然是现在那些拖着它们的人做到的。他们是正常人，至少不是夜班工人。那些人的衣服破破烂烂，由安塞斯蒂尔军队制服和古国服饰拼凑而成，卡其色束腰外衣与粗绒面革、色彩鲜艳的马裤以及生锈的盔甲形成鲜明对比。

那股驱使他穿过隧道的力量突然之间消失了，尼克跌倒在赫奇脚下。役亡师现在至少有七英尺高，他身上以及眼窝里燃烧着的红色火焰更加明亮炽烈。尼克第一次对他感到害怕，他不知道自己一直以来为什么不害怕他。但他身体太虚弱了，什么都做不了，只能蜷缩在赫奇脚下，紧紧捂住隐隐作痛的胸口。

“很快，”赫奇说道，他的声音像雷声一样隆隆作响，“很快我们的主人就要自由了。”

尼克发现自己在狂热地点头，这让他感到害怕，就像对赫奇感到害怕一样。他又恢复到恍恍惚惚的状态，头脑中所想的全是半球和闪电农场的事，还有必须要做的事……

“不。”尼克喃喃地说道。他不应该说出来的。他之前不知道发生了什么，在了解真相后，他不能再任由事情发生。“不！”

赫奇意识到那是尼克在用自己的声音说话。他微笑起来，火焰在他喉咙里闪烁。他像抱婴儿一样把尼克抱在怀里，让他靠着法铃带。

“你的任务快要完成了，尼古拉斯·塞尔。” 赫奇说道，呼出的气息像蒸汽一般炙热，含有一股腐烂的味道。“你只是个不完美的宿主，不过你舅舅和父亲比你有用得多，远远超出我的预期，尽管他们自己并不知道。”

尼克只能抬头凝望那双闪着火焰的眼睛，他已经忘记了在隧道里想起的一切。在赫奇的眼中，他看到了两个银色半球、闪电，还有两个半球合而为一，他再次想起，那是他短暂生命的唯一目的。

“半球，”他低声道，像在仪式上致辞一般，“两个半球必须合并在一起。”

“很快，主人，很快。”赫奇低声说道。他缓步走到担架旁，将尼古拉斯放在上面，用自己燃烧的黑色手掌抚摸他的胸口。尼克身上所剩不多的安塞斯蒂尔衬衫在赫奇的触碰下熔化掉，皮肤裸露出来，上面有青紫的瘀伤。“很快！”

尼克呆呆地看着赫奇走开。他已经没有独立的意识，脑子里只想着燃烧的半球和它们最终的合并。他想坐起来看一眼半球，但终究没有力气，而且雾气又变得浓重起来。尼克筋疲力尽，手耷拉在担架两侧。他的手指碰到一块碎片，手臂立刻有一种奇怪的感觉。有种尖锐的刺痛，还有种治愈的暖意。

他试图握住那块碎片，但手指弯不起来。尼克费了很大力气转过头去看那是什么。他从担架上向下凝视，看到那是一块木头碎片，是从被击碎的风笛上掉下来的。几英尺远的地方，还能看到风笛的残余部分。碎片上仍然存留着咒印，在木块内外流动着。尼克看着它们，脑海深处激起一阵涟漪。一瞬间，他又想起了自己是谁，继而想起了他对莉芮尔许下的承诺。

右手根本不听使唤，于是尼古拉斯再倾斜一下身体，试图用左手捡起那块木头碎片。他坚持了几秒钟，但左手也不听使唤了。他松开手，那片风笛木片落在担架上，恰好在他的左手臂和身体中间，但没挨到他的身体。

赫奇在离尼古拉斯不远的地方。他径直走向最大的一堆南方人尸体，浓雾在他身前向两侧分开。那天早些时候，赫奇在难民营附近的临时墓地召唤出一批亡者，这些南方人就是被那批亡者杀死的。让南方难民亡者去杀南方难民，这个主意让赫奇感觉很有趣。这些亡者还消灭了一批士兵，包括名字古怪的所谓西部要塞的士兵和灯塔里的海军。

赫奇那天三次穿越界墙。第一次是为了部署安塞斯蒂尔的首次攻击，这是小事一桩；第二次是回去安排两个半球通过界墙，难度比较大；第三次是跟半球和尼古拉斯一起穿过界墙。他知道，自己再也不用穿越界墙了，因为界墙将是他的主人首先要毁灭的东西之一，这些东西都是主人憎恶的咒契制造的。

剩下的事情就是进入冥界，召唤尽可能多的灵魂，让它们占据这些尸体。虽然福文加工厂只有不到二十英里远了，天亮之前应该能赶到，但赫奇知道安塞斯蒂尔军队将阻止他们穿过防御带。他需要亡者手卒来对抗军队。他从北方带来的亡者和这天早些时候在南方难民营地的墓地新召唤的亡者在将半球运过界墙的过程中已经被用光了。

赫奇从法铃带上取出两只法铃。撒拉奈斯，用来控制亡者；墨思锐尔，用来唤醒沉睡在这片无人区，现在从令人厌恶的阿布霍森的玩具风笛中解放出来的灵魂。他将用墨思锐尔唤醒尽可能多的灵魂，尽管使用这只法铃将把他自己送入冥界深处。不过他恰好可以穿过冥界那些门和各个区域，用撒拉奈斯驱使他能找到的所有灵魂进入现世。

这里的尸体足够所有的亡魂使用了。

但是在赫奇开始这一切之前，他察觉到有什么东西从黑暗中穿越而来。一向谨慎的赫奇收起墨思锐尔，以防它发出声响，然后拔出剑，念诵咒语，黑色的火焰沿着剑刃蔓延开来。

他知道那是谁，但他甚至不相信自己施加到她身上的束缚和咒语。克萝尔现在是个高等亡者。在现世时，她曾委身于毁灭者的控制之下，但在冥界，她却不怎么受控制。赫奇用其他手段迫使她服从，但役亡师对这种亡魂的控制向来不怎么可靠。

克萝尔出现了，那是一团黑暗聚拢成的模糊的人类身形，庞大的躯干上长着两只手臂、两条腿和一个脑袋，看上去十分畸形怪异。原来的眼睛深处燃烧着两团火焰，十分炽烈，又分开太远。赫奇第一次穿过界墙时，克萝尔是跟他一起的。她带领亡者突袭了西部要塞的安塞斯蒂尔驻军。他们没想到会有人从南方发动袭击。克萝尔斩获了很多生命，这让她更加强大。赫奇警惕地看着她，手中紧紧握着撒拉奈斯。法铃不太情愿受命于役亡师，即使是阿布霍森觉得很稳定的法铃，也总是需要让它知道主人是谁。

克萝尔向赫奇鞠躬，但在赫奇看来，这似乎有点讽刺。然后她开始说话，畸形的嘴中散发出一团黑雾。她语速很快，但含含糊糊，字不成句。赫奇皱眉，随即举起剑。克萝尔嘴巴的形状稳定下来，口中血红色的火舌在喉咙里左右摇摆。

“请原谅我，主人。”克萝尔说道，“有很多士兵从南方骑马而来，其中有一些是咒契师，不过他们还不能熟练使用魔法。我杀了第一批到达的人，但后面还有很多，所以我回来通知主人。”

“很好，”赫奇说，“我正准备召唤一批新的亡者。一旦准备好，就把它们送到你那里。现在先尽你所能集结这里的亡者去对付那些士兵。尤其是咒契师，他们必须死。一切都不能耽搁我们主人的时间！”

克萝尔低下她巨大的畸形脑袋。接着她拖出一个男人，那个人之前被浓雾和她黑暗的巨大身形挡住了。那是一个瘦小的男人，外套背部被扯下，露出一件典型的职员穿的带护袖的白衬衫。她用两只粗大的手指拎着他的脖子。恐惧和窒息让那个男人奄奄一息。他跪在赫奇面前，大口喘着气，呜咽着。

“这是你的，他自己这么说的。”克萝尔说道。然后她大步离开了，伸出手去碰触身旁的亡者手卒。被她碰触的亡者手卒纷纷颤抖抽搐，接着便开始慢慢地跟着她向前走去。出乎意料的是，亡者手卒已经所剩无几，穿过界墙的隧道，更是一个都没剩下。克萝尔小心地不去靠近若隐若现、不时闪着金光的石头。即使是她，穿过界墙也没那么轻而易举。没有赫奇的帮助，没有低等亡者的牺牲，她很可能无法穿过。

“你是谁？”赫奇问道。

“我是……我是副首相吉勒。”那个男人呜咽着说。他递上一封信，“克罗里尼先生的助手。我为您带来了协议书……穿越……穿越界墙的许可——”

赫奇接过信封。他刚一碰到信，信纸便燃烧起来，化为灰烬，从他黑色的手中掉落。

“我不需要许可，”赫奇低声说，“不需要任何人的许可。”

“我这次来……也是为了第四次付款，我们协商好的。”吉勒抬头盯着赫奇说，“您提出的所有要求，我们都照做了。”

“所有？”赫奇问道，“国王和阿布霍森呢？”

“死……死……死了。”吉勒喘息着说，“在考威尔被炸弹袭击，烧成了灰烬。什么都没剩下。”

“福文加工厂附近的营地呢？”

“我们的人会按指示在清晨打开大门。传单已经印好，翻译成阿兹迪克语和奇兰尼亚语。我敢保证，他们会相信传单里的承诺。”

“政变呢？”

“我们还在考威尔和其他地方行动，但……但我相信祖国党肯定会成功。”

“那么我需要的一切都已经妥当了。”赫奇说，“除了一件事。”

“什么事？”吉勒问。他抬头看着赫奇，还没来得及尖叫就被赫奇冒着火焰的剑刃取了首级。

“真是浪费。”克萝尔声音嘶哑地说。她又回来了，身后跟着一队摇摇晃晃的亡者。“这具尸体现在没用了。”

“滚！”赫奇突然生气地咆哮起来。他将沾满鲜血的剑插入刀鞘，重新取出墨思锐尔，“免得我把你送入冥界，重新召唤一个更有用的仆人！”

克萝尔咯咯地笑起来，像石头在铁桶里撞击发出的声音。接着她消失在夜色中，大约一百个亡者手卒摇摇晃晃地排成一队跟着她。最后，一个亡者手卒进入前面的战壕后，赫奇摇响了墨思锐尔。法铃发出一个音符，开始比较低沉，慢慢地越来越响，越来越高。声音飘散开来，南方难民的尸体开始抽搐扭动，土丘一样的尸体堆又活了过来，开始活动。同时，赫奇身上结了一层冰。墨思锐尔还在鸣响，持铃人已经潜行在冥界的冰冷河水中。

## 第十八章

# 戴面具者克萝尔

莉芮尔突然惊醒，心脏怦怦直跳，双手下意识地去抓法铃和佩剑。周围一片漆黑，她被困在了一个小房间里……不对，她醒悟过来，也完全清醒了。她正睡在一辆轰隆作响的运输机器的后车厢里——萨姆把它叫作卡车。不过现在车不再发出隆隆的响声了。

“我们停下来了。”坏狗说，她把脑袋伸出帆布篷，环视四周，声音变得含糊不清，“真没想到。”

莉芮尔坐起来，试图清醒一下混乱的头脑，于是喝了点儿醋。她感冒还没好，不过也没有变严重。安塞斯蒂尔还没到鲜花盛开的春季，冬天还没走远，晚上温度还很低。

从前面司机的咒骂声来看，停车显然是意料之外的事。萨姆从外面把布帘完全拉开，差点儿被坏狗热情地从正面舔到脸。他看上去很疲惫，莉芮尔怀疑他在得知父母的噩耗之后根本就没合过眼。她自己爬进……卡车……之后马上就入睡了，不过她不知道自己睡了多久，感觉不是很长时间。外面天还很黑，只有坏狗的项圈发着光。

“卡车熄火了。”萨姆说，“其实现在差不多是吹西风了。我想我们离半球已经很近了。从这里开始，我们必须步行了。”

“我们现在在哪儿？”莉芮尔问。她站起身来，由于速度太快，头撞到了帆布篷，差一点儿就碰到顶上的钢柱。外面一片嘈杂——叫喊声、钉靴踩在地上的声音——但这些声音之外，还有一种不间断的沉闷的隆隆声。半睡半醒中，莉芮尔花了好一会儿才意识到那不是她所想象的雷声，而是别的声音。

坏狗跳出后挡板，莉芮尔紧随其后，不过动作更沉稳些。她看到他们还在防御带的路上，时间似乎已是拂晓。一轮新月挂在空中，而古国此时已近满月。莉芮尔发现月亮的形状和颜色也有所不同。这里的月亮有点淡淡的黄色，不像古国的月亮那么银白。

隆隆声自远处的南方传来，夹杂着一丝微弱的笛音。莉芮尔可以看到那边的地平线处有闪光，但不是闪电。隆隆的雷声还在持续，不过是在西方，那边的闪光显然是来自闪电。正当她望向远方时，莉芮尔感觉到一丝微弱的肆行魔法的气息，尽管此刻风从南方吹来。她能感觉到前面不到一英里的地方有亡者存在。

“那声音和闪光是怎么回事？”她指着南方问萨姆。他转身望过去，但在回答莉芮尔之前他不得不后退几步，因为面前有士兵从卡车旁跑过。

“是火炮，”他看了一会儿说，“就是很大的枪。他们一定在南边很远的地方，所以没有受古国或半球影响，还可以开火。嗯，有点像弹弓，能把爆炸物投掷到几英里之外，撞击地面或在空中爆炸杀死敌人。”

“完全是浪费时间，”格林少校趾高气扬地说，“根本听不到爆炸声，对不对？他们这样做不过是投掷一些大石块，即使炮弹直接击中亡者，如果不爆炸，也无济于事。唯一的结果就是留下一片狼藉让军械库的人收拾。成千上万枚没爆炸的炮弹，大多数都是由白磷制成的。真是一团糟！省省吧！”

少校气喘吁吁地走过去，莉芮尔、坏狗和萨姆跟在他身后。他们把背包留在了卡车里。开始莉芮尔以为莫格还睡在萨姆的包里，但一转眼她就看到那只小白猫在前面，跟在第一排快步行进的士兵后面，沿着路边向前冲，似乎在追赶一只老鼠似的。当看到莫格猛地扑向前时，莉芮尔意识到自己没有猜错，他正在捕捉猎物吃。

“我们在哪儿？”莉芮尔轻松地赶上格林少校。少校看着她，清了清嗓子，冲着走在前面的廷德尔中尉点点头。莉芮尔明白过来，她跑向那位年轻的军官，重新问了一遍自己的问题。

“大概离防御带的西部要塞还有三英里，”廷德尔回答，“福文加工厂离那里大概十六英里远，在它的南方，但愿我们能及时赶到，在界墙阻止赫奇——第一排，停止前进！”

莉芮尔被这突如其来的命令吓了一跳，她又跑了几步才看到前面的士兵已经停了下来。廷德尔中尉又大声下了一连串命令，前面的一个军士重复了一遍这些命令，然后士兵纷纷散开，站在道路的两边，做好用步枪射击的准备。

“有骑兵，女士！”廷德尔拉着莉芮尔的手臂，催促她到路边去，“现在还不清楚属于哪个部队。”

莉芮尔拔出佩剑，站到萨姆身旁。他们看向道路尽头，听到马蹄踏在碎石路上发出的嗒嗒声。坏狗也盯着路面，莫格则在戏弄刚抓到的老鼠。那只老鼠还活着，莫格不断地放它走，又在它跑出几步后猛地一口咬住它。被衔在嘴里的老鼠惊恐万分。

“不是亡者。”莉芮尔断言。

“也不是肆行魔法，”坏狗响亮地吸了一下鼻子，“但他很恐慌。”

过了一会儿，马和骑手出现在眼前，是一位安塞斯蒂尔士兵，一位骑马的步兵，但他的卡宾枪和军刀不见了。看到路边的士兵，他大声喊道：

“让开！快离开这儿！”

他想继续前进，路边的士兵冲出来，马受了惊。有人抓住马缰绳让它停了下来。马背上的男人拍打着马想让它继续跑，不过其他士兵把他从马鞍上拖了下来。

“发生了什么事，老兄？”格林少校粗声粗气地问道，“你叫什么名字？是哪个部队的？”

“732769部队，马库勒，长官。”那个男人机械地回答，但说话的时候牙齿发出咔嗒咔嗒的声音，汗水从他脸上滑落，“十四号快马，隶属于防御带快速反应部队。”

“很好。现在告诉我发生了什么事。”少校问。

“死了，全都死了，”那个男人轻声说，“我们从南方骑马过来，穿过一片浓雾，非常诡异古怪的浓雾……我们发现他们带着两个银色的……像半个橙子的东西，但是比橙子大得多……他们正把两个半球放在马车上，但拉车的马都已经死了。但它们又没死，还在动。尽管马已经死了但还拉着车向前走。所有人都死了……”

格林少校使劲摇晃那个士兵，莉芮尔伸出手想要阻止格林，但萨姆拉住了她。

“报告情况，骑兵马库勒！战况如何！”

“除了我，所有人都死了，长官。”马库勒简短地说，“我和达斯提摔倒了，等我们爬起来的时候，一切都结束了。有种东西让我们感觉恶心，可能浓雾中有什么毒气。所有的侦察骑兵都倒下了，马也倒的倒，逃的逃。接着马车周围躺着的那些东西，我想那是尸体，死了的南方人，但他们在我们倒下后爬了起来，成群结队地涌向我的战友……成千上万的怪物，恐怖的怪物，正向这里赶来，长官。”

“那两个银色半球，”莉芮尔急切地打断他，“马车往哪边去了？”

“我不知道，”士兵喃喃道，“我们碰到他们的时候，他们正向南走。在那之后有没有改变方向，我就不清楚了。”

“赫奇已经穿过界墙，两个半球已经在去往闪电农场的路上了，”莉芮尔对其他人说，“我们必须在他们之前赶到！这是我们最后的机会！”

“怎么在他们之前赶到呢？”萨姆问，他脸色惨白，“如果他们已经穿过了界墙……”

廷德尔中尉拿出地图，试着打开一只小手电筒，但没亮。他差点儿骂出声来，抱歉地看了眼莉芮尔，接着将地图在月光下展开。

这时，莉芮尔感觉到亡者的气息。她抬起头，前面路上什么都没有，但她知道有什么东西正在赶过来。亡者手卒，大量的亡者手卒。而且还有别的东西，一种熟悉的冷意。一个高等亡者，不是役亡师，那一定是克萝尔。

“他们过来了，”她急切地说，“有两队亡者手卒，前面一队有一百个左右，后面还有更多。”

少校大声下令，士兵们向各个方向跑去，但大多数人抬着三脚架、机关枪和其他装备向前跑去。一个医务兵领着骑兵马库勒离开了，他的马忠实地跟在后面。廷德尔中尉抖了抖地图，斜眼盯着看。

“总是在这该死的折痕处，要不就是在地图接缝的地方！”他咒骂道，“看来我们可以先从后面的十字路口向东南方向走，然后再转向西南方向，从南方迂回赶到福文加工厂。如果我们这样走的话，卡车也许能派上用场。不过我们得先把卡车往回推，让它们发动起来。”

“那就赶紧去！”格林少校吼道，“带上你的排去推车。我们尽量在这里多抵挡一会儿。”

“克萝尔带着亡者，”莉芮尔对萨姆和坏狗说，“我们该怎么办？”

“步行的话，我们肯定没法在赫奇之前赶到闪电农场，”萨姆飞快地说，“我们可以骑那个士兵的马，但只能两个人骑，而且必须赶十六英里的夜路——”

“马已经累坏了，”莫格插嘴道，他嘴里正嚼着什么，声音含混不清，“就算它想驮也驮不动两个人。何况它根本不想再赶路了。”

“那么我们就必须跟士兵们一块儿走，”莉芮尔说道，“这就意味着，我们要拖住克萝尔和第一批亡者，让他们有足够的时间把卡车推到可以发动的地方。”

士兵们正跪在三脚架上的机枪后，莉芮尔越过他们看向路的尽头。月光和星光刚好可以让她看清路和两旁的矮灌木丛，虽然树丛光秃秃的，十分黯淡。就在她凝视的时候，一些黑影笼罩在了明亮的景物上。一群乱糟糟的亡者聚成一团，摇摇晃晃地走过来。在它们的前面，有一个更黑暗的身影，即使隔着几百码，莉芮尔一眼就看到那个身影里燃烧的火焰。

是克萝尔。

格林少校也看到亡者了，他突然在莉芮尔身边大声地叫喊起来。

“注意！十二点钟方向，两百码开外，路上有亡者成群出现，开火！开火！开火！”

喊完之后，一阵密集的扣动扳机的咔嗒声响起，甚至比少校的喊声还要大。但接下来什么都没有发生，没有子弹发射离膛的声音，也没有爆炸的噼啪声。只有扣动扳机的声音和低低的惊叹声。

“搞不懂，”格林说，“已经是西风了，而且通常汽车失灵后，枪还能使用很长一段时间。”

“那两个半球，”萨姆说着瞥了一眼坏狗，后者点了点头，“它们是肆行魔法的来源，而且我们离半球很近。赫奇大概也已经对风施了魔法。就你们的技术而言，我们现在就像在古国境内一样。”

“该死！一排，二排，整队，在路上排成两列！”格林命令道，“弓箭手在后面！机枪手，取下枪栓，拔剑！”

随着一阵枪械的咔嗒声，机枪手取下枪栓，拔出佩剑。莉芮尔也拔出了自己的剑，犹豫片刻后又取出撒拉奈斯。她本想用基佰司——触摸它时有种熟悉感——但要对付克萝尔，她需要更强大的法铃。

“应该已经过了十二点。”莉芮尔边走到前排士兵处边对萨姆说。大约六十个士兵在路上排成两排，队伍从大路上向两侧延伸。前面一排都穿着盔甲，步枪上了长刺刀，闪着银光。第二排是弓箭手，不过莉芮尔从他们握弓的姿势看出，可能只有一半的人知道自己到底在做什么。她注意到，箭头是银色的，这在对付亡者时会稍有帮助。她对此颇为赞赏。

“嗯，格林少校说的‘十二点钟’意思是说‘正前方’；现在是凌晨两点左右。”萨姆看了一眼夜空，回答道。很显然他对安塞斯蒂尔的星星和古国的一样了解。而莉芮尔从这里的星空中什么也看不出来。

“前排屈膝！”格林少校下令。他跟莉芮尔和萨姆一起站在前面，斜眼看了一下坏狗，她已经变成战斗时的身形。坏狗身旁的士兵紧张地挪了挪身子，好腾出足够的地方。在他们跪下的同时，刺刀依然保持四十五度角斜指着前方，这样前排顿时就形成了一片尖刀的丛林。

“弓箭手准备！”

弓箭手将箭搭在弦上，但没有拉弓。亡者正稳步靠近，但还离得很远，莉芮尔和萨姆在黑暗中无法看清他们的模样，只能分辨出克萝尔。不过，可以听到骨头咯吱作响，以及很多变形的脚在地上拖沓的声音。

莉芮尔察觉到周围的士兵非常紧张，内心也很恐惧。大家都屏住呼吸，紧张地挪动脚步，调整装备。少校下达命令后周围一片安静。稍有危险他们就会各自逃命。

“他们停下来了。”坏狗说道，她敏锐的目光穿透夜色。

莉芮尔凝视前方。果然，那一大团黑影像是停下来了，克萝尔发出的红光正向一侧而非前方移动。

“他们想要从侧翼包抄我们？”少校问，“为什么要这样做呢？”

“不，”萨姆说，他能感觉到后面还有更多的亡者，“她在等第二批亡者，差不多有一千个。”

他轻声说道，但听到他最后的话，附近的士兵开始嘀咕起来，他的话随后在队列中传开，所有的士兵都开始窃窃私语。

“安静！”格林命令道，“中士！记下那些说话的人的名字！”

“是，长官！”几个军士回答。他们大多数人刚才也在交头接耳，所以根本没人哪怕装模作样地在战地笔记本上记录什么。

“我们不能再等了，”莉芮尔焦急地说，“我们必须赶去闪电农场！”

“但我们也不能在这群亡者面前转身离开。”格林说道，他弯腰凑近莉芮尔，额头上的咒印闪着柔和的光，跟坏狗项圈上的咒印相呼应，他小声道，“这些士兵快要崩溃了，他们不是侦察队员，没怎么见过这些东西。”

莉芮尔点点头。她磨着牙齿，一阵犹豫不决，然后她从前排队伍向前迈出一步。

“我去对付克萝尔，”她宣布，“如果我能打败她，亡者手卒可能四散逃离，或者回到赫奇那里。不过他们肯定很难对付。”

“我跟你一起去。”坏狗说。她也向前迈出一步，兴奋的吠叫声在夜空中回响。那叫声有点儿古怪，每个听到的人都不寒而栗，莉芮尔手中的法铃也轻轻作响，她赶忙让法铃停下。士兵们听到坏狗的吠叫和法铃的声音，更加紧张不安。

“还有我。”萨姆坚定地说。他也向前迈出一步，剑刃上闪着咒印的光芒，左手半握的咒印闪闪发光。

“我跟着去看看热闹，”莫格说，“也许会把几只老鼠吓出洞。”

“如果你们允许一位老人一起并肩战斗……”格林说道，但莉芮尔摇了摇头。

“你留在这儿，少校，”她说道，口气不再是一个小姑娘，而是一个将要对付亡者的阿布霍森，“保护后方。”

“是，女士。”格林少校说道，他对莉芮尔敬礼，退回到前排队列中。

莉芮尔向前走去，脚下的碎石子咯吱作响。坏狗在莉芮尔右手边，萨姆在她左侧。莫格，一个飞快的白色身影沿着路边来回跑着动，大概在找更多的老鼠。

莉芮尔前进的时候，亡者没有走近，但她越走越近时，她看到他们正向两侧散开来，在田野中形成一条长长的阵线。克萝尔等在路上，高大的身影比夜色还黑暗，只有眼睛中充满着火焰。莉芮尔真切地感觉到这个高等亡者的存在，就像脖子上搭了一只冰冷的手。

在距离亡者差不多五十码的时候，莉芮尔停下脚步，坏狗和萨姆在她身后仅半步距离。她高举撒拉奈斯，法铃在月光下闪着银光，咒印在金属铃身上闪烁、流动。

“戴面具者克萝尔，”莉芮尔喊道，“回到冥界吧！”

她握住铃柄，挥动铃铛。撒拉奈斯的铃声穿过夜空，击打着亡者手卒，吓得他们纷纷退缩。但铃声是针对克萝尔的，莉芮尔所有的力量和意志都集中在那个亡魂身上。

克萝尔将她的阴影剑刃举过头顶，尖叫着回击。但她的尖叫声被持续不断的法铃声淹没了，克萝尔挥剑的同时后退了一步。

“回到冥界！”莉芮尔命令道。她向前走着，按照脑海中《亡者之书》的记载，慢慢地一圈圈晃动撒拉奈斯。

“你的末日到了！”

克萝尔嗞嗞叫着，又退后一步。接着一个新的声音加入铃声之中，那是一声霸道的吠叫。吠叫声长得令人难以置信。相比撒拉奈斯深沉的声音，那吠叫声更尖厉也更响亮。克萝尔举剑阻挡那两种声音，又后退了两步。迷惑的亡者手卒跌跌撞撞地给克萝尔让路，腐烂的喉咙中发出痛苦的“咯咯”声。

萨姆挥动手臂做出一个扔保龄球的姿势，金色的火焰突然击中克萝尔，随即在她身上炸开。火花迸溅到周围的亡者手卒身上，吞噬他们的腐肉，使他们尖叫着扭动身体。

一个小小的白色身影突然出现在克萝尔脚边。那是一只猫，正用后腿站立，在高等亡者身前挥动着爪子。

“快逃吧！快逃吧，没脸的克萝尔！”莫格大笑，“阿布霍森要把你送进第九道门里去！”

克萝尔挥剑砍向小猫，但猫敏捷地跳开，躲过了克萝尔的剑。然后这个高等亡者向后一跃，跃过身后三十英尺内所有亡者手卒的头顶，变身成一大团乌鸦形状的乌云，向着北方界墙的方向逃去，身后撒拉奈斯的铃声和坏狗的吠叫声还跟在她身后，紧追不舍。

## 第十九章

# 一罐沙丁鱼

克萝尔逃跑后，亡者手卒像热锅上的蚂蚁一般四面逃窜，有些甚至慌不择路，蠢到向莉芮尔、萨姆和坏狗这边跑来。莫格在他们的腿间边跑边笑。咒契魔法的火焰燃烧着亡者的腐肉，使他们彻底瘫倒在地。坏狗的吠叫声将他们的灵魂送回冥界，撒拉奈斯迫使他们放弃寄居的身体。

这样疯狂的几分钟过去后，一切都结束了。法铃和吠声的回响慢慢散去，只剩下莉芮尔和同伴们站在一条空旷的路上，头上顶着星月，周围是一百多具只剩下皮囊的尸体。

身后的士兵们欢呼叫喊着，打破了片刻的宁静。莉芮尔没有理会，她对莫格喊：

“你为什么要让克萝尔逃跑？我们就要打败她了！你说的‘没脸的东西’是什么意思？”

“这样战斗结束得比较快，我想这才是关键所在，”莫格说，他走到萨姆脚边坐下，打着哈欠，“克萝尔一向谨小慎微，她活着的时候也是这样的。我累了，你能背着我吗？”

萨姆叹口气，把手中的剑插入剑鞘后，抓起小猫，让他蜷缩在自己的臂弯里。

“这样确实结束得比较快，”他略带歉意地对莉芮尔说，“而且虽然我讨厌这样，但后面确实有太多的亡者手卒正在赶来……还有影手卒，除非我搞错了……”

“你没搞错，”坏狗吠叫着，她狐疑地看着莫格，“虽然我跟女主人一样，不太相信莫格的动机和解释。我建议我们立即离开，时间所剩无几了。”

卡车发动机的声音从路的尽头传来，好像是在回应坏狗所说的话。廷德尔中尉和他的下属显然已经把卡车推到了能发动起来的地方。

“但愿我们能迂回着赶过去，”他们跑向卡车时，萨姆忧虑地说，“如果风向再变，我们说不定会被困在离工厂更远的地方。”

“我们可以试着控制……”莉芮尔说，接着她摇了摇头，“不，肯定不行，那样只会更不利于安塞斯蒂尔的……你们叫它什么来着？技巧？”

“差不多吧，”萨姆气喘吁吁地说道，“快点儿！”

他们赶上格林少校以及后面的士兵排，他们都在快步跑向卡车。看到他们赶上来，少校冲着他们微笑，几个士兵拍了拍自己的步枪向他们敬礼。气氛跟几分钟前截然不同。

廷德尔中尉在领头的卡车旁等着大家，并再次研究起地图，这一次可以借助手电筒的光了。莉芮尔、萨姆以及格林少校走近时，他抬起头向他们敬礼。

“我找到了一条可行的线路，”他快速地说，“我想我们也许可以走那条路，然后打败赫奇！”

“怎么走？”莉芮尔急切地问。

“嗯，从西部要塞往南的唯一一条路需要穿过这儿的山，”他指着地图说，“这是条单行道，连碎石子都没铺。载满重物的马车——像马库勒描述的那样——至少要花一天的时间才能通过。所以他们到达工厂应该是傍晚了，而我们拂晓后就能赶到那儿。”

“做得好，廷德尔。”少校惊喜地拍着他的后背说。

“把半球运到工厂还有别的线路吗？”萨姆问道，“赫奇的计划非常谨慎。从古国到这儿……一切都安排好了。利用南方人制造更多的亡者，马车也早就准备好了……”

廷德尔又看了一眼地图，心里想着其他可能的路线，手电筒的光束随之扫向地图上不同的方向。

“嗯，”他最后说道，“我猜他们用货车把半球运到海边，然后转到船上，再运向南方，沿着海湾到达工厂的旧码头。但在西部要塞附近没有码头能把半球装上船——”

“不，有这样的地方。”少校说。他突然再次严肃起来，指着地图上的一个符号。那个符号由一条垂直线和四条斜线构成，“西部灯塔旁有个海军码头。”

“只怕赫奇正打算这么做，”莉芮尔说道，身上升起一股寒意，她很确定，“他们走海路的话可以多快到达？”

“装卸两个半球就需要一些时间，”萨姆说着也跟其他人一样弯腰去看地图，“而且蒸汽机无法开动，他们只能依靠风力航行。

但赫奇肯定会对风施法，我估计他们不到八个小时就能到。”

他说完大家都沉默了。随后，大家心照不宣地各自行动起来。格林夺过地图，爬进了第一辆卡车的驾驶室，莉芮尔和她的同伴跑过去，跳进后面的车厢里。廷德尔中尉沿着小路边跑边喊：“走！走！”引擎的转速越来越快，卡车开始慢慢移动，车头灯闪烁着。

卡车后车厢里，萨姆把莫格放在自己已经缝补多次的背包上，然后在旁边坐下。然后他从腰带的包里取出一个小金属盒，凑近小猫的鼻子。有那么一会儿，小猫好像睡得很香，但很快一只碧绿的眼睛就睁开了一条缝。

“这是什么？”莫格问道。

“沙丁鱼，”萨姆说道，“我知道这是部队的标准配给，所以就给你拿了几罐。”

“沙丁鱼是什么？”莫格狐疑地问，“而且为什么上面会有一把钥匙？这是什么笑话吗？”

萨姆取下钥匙，慢慢打开罐头的盖子，沙丁鱼浓郁的香气飘出来。莫格热切地盯着萨姆做完这些，目不转睛地盯着罐头。卡车一连几个起伏，萨姆差点割伤自己，他放下罐头，莫格小心地嗅着沙丁鱼。

“你为什么给我这个？”

“你喜欢吃鱼，”萨姆说，“而且我说过我会给你鱼吃的。”

莫格的目光终于从沙丁鱼上移开，他看着萨姆，眼睛眯起来，但萨姆脸上没有一丝欺骗的神色。小猫摇摇头，一眨眼的工夫就把鱼吃光了，只剩下光亮的铁罐，空空如也。

莉芮尔和坏狗看着莫格狼吞虎咽，但她们更关心外面和身后发生的事情。莉芮尔将帆布帘子推向旁边，视线越过后面三辆卡车。她感觉到第二批数量更多的亡者和影手卒正沿着小路行进。影手卒比亡者更强大，而且不必依附于肉体。他们飞快地行进，就像巨大的蝙蝠一样跳跃、滑翔，在前面带领着一大群寄居在尸体中，蹒跚前行的亡者。它们无疑将在某处制造麻烦，但她已经无暇考虑这些。西部面临巨大的威胁，南方的地平线上闪电频发，代表那里也已经有麻烦了。莉芮尔发现安塞斯蒂尔火炮发出的人造雷声已经停了下来，但她刚才太忙了，根本没有注意到。

“坏狗，”莉芮尔轻声道，她把坏狗拉近，抱着她的脖子，“坏狗，如果我们太迟，没有毁掉闪电农场会发生什么？如果两个半球合为一体会有什么后果？”

坏狗一言不发，只是在莉芮尔耳边嗅了嗅，尾巴重重拍打着卡车车厢板。

“我必须进入冥界，对不对？”莉芮尔继续道，“用暗镜回溯创世之初他是如何被封禁的。”

坏狗依旧没有开口。

“你会跟我一起吗？”莉芮尔问，她的声音那么低，没人听到她在说什么。

“当然，”坏狗说，“无论你去哪儿，我都会跟随。”

“那我们什么时候去？”

“还不到时候，”坏狗喃喃地说道，“还没到万不得已的时候。也许，我们能在赫奇之前到达闪电农场呢。”

“但愿如此。”莉芮尔说道。她再次拥抱坏狗，接着就松开，重新靠在自己的背包上。萨姆已经在对面睡着了，莫格蜷缩在他身边，空了的沙丁鱼罐头在卡车的木板上来回滑动。莉芮尔捡起空罐头盒，皱着鼻子将它塞进角落，免得它叮当作响。

“我来给你放哨，”坏狗说，“你应该睡一会儿，女主人。还有几个小时天才会亮，你需要保存体力。”

“我睡不着。”莉芮尔轻轻地说，但她还是靠着背包闭上了双眼。她感觉焦虑不安，如果可能，她早就起身练剑，或者做些别的运动排遣心中的焦躁了。但在这辆移动的卡车的后车厢里，她什么都做不了，只能躺在那儿担忧即将发生的一切。意外的是，她想了一会儿，就昏昏沉沉地睡着了，只是梦中依然忧心忡忡。

坏狗趴在爪子上，看着莉芮尔辗转反侧，在睡梦中喃喃低语。身下，卡车颠簸晃动，咯吱作响，引擎的声音随着车辆拐弯爬坡忽高忽低。

大约一个小时后，莫格睁开一只眼。他看到坏狗正在放哨，就立刻又闭上眼睛。坏狗安静地起身靠近，鼻子凑近莫格的粉色小鼻子。

“给我个不马上叼着你的脖子把你扔下车的理由。”坏狗小声说道。

莫格平静地睁开一只眼睛。

“我只是跟在后面跑，”他轻声回应，“而且，她也相信我的话。你能别多管闲事吗？”

“我可没那么仁慈，”坏狗说着露出自己的尖牙，“我提醒你，如果你背叛了我们，我一定亲自让你赔上性命。”

“你会吗？”莫格嘀咕着，睁开另一只眼，“如果你做不到呢？”

坏狗发出带有威胁性的低吼。这声音吵醒了萨姆，他眨着眼睛伸手去拿剑。

“怎么了？”他睡眼蒙眬地问。

“没事，”坏狗说，她转身回到莉芮尔身边，垂头丧气地叹了口气，猛地躺下来，“别担心，继续睡吧。”

莫格笑着摇了摇头，小小的岚纳叮当作响。萨姆随之打了个大大的哈欠，重新倒在背包上，一会儿就沉沉睡去了。

尼古拉斯·塞尔慢慢苏醒，就像一条从水中跃入空中的鱼，气喘吁吁，困惑不已。他的身体也像那条鱼被抓到海滩上一样，不停地扑腾。他现在也确实在海滩上。他坐起来，四下观看。头上的雷雨云让周围一片昏黄，闪电不断击打在离他不到五十码的地方。身处这样一个世界，他心里竟感到一丝安慰。东边，黯淡的太阳刚刚爬过山脊，露出半个脸，他对此并不感兴趣。

尼古拉斯正躺在一个小屋旁的稻草上，附近原先是个繁忙的码头。二十码外，赫奇的工人正骂骂咧咧地努力用人字起重架、绳索和滑轮，将其中一个半球摇摇晃晃地从一艘小货船上拖到岸上。另一艘货船被小心翼翼地停泊在码头外面几百码处的海湾中，以免两个半球出现强烈的排斥。

尼古拉斯微微一笑。他们现在已经到福文加工厂了。他记不起是如何到达这里的，但他们确实将两个半球运过了界墙。闪电农场已准备就绪，他们要做的就是将两个半球合为一体，然后所有的事情都将逐一落实。

雷声轰鸣，有人尖叫起来。一个男人从船上掉了下去，皮肤被烧得焦黑，头发着了火。他躺在码头上，来回翻滚呻吟，直到有人走过来迅速割断他的喉咙。尼克平静地看着这一切。这是为了半球合并所付出的代价，半球才是最重要的。

尼克慢慢地起身，起先需要手脚并用，接着他站直身体。这对他来说非常艰难，他不得不抓住小屋坏掉的排水管，避免摔倒在地上。他渐渐站稳。这时又一个男人死了，但尼克没有留意。他的注意力一直集中在发光的半球和工作的进展上。很快第一个半球就会被转移到废弃的锯木厂中，装在停在铁轨上的小车的特制支架上。这里有两条一样的铁轨。

至少尼古拉斯是这样安排的。他突然想起自己并没有真正检查过闪电农场。在前往古国之前，他设计了建造方案，支付了建造费用。这似乎是很久以前的事了。他还从未真正看过闪电农场，只是在纸上做了设计，在自己混乱的梦中见过。

穿过界墙时沾染的疾病使他一直非常虚弱，连四处走走的力气都没有。他需要一根棍子或拐杖。附近有一个帆布和木头制成的简易担架。尼克想也许可以从担架里抽出一根棍子，用作手杖。他极其缓慢而小心地走到担架旁，愤恨自己的虚弱，摇摇晃晃地差点摔倒。他跪到地上，从担架的帆布套子里抽出一根棍子。棍子有八英尺长，有点儿重，但总好过什么都没有。

他正要借助棍子撑着站起来，忽然发现担架上有东西闪闪发光。那是一小片木头，上面印着发光的奇怪符号。尼克疑惑地伸手去捡。

摸到木片时，他身体抽搐起来，感觉非常恶心。但即使是在呕吐时，他也没有移开手指。现在他知道那是块风笛的碎片。他手指不听使唤，无法捡起碎片，但他可以摸到它。只要手放在碎片上，记忆就不断涌来，他就是真正的尼古拉斯·塞尔，而不是身边那两个发光半球的傀儡。

“一个塞尔人的誓言，”他轻声道，同时又记起了莉芮尔，“我必须阻止这件事。”

他蜷着身子靠在柱子上，下面是自己的呕吐物，一直触摸着那块碎片。此时他的大脑飞快运转，思考自己的处境。一旦放开这块魔法碎片，他就会重新变成那个没有思想的仆人。他无法捡起碎片或把它握在手里。但一定有办法把它留在身边，借助它的魔法，提醒自己的身份。

尼克审视自己，看到自己的身体如此瘦削，左胸膛上布满蓝紫色的伤痕，既震惊又害怕。衬衫早已不成样子，几乎变成了布条和碎片，裤子也好不到哪儿去，骨瘦如柴的腰上系着一条满是油污的绳子当作腰带。口袋和内衣都不见了。

不过他的两条裤腿依然卷起，尼克用右手去摸了一下，确定它们能再坚持一阵子。毛呢布料比几周前薄了不少，但并不容易撕破。

他气喘吁吁地挪动脚踝，尽力靠近风笛碎片，他拉过裤管，用另一只手把木片扫向裤腿。试了几次，终于成功把碎片扫进了裤腿。碎片离开身体的瞬间，他已经忘记了自己这么做的原因。几秒钟后，裤腿贴到皮肤上，他才又清醒过来。脚踝一阵刺痛，但他还可以忍受。

他不想看那两个半球，但他发现自己还是不由自主地看过去。第一个半球正在码头上，很多人围在周围，正解开将半球拉上岸用的旧绳子，换上用来拖拽的新绳子，尼克看到那些抓着绳子的工人又是夜班工人了。不过，他们看上去好像更体面些，虽然蓝色的帽子和围巾下的身体正在腐烂。

魔法木头碎片击打着他的脚踝。不，尼克心想。他们并非生病的人类，而是死去的生物，是赫奇操纵的行尸走肉。不同于正常人类，他们靠近半球也不会感到不适。持续不断的闪电也没让他们害怕。

似乎只是在心里想着赫奇的名字，就可以把他召唤来。一道闪电过后，这位役亡师突然出现在半球旁边。尼克再次惊讶于他怪异的模样。阴影盘绕在他的头颅上，一直延伸进他双眼中的火焰，红色的、黏黏的火焰从他的指尖滴落。

役亡师走到货船船头，喊了些什么。工人们迅速行动执行命令，尽管他们明显已经浑身是伤，病痛缠身。他们解开绳索，升起船帆，船驶离码头。另一艘装着半球的货船立即开始靠岸。

赫奇盯着它驶进码头，然后把手举过头顶。然后他开始说话，刺耳的声音使周围的空气荡起波纹，地面也开始颤抖。他向着海湾里的水伸出一只手，再次喊叫起来，同时手在空中比画着，留下了一道道红色的火焰。

雾气从海湾上升腾起来。白色的须蔓盘旋着上升，留下一道浓重的白色帷幕。赫奇向左右一指，雾气开始向两边蔓延，从水中引出更多的雾，形成一堵墙，缓慢地沿着海岸线截断了整个海湾。同时，浓雾翻滚着向前，漫过码头、锯木厂、海湾峡谷和山丘。

赫奇轻拍双手，转过身，目光落在尼克身上。尼克立即低下头，捂着胸口。他听到役亡师走近的声音，他的脚踩在木板上的声响很大。

“半球，”脚步已然在身前停下，尼克含糊说道，“半球……必须……”

“一切都进展顺利，”赫奇说，“我施法升起了一片海雾，别人无法移开。这样也可以阻挡试图阻挠我们的敌人。主人，您还有别的指示吗？”

尼克感觉到胸膛里有什么东西在动，像一阵刺痛的心跳，只是更加强烈，更加可怕，令他厌恶。他疼得喘着粗气，向前倒去，双手胡乱地抓着木板，指甲都断裂开来。

赫奇一直等着，直到尼克的抽搐平息下来。尼克躺在地上，气喘吁吁，说不出话，等着自己昏迷，等着体内的那个东西重新控制他。但那个东西并没有出现，几分钟后赫奇走开了。

尼克翻了个身，平躺在地上，看着浓雾席卷整个天空，遮住了雷雨云，但还能看到闪电。浓雾被闪电照亮，尼克从未见过这样的景象，他记下了这种奇怪的景象。

但他脑子里想的是更重要的事，那就是他必须阻止赫奇使用闪电农场。

## 第二十章

# 终场的开始

破晓时分，卡车发动机又开始咔咔作响，接着车便减速停了下来。廷德尔中尉手中的红笔滑了一下，原本想在地图上画一个点，现在却变成了一条线，他骂骂咧咧地添了一笔，画出一个交叉点。那个点正好标在密集的等高线上。等高线标示出宽阔的福维尔山谷。一条狭长的低矮山脊将福维尔山谷与福文海湾分隔开来。

卡车在夜色中行进时，莉芮尔再次沉睡，所以她没看到这段时间中的几个小插曲。卡车急速飞驶，一直没停，司机开得比平时快很多。或许是运气好，或许是司机技术好，一路上没有什么大事故，只有磕磕碰碰的小事故发生。

莉芮尔也不知道夜里有好多士兵逃跑了。每当卡车遇到急转弯减速，或是停下来，准备通过一条被冲毁的二级公路时，那些无法再次面对亡者的士兵就纷纷跳车，消失在夜色中。连队在离开防御带时有一百多人，当他们赶到福维尔山谷时，只剩下七十三人。

“下车！快！”

连队军士长的喊声吵醒了莉芮尔，她猛地起身，一只手抓住法铃，另一只手握着尼希玛。萨姆的反应也差不多。他十分惊恐，完全不知道东南西北，跌跌撞撞地爬向后挡板，跟在坏狗身后，跳下卡车。

“休息五分钟！五分钟！处理一下私事，要快！别拖拉！”

莉芮尔爬下卡车，打了个哈欠，揉揉眼睛。天色半亮，东面山脊上露出一抹鱼肚白，但还看不到太阳。天空大部分开始变成蓝色，只有不远处的一小片还黑森森的，充满危险。莉芮尔用余光一瞥，随即转身，那是她最害怕的事情。闪电在云中闪现，比以往更密集，覆盖山脊另一边的广阔区域。

“福文加工厂和海湾，”格林少校说，“就在山那边。到底——”

他们都远远地望向山脊。格林现在指着下面的山谷，那里是一片郁郁葱葱的农田，由铁丝栅栏平均分开，每块五英亩。有些农田里放养着羊群。山谷的南端有一团活动的蓝色身影。成千上万戴着蓝色围巾和帽子的南方人正在山谷中移动。

格林和廷德尔立即将双筒望远镜举到眼前，但莉芮尔不用望远镜，就能看出那一群人在向哪个方向移动。领头的那群人已经转向西面，向上面的山脊和山那边的福文加工厂前进。那里有闪电农场，从暴风雨的迹象看，两个半球已经就位。

“我们必须阻止他们！”萨姆指着那群南方人说。

“更重要的是，阻止两个半球合并。”莉芮尔指出。她犹豫了片刻，不知道该做什么，或者说什么。有一件事非常明显，那就是他们必须爬上西面的山脊，看看山那边究竟发生了什么，这就意味着要尽快穿过山谷。“我们需要爬上那座山！快！”

她沿着小路向山谷跑去，开始跑得很慢，但逐渐加快了速度。坏狗跟在她身边，舌头伸了出来。很快，萨姆也跟她们跑了出去，莫格趴在他肩膀上。格林少校和廷德尔中尉反应慢了点儿，但两个人很快大声下达命令，士兵纷纷从路边的沟里跑回列队来。

那条路只能算是一条小路，一下山，小路笔直穿过农田和山谷中的小河。河中有一片浅滩，可能是垮塌的桥形成的。然后小路沿着山脉一侧向前延伸。

莉芮尔从未以这样快的速度奔跑过，她涉水穿过浅滩，来到南方人面前。靠近之后，她发现这些难民都是一家老小，好几代人走在一起，有祖父母、父母、孩子和婴儿，有成百上千个家庭。他们脸上都露出恐惧的表情。几乎每个人，无论老少，都被手提箱、包和小物件压得直不起腰。有些人还带着奇怪的东西，比如莉芮尔不认识的小机器和金属物件。但萨姆认出那是缝纫机、留声机，还有打字机。奇怪的是，几乎所有的成年人手中都握着一叠小纸片。

“不能让他们翻过这座山，”莉芮尔慢下脚步看向他们时，坏狗说，“但我们不能停下来，我担心闪电频率会越来越快。”

莉芮尔停顿片刻，然后转过身，萨姆正坚定地向她跑来，距她大约还有五十码。

“萨姆！”莉芮尔喊道。她指着那些已经向山脊爬去的南方人，他们中一些年轻人已经开始爬上山坡，“阻止他们！我继续往前！”

莉芮尔再次跑起来，不顾身侧肋部的疼痛。每往前跑一步，她都感觉山那边的电闪雷鸣越来越强烈，越来越频繁。莉芮尔离开小路，开始“之”字形攀爬通往山顶的斜坡，一路抓着山坡上零星分布的石头和白皮树借力。

攀爬的同时，她感觉到山那边亡者的气息。最初不过十多个，但在她攀爬的过程中，又出现了至少十多个。显然，赫奇正在从冥界召唤灵魂。他一定是从什么地方找到了一批尸体。莉芮尔认为他们并非影手卒，因为如果没有尸体，直接让一个灵魂复活，要花费更长的时间。至少，理论上来说是这样。但莉芮尔担心自己不了解赫奇的法力到底有多强。

随后，她突然之间就到达了山顶，周围没有白皮树，也没有大岩石。从西面裸露的山坡往下看，可以看到海湾蔚蓝的海水。山腰像被大火烧过，又用大扫帚彻底清扫过似的，只剩下沟沟壑壑的棕色泥土。但这泥土上长出了一种诡异的“作物”，细长的金属杆，有两个莉芮尔那么高。总共有几百根，每两根之间相距六英尺，根部由粗大的黑色电缆连接在一起。电缆沿着山坡向下，通到一间没了屋顶的摇摇晃晃的石屋里。两条平行的金属线铺在许多短木梁上，形成一条轨道。轨道从石屋的地上穿过，向两边延伸出二十码。线路的两端各有一辆装有金属轮子的平板车。莉芮尔的直觉告诉她，那两辆车是用来装载两个半球的。半球被装到车上，然后通过某种方式，利用闪电的能量合为一体。

又一阵闪电袭来，好像是为了打断她的思路。闪电笼罩着整个码头，光线明亮刺眼，莉芮尔不得不用手挡住眼睛。她知道即将在码头上会出现什么，因为她能闻到炽热的金属气味，那是肆行魔法的腐蚀性气味。这味道让她胃里一阵翻涌，她很庆幸自己已经几个小时没吃东西了。

其中一个银色半球已经卸在码头上了。闪电袭来，半球发出蓝色的光。另一个半球还在海湾里的船上。尽管大部分闪电都落在半球上，莉芮尔发现，闪电也击中了山坡上那些高高的金属杆。那些都是避雷针，上千根避雷针构成了尼古拉斯的闪电农场。

好像乌云不够多，浓雾也盘旋在海湾上空。莉芮尔能够感觉到那是魔法浓雾，但是是由真正的水汽形成的，所以更难将它逼退或驱散。她能感觉到雾气背后的肆行魔法和肆行魔法的源头。赫奇在码头的某个地方，身边的亡者正在拖拽第一个半球，还有更多的亡者散布在码头上各式各样的建筑物周围。莉芮尔察觉到赫奇在中间操纵着周围的亡者。她觉得自己像一只处于蜘蛛网边缘的苍蝇，能够感觉到母蜘蛛在中间移动，而它的一众孩子则在网上的其他各处移动。

莉芮尔伸手去取尼希玛，犹豫了片刻之后，手又落在阿斯塔睿尔上，那是哀恸者。所有听到铃声的人都会被送到冥界深处，包括莉芮尔自己。如果靠得足够近，她可以把赫奇以及所有的亡者送到遥远的冥界深处。赫奇有可能回到现世，但莉芮尔返回现世的希望却很渺茫，但这能够为她赢得宝贵的时间。

但正当她准备从法铃带中取出法铃时，坏狗迎面跳过来，用鼻子推开了莉芮尔的手。

“不，女主人，”她说，“单靠阿斯塔睿尔根本无法获胜。我们太迟了，无法阻止两个半球合并了。”

“萨姆，还有那些士兵……”莉芮尔说，“如果我们马上发动攻击——”

“穿过闪电农场可没那么容易，”坏狗摇摇头，“在这里，毁灭者的力量受到的束缚没那么强，它控制着闪电。此外，这里的亡者由赫奇操控，而不是克萝尔。”

“但如果两个半球合并……”莉芮尔自言自语。接着她咽了口唾沫，说：“是时候行动了，对不对？”

“是，”坏狗说，“但不是在这里。我们观察赫奇的同时，他也会注意到我们。他现在还全神贯注于半球，但是我想他很快就会对我们发动攻击了。”

莉芮尔转身向山坡下走去，接着又停下往回看。

“尼古拉斯呢？他怎么办？”

“我们现在帮不了他，”坏狗沮丧地说，“一旦半球合并，他体内的碎片将从他的心脏中冲出，成为毁灭者完整灵魂的一部分。但他什么都感觉不到，他会在瞬间失去生命，但是我怕赫奇会奴役他的灵魂。”

“可怜的尼克，”莉芮尔说，“我不该让他离开的。”

“你别无选择，”坏狗说，她轻轻从后面碰碰莉芮尔的膝盖，着急地催促她快走，“我们必须抓紧时间！”

莉芮尔点点头，转身沿着来时的路下坡。她匆忙往下赶，顺着陡坡向下滑，几乎坠落下去。这时，她想到尼古拉斯，想到每个人，包括她自己。尼克所走的可能是最简单的一条路，毕竟他可能还没有意识到，就成了第一个死去的人。而其他人都非常清楚自己的命运，很可能最终沦为赫奇的奴隶。

莉芮尔走到半山腰时，听到一个极其响亮的声音回荡在山谷中。她大吃一惊，片刻之后，她听出那是萨姆的声音，咒契魔法将他的话音放大了数倍。他站在一块巨石上，离山顶大约一百码左右，双手拢在嘴边，手指上闪着咒契光。

“南方人！朋友们！不要翻过西面的山坡！那里等待你们的是死亡！不要相信你们手中纸上的话——那全部是谎言！我是古国的萨姆斯王子，我向待在山谷中的人保证，会给每个人土地和农田，只要你们待在山谷中，你们会在界墙另一侧得到农田和土地！”

萨姆重复着自己的话，这时莉芮尔气喘吁吁地在他站立的巨石旁停了下来。在他们下面，格林少校的士兵排成一长列。南方人聚集在那条线外，一直延伸到南面几百码的地方。大多数南方人停下来听萨姆讲话，但还有一部分仍然往山坡上爬。

萨姆停止讲话，跳下巨石。

“我已经尽力了，”他着急地说，“或许能阻止一部分吧，如果他们真能明白我的意思。”

“我们别无他法了，”格林少校说，“我们不能射杀这些乞丐，如果只用刺刀，他们这么多人我们根本对付不了。我想和那个警察谈谈，他应该……”

“其中一个半球已经上岸了，另一个紧随其后，”莉芮尔打断他，她的话立刻引起大家的注意，“赫奇在那儿，他正在制造浓雾，召唤更多亡者。闪电农场也开始运作了，毁灭者正在召唤和引导闪电。”

“我们最好立刻进攻。”格林少校说。他深吸一口气正要大喊，但莉芮尔再次打断他。

“不，”她说，“我们无法穿过闪电农场，那儿有太多亡者。我们现在无法阻止半球合并了。”

“但那……那就意味着我们输了，”萨姆说，“输掉一切，毁灭者……”

“不，”莉芮尔也打断了他，“我要去冥界，用暗镜弄清楚毁灭者在创世之初是怎样被束缚和囚禁的。一旦我找出当初是如何做到的，我们就可以重复这个过程。但你必须保护好我的肉体，直到我回来，赫奇肯定会攻击我们。”

说话的时候，莉芮尔坚定地看着萨姆的双眼，接着是格林少校以及廷德尔和戈特利两位中尉的眼睛。她希望把信心传递给他们。她必须让自己相信一定能从冥界，从过去，找到答案，找到可以让他们打败奥兰尼斯的秘密。

“坏狗跟我一起，”她说，“莫格在哪儿？”

“这里！”莉芮尔脚下传来一个声音，她低头看去，莫格正在巨石的影子里，舔着第二个空了的沙丁鱼罐头。

“我想最好还是让他吃了这两个罐头。”萨姆耸耸肩，平静地说。

“莫格！尽你所能帮助大家。”莉芮尔命令。

“尽我所能。”莫格狡猾地笑着，但他答应时听起来像是在提问。

莉芮尔环视四周，然后大步走到山坡一块微微凸起的地方，周围是一圈长满青苔的石头。她检查一下口袋里的暗镜，接着拔出尼希玛，取出撒拉奈斯。这次，她直接握住法铃手柄。法铃垂直向下，一不小心就会发出响声，但这样也可以迅速施法。

“我马上要进入冥界，”她说，“要靠你们来保护我了，我会尽快回来的。”

“需要我陪你一起去吗？”萨姆问。他拿出排笛，紧握剑柄。莉芮尔看得出来，他是认真的。

“不，”莉芮尔说，“我想你在这里有很多事要做。我们在赫奇的家门口，他不会置之不理的。你没有感觉到亡者在四处活动吗？很快他们就会袭击我们，所以必须有人在我身处冥界时保护好我的身体。这个任务我就交给你了，萨姆斯王子。如果有时间，请制作一个菱形保护法阵。”

萨姆郑重地点头，说道：“是，莉芮尔姨妈。”

“姨妈？”廷德尔中尉问道，但莉芮尔根本没听到。她小心翼翼地蹲下来，拥抱坏狗，努力抑制心头的恐惧：这也许是最后一次用脸颊感受坏狗柔软的毛发了。

“即使我真的找到七个光明者囚禁毁灭者的办法，我们怎么做到呢？”她悄声在坏狗耳边说，声音小得没有其他人能听到，“怎么能做到？”

坏狗看向她，棕色的眼睛里充满悲伤，但她没有回答。莉芮尔与她对视，然后苦乐参半地微笑着。

“离开冰川，我们一路走了漫长的路程，对不对？”她说，“现在我们还要继续向前走。”

她站起身，开始进入冥界。寒意渗入她的骨髓时，她听到萨姆说了些什么，还听到遥远的喊声。那声音和日光都慢慢消逝。莉芮尔举起剑，大步踏入冥界，坏狗忠实地跟在她脚下。

萨姆感受到冥界的气息，不禁颤抖一下。莉芮尔呼出一丝气息，口鼻开始结霜。坏狗跟在她身侧向前迈出一步，然后消失了，只留下一个金色的轮廓，随后轮廓也渐渐消散。

“尼克！尼克怎么办？”萨姆突然大喊，他敲着自己的头，咒骂自己，“我应该问问的！”

“山上有动静！”有人喊道，随后所有人都动了起来。廷德尔和戈特利跑向自己的队伍，格林少校发号施令。那些坐下来听萨姆讲话的南方人此刻也站了起来。有些南方人又开始向山坡上爬去；接着，整个人群纷纷涌向前去。

与此同时，山上闪电骤然频发，震耳欲聋的雷声滚滚而来，愈加频繁。

“我来命令部下靠拢，”格林喊道，“在这里围成一个圈，形成防御队形。”

萨姆点点头。他感觉到山那边有亡者移动，大概有五六十个亡者手卒正朝他们这边来。

“有亡者向这边来了。”说完，他抬起头看着山脊，然后又回头看向莉芮尔和山坡上的那些南方人，他们没有退回山谷，而是迈着沉重的步伐向山上爬去。士兵们已经跑回山坡，防线正在收紧。那些南方人马上就要面临厄运。

“该死！”格林骂骂咧咧，“我以为你拦住他们了呢！”

“我马上再去跟他们谈谈！”萨姆立即做出决定。亡者至少还要五分钟才能来到这儿，莉芮尔早先嘱咐过他要阻止南方人。如果他动作足够快的话，她不会有危险。“我几分钟后就回来，格林少校，不要离开莉芮尔！莫格，保护好她！”

说完，他立即跑向南方人中的一个特殊群体。他之前见过这群人，但没有意识到他们的重要性。此刻他突然有了一个主意。这群南方人由一位女族长带领。她满头银发，穿着十分出众，由几个年轻的男女搀扶着。在众多的南方人中，这群人显然不是一个家族，他们没有小孩，也没有携带行李。根据自己对南方人的了解，萨姆判断，女族长就是南方人的头领，她也许能够阻止人群继续向前。

但愿他能够在接下来的几分钟说服她。当亡者袭击时，任何事情都可能会发生。南方人可能惊慌失措，很多人可能慌不择路，惨遭亡者的践踏蹂躏。他们也可能一意孤行，继续埋头往山上爬，盲目乐观地以为会在山那边找到家园。

# 第二十一章
# 冥界深处

进入冥界时，莉芮尔片刻也没有停留，也没有环顾四周。彻骨的寒冷袭击她的瞬间，冥水的水流裹挟着她，试图将她吞没。看到坏狗跃向前方，在河面嗅闻着潜伏的亡者，莉芮尔也立即努力前行。

莉芮尔边跋涉前行，边匆匆地回忆《亡者之书》和《回忆与忘却之书》中的关键章节。书里的那些页面在她脑海中闪现，让她了解冥界的每一环和九道门的秘密。但是，了解这些秘密——即使是从魔法书中了解——跟亲身来到这些地方完全是两回事。而莉芮尔还未曾穿过第一环，因为她还从未进过第一道门。

尽管如此，她仍然信心满满地大步向前，将内心的疑虑逼回脑海深处。身处冥界，容不得一丝疑虑。否则冥水会迅速攻击任何薄弱之处，只有意志坚定，莉芮尔才能阻止水流侵袭她的灵魂。一旦有所踌躇，冥水就会将她吞没。那样一切就都完了。

她很快来到第一道门前，速度快得出乎意料。前一分钟她还只能听到遥远的地方传来的咆哮声，看到一堵无限宽广、向左右两侧延伸迷雾之墙。但好像只过了片刻，莉芮尔就已经来到了雾墙跟前，伸手便可触及，门内的急流哗啦作响。

记忆中的两本魔法书中的咒语清晰地出现在脑海中。她依言讲出，咒语脱口而出时，她感觉到肆行魔法在她唇舌上翻腾，嗞嗞作响。

她念出咒语时，帘幕般的雾气慢慢向两侧分开，露出一串瀑布，似乎将永恒下坠，落入无底的黑暗深渊。莉芮尔再次开口，用剑向左右两侧一挥，一条深入瀑布的小路随之出现，就像两条液体山脉之间的羊肠小道。莉芮尔踏上小道，坏狗紧跟在她脚边，几乎要缠在莉芮尔的腿上。她们向前走去，迷雾随即合拢，身后的小道也渐渐消失。

她们刚一离开，一个鬼鬼祟祟的小亡魂就从第一道门旁的水中升起，顺着一条几乎看不见的连接着它肚脐的黑线向现世走去。它边走边不时抽搐，嘴里不停念叨着，希望在向主人报告这两位访客的消息后，能够获得奖赏。说不定主人会允许它留在现世，并赐它一个肉体，那将是最让它高兴的事。

穿过第一道门的小径很有迷惑性，莉芮尔无法判断它究竟有多长。但很快脚下又出现了平坦而宽阔的河面，冥水在第二环流淌着。一离开小道，莉芮尔就开始用剑刺查水面，寻找落脚点。第二环与第一环很相似，但除了永恒的水流，还有危险的深洞。同时，这一环还有种模糊效应，灰蒙蒙的光线使周围的一切晦暗不明，莉芮尔只能看到自己伸直手臂，佩剑所能指到的地方。

有一条前任阿布霍森们绘制的捷径，就记载在《亡者之书》

中。莉芮尔走的就是这条路，不过她对从书上得来的路线不太放心，坚持用剑试探前路，按照书中的记载，数着自己行走的步数，并根据书中的转弯点改变方向。

她全神贯注地按照路线行走，注意力都在脚下，结果差点儿跌入第二道门内。她一边迈着步子，一边数着数，尽管心里想着“走到第十步停下”，她还是多走了一步，口中数到了“十一”。坏狗迅速咬住她的腰带，才把她拉回安全地带。

其实，她一意识到自己多迈了一步，就试图收回脚步了，但第二道门的吸力比冥水一般的水流强得多。幸亏勇敢的坏狗救了她，即便如此，她也是用尽了全部力气才把莉芮尔从第二道门拉回来。

第二道门是一个巨洞，河水像冲进下水道一样注入巨洞，形成一个力量惊人的旋涡。

“谢谢，”莉芮尔浑身发抖地望向旋涡，想到刚刚发生的事情，不禁后怕。坏狗没有立即回答，她正甩开缠在嘴巴上的皮带。这本来是莉芮尔身上的腰带，现在已经破烂不堪。

“走稳了，女主人，”坏狗平静地建议，“我们得加快脚步，但不是现在。”

“好，”莉芮尔回答，她强迫自己缓慢地深呼吸。感觉自己镇定下来后，她站直身体，念诵出肆行魔法咒语，一股热流随即涌入她的嘴巴，她冰冷的脸颊透出奇异的光亮。

咒语一出口，第二道门的旋涡逐渐慢了下来，最后完全停止，仿佛整个旋涡被一下子冻结了。旋涡变成了一个个台阶，形成一条漫长的螺旋路径，一直向下延伸至门的中心。莉芮尔向下走上这条路，在她身后和头顶，旋涡又开始旋转起来。

看起来莉芮尔要转一百多圈才能到达底部，不过她知道这也是个假象。事实上，只花了几分钟她就穿过了第二道门。在这短短的几分钟里，她一直在思考第三环的情况，以及其中稍不留神就会掉入的陷阱。

河水只深及脚踝，还带着一丝暖意。尽管光线还是有些晦暗，但明亮了不少，目之所及的地方不再那么模糊。甚至水流也只是在脚踝处轻轻环绕，像在挠痒痒。总而言之，比起第一环和第二环，这一环好太多了。那些学艺不精或头脑愚笨的役亡师可能会被诱骗，在此逗留休憩。

如果他们真的这样做的话，他们将会被永远留在这里——因为迎接他们的将是第三环汹涌的巨浪。

莉芮尔很清楚这一点，因此一进入第二道门她就跑了起来。她一边全力冲刺，一边想，这就是冥界需要迅速离开的地方之一。她听到身后波涛的轰鸣。莉芮尔刚刚平息旋涡的咒语让巨浪平息了片刻，但现在又向她涌来。莉芮尔没有回头，她集中精力全速奔跑。一旦被巨浪追上，她将被卷入第三道门，然后一直向前漂流，不省人事，无法自救。

“再快一点儿！”坏狗喊道，莉芮尔用尽全力向前奔跑。巨浪的声音越来越近，似乎马上就要追上她们。

莉芮尔来到第三道门的迷雾前面，只比奔涌的巨浪早了一两步。她边跑边狂乱地喊出肆行魔法咒语。坏狗在她前面，就在她鼻尖要碰到迷雾之前，咒语将迷雾分开了。

在被咒语打开的迷雾之门中，她们气喘吁吁地停下来。巨浪打在门上，水花在她们周围飞溅。巨浪裹挟的亡者被抛入门后的瀑布。莉芮尔歇了口气，又等了几秒，出现了一条小路，她沿着这条路走进了第四环。

她们很快穿过了这一环。这一区域相对来说一目了然，没有深洞，也没有稍不留神就会掉入的陷阱。尽管水流又变得很湍急，甚至比第一环还急。但是，莉芮尔已经习惯了这阴冷的寒流。

她一直保持警惕。在冥界每个区域，除了已知的、记录在册的危险，随时有可能出现新的危险，或者太古老、太罕见的危险，这些在《亡者之书》中都没有记载。除了这些异常情况，书中还暗示，可能会有亡者和役亡师之外的其他力量在冥界游荡。这些力量可能使冥界的某些地方变得更加诡异，或者使某一环的环境发生改变。莉芮尔心想，大概她自己也是改变冥水及各道门本来面貌的力量之一吧。

第四道门也是一道瀑布，不过这儿没有迷雾笼罩。乍看之下，瀑布似乎不过两三英尺高，河水在瀑布后面继续流动。

莉芮尔读过《亡者之书》中有关这一道门的描述，她了解这里的真实情况。她在离瀑布十英尺远的地方停下，念出通行咒语。一条黑色的丝带缓缓地从瀑布的边缘飘出，悬浮在水面上方。丝带只有三英尺宽，一片漆黑，像没有星星的黑夜，从瀑布顶端水平延伸出去，一直延伸到莉芮尔看不清的地方。

她踏上丝带小径，稍微调整了一下，以便更好地保持平衡，然后开始前进。这条狭窄的小路不仅是通过第四道门的唯一通道，也是穿越第五环的唯一途径。这里的冥水太深了，无法涉水穿过，而且水中有一股强大的变质力量。一旦接触河水，役亡师的灵魂和身体就会立刻发生可怕的变化。任何涉水至此的亡者都无法保持生前的样子。

即使沿着这条黑色的小路穿过也危险重重。它不仅很狭窄，而且是高等亡者或肆行魔法生灵偏爱的穿越第五环的途径——不过它们是向相反的方向，从冥界向现世走去。它们会等待役亡师开辟出路径，然后猛冲过来，妄图通过突袭，打倒路径的开辟者。

莉芮尔对此有所了解。但即便如此，听到坏狗急切的吠叫声，她才惊觉有东西突然从什么地方蹿出，并沿着面前的路冲了过来。它生前是人类，但久处冥界使它变成了邪恶可怖的东西。它手脚并用地向前急冲，像一只蜘蛛。它的身体很胖，圆滚滚的，脖子分节，因此手脚着地时也可以直视前方。

它猛扑过来，莉芮尔来不及思考，径直把剑刺出，剑锋刺入它斑斑点点的脸颊，从脖子后面穿出去。咒契魔法侵蚀着它的灵魂，白色的火花喷涌而出，四处飞溅，但那东西仍然继续往前，几乎推进到剑柄的位置，燃烧着的红色眼睛盯着莉芮尔，张开的大嘴流着口水，发出嗞嗞的声音。

莉芮尔一脚踢向它，试图把它从剑上掼走，同时摇响了撒拉奈斯。但是她身体失去平衡，摇响法铃的方式不对。一阵刺耳的铃声在冥界回响，莉芮尔有点儿分神，意志没能集中在亡者身上，也失去了开始时的控制力。她心神恍惚，一时间忘了自己要做什么。

一秒钟，又或者一分钟后，她醒悟过来，浑身战栗。恐惧刺激着她身体里的每一根神经。她定神凝视，那个亡者已经几乎脱离了她的剑，准备再次攻击。

“让铃声停下！”坏狗叫道，她正缩小身体，试图从莉芮尔的双腿之间攻击那个亡者，“让铃声停下！”

“什么？”莉芮尔喊道。这时她才意识到自己手中的撒拉奈斯仍然在响，她再次感到震惊和恐惧。慌乱之中，她竭力使法铃静止下来。法铃又响了一下，终于停下来，莉芮尔把它塞回铃袋。

但她又分神了——就在那一瞬间，那个东西再次发起攻击。这一次，它一跃而起，向她扑来，打算用自己苍白可怖的肥硕身躯把她彻底击倒。但是坏狗看到那个怪物绷紧身体，猜到了它的意图。坏狗没有滑到莉芮尔双腿之间，而是全力向前跃起，将两只前爪重重地拍在了莉芮尔背上。

下一秒钟，莉芮尔已经跪了下来，那个东西从她头顶飞过。一根长着倒钩的手指抓住了她一缕头发，连根拔起。但莉芮尔几乎没有觉察，她惊慌失措地在狭窄的路上转身站起。她的信心丧失殆尽，这让她转身时，没能掌握好平衡，站立不稳。

但当她转过身时，那个东西不见了。只剩坏狗留在那儿。一只巨大的狗，背上的毛发像野猪鬃毛一样直立着，牙齿有莉芮尔的手指那么粗，红色的火焰从牙齿上滴落。她回头看着自己的女主人，眼神中有一种狂暴不安。

“坏狗？”莉芮尔小声说。她以前从未害怕过自己的朋友，但她也从未如此深入冥界。她感觉，在这里什么都可能发生……任何人、任何东西都可能改变。

坏狗摇晃一下身体，然后变小了，眼神中的狂暴不安也随之褪去。她摇摇尾巴，感觉尾巴根部没什么问题后，便走上前去舔了舔莉芮尔张开的手。

“对不起，”她说，“我生气了。”

“那个东西去哪儿了？”莉芮尔望望四周问道。小路上什么也看不到，下面的冥水中也什么都没有。她感觉自己并没有听到什么东西掉进水里，水花四溅的声音。难道不是吗？她头脑一片混乱，满是撒拉奈斯刺耳的铃音。

“下面，”坏狗边回答边用头指了指底下，“我们最好抓紧时间，你也应该取出一只法铃。或许应该选择岚纳，她宽容一点。”

莉芮尔跪下来与坏狗碰了碰鼻子。

“没有你，我根本做不到。”她说着亲吻坏狗的鼻子。

“我知道，我知道，”坏狗漫不经心地回答，耳朵左右摇动，在空中画出一道半圆形的弧线，“你听到什么了吗？”

“没有，”莉芮尔回答。她站起身仔细倾听，同时手自然地将岚纳从铃带上取出，“你听到什么了？”

“我先前感觉有人……有东西在跟踪我们，”坏狗说，“现在我确定，的确有东西跟在我们身后，而且很强大，速度也很快。”

“赫奇！”莉芮尔惊呼，然后迅速转身，沿着小路匆忙前行，完全忘记了对自己平衡感的担心，“或者会不会是莫格？”

“我认为那不是莫格，”坏狗皱眉说道，她停下来向后面望了一会儿，耳朵向前竖起，然后她摇摇头，“不管那是谁……是什么……我们都应该尽量将其甩在后面。”

莉芮尔点点头，一边走一边紧紧握住法铃和佩剑。无论接下来她们在前方遇到什么，或身后有什么追来，她都已下定决心要从容面对，不被吓倒。

## 第二十二章

# 接线盒与南方人

浓雾遮蔽了整个码头，正无情地一路向山坡上爬升。尼克正望着翻涌的雾气和穿透浓雾的闪电。令人不快的是，此情此景让他联想到半透明的肌肉中闪着光的血管。没有任何活着的东西长着这样的血肉……

有件他必须做的事情，但他记不起是什么了。他知道半球离他不远，就在浓雾之中。他内心的一部分挣扎着想要过去，监督两个半球最终的合并。但另一部分拼命反抗，有种截然相反的想法，那就是不择手段地阻止半球合并。这两种声音在他头脑里絮絮耳语，尖锐刺耳。两种声音混在一起让他不知所措。

“尼克？他们对你做了什么？”

有好一会儿，尼克以为这是头脑里的第三个声音，但当这句话重复出现时，他才发觉并非如此。

尼克跌跌撞撞地费力走着。起初在浓雾中他什么也看不清。随后，他看到一个人在离他最近的小屋后面盯着他。他花了几秒钟的时间才想起那个人是谁。那是他在考威尔大学的朋友，蒂莫西·瓦拉赫。他比尼克年纪稍大。尼克聘他来监督闪电农场的施工建设。蒂莫西通常穿着精致，温文尔雅，一副无精打采的样子。

现在，蒂莫西完全变了个样子，脸色苍白肮脏，衬衫没了衣领，鞋子和裤子上沾满污泥。他蜷缩在小屋后面，瑟瑟发抖，好像在发烧或者吓掉了魂。

尼克向他挥挥手，颤颤巍巍地勉强向蒂莫西又走了几步，最后不得不扶着墙壁才没有摔倒。

“你必须阻止他，尼克！”蒂莫西大声说。但他没看着尼克，而是目光闪烁，看向周围。“不管他在做什么……你们做的事情……都是错的！”

“什么？”尼克虚弱地问。刚才这几步路让他筋疲力尽，头脑中有个声音越来越强烈。“我们在做什么？这是个科学实验，仅此而已。我必须阻止的‘他’是谁？这里的一切都归我管。”

“他！赫奇！”蒂莫西破口而出，指着后面的半球，那里的雾气最为浓厚，“他杀了我的工人，尼克！他杀了他们！他用手指着他们，然后他们就倒下了。就像这样！”

他用手模仿着释放咒语的动作，然后开始呜咽，但没流下泪来，一边喘息一边哭喊。

“我看见他那样做的。只是……只是……”

他看了一眼手表，表针一动不动，永远停在了六点五十四分。

“就在六点五十四分的时候，”蒂莫西小声说，“罗伯特看到货船进入海湾，于是叫醒了我们所有人，庆祝工程完工。我回小屋取一瓶藏了很久的酒……透过窗户，我看到了一切……”

“看到什么了？”尼克问。他很想弄清楚蒂莫西到底为什么如此恐慌，但胸口感到一阵剧痛，让他根本无法思考。他无法将赫奇和蒂莫西被杀害的工人联系在一起。

“你有点儿不对劲，尼克，”蒂莫西小声说着，转过身去，步履迟缓地往回走，“你还不明白吗？那两个半球就是祸害，赫奇杀了我的工人！杀了他们所有人，甚至连那两个学徒都没放过！我亲眼看到的！”

蒂莫西毫无征兆地突然剧烈干呕起来，一边咳嗽一边大口喘气，但什么都没吐出来。他的胃早就吐空了。

尼克麻木地看着他，好像体内有什么东西在为眼前的死亡和悲惨的消息而狂欢，而另一股反抗的力量却感到恐惧、厌恶和极度的怀疑。胸口的刺痛加倍，他跌倒在地，胡乱抓着胸口和脚踝。

“我们必须离开这儿，”蒂莫西说着用颤抖的手背擦了一下嘴，“我们必须向人们发出警告。”

“对。”尼克轻声回答。他挣扎着坐起来，但依然缩成一团，一只苍白的手捂着胸口，另一只手握着裤管里那块风笛碎片。他努力忍受着身体两处的疼痛，以及心中的压迫感。“对——你快去，蒂莫西。告诉她……告诉他们我会尽力阻止它。告诉她……”

“什么？谁？”蒂莫西问道，“你必须跟我一起走！”

“我不能。”尼克轻声说。记忆又恢复了，他想起在芦苇船上跟莉芮尔说过的话，想起她拼命抑制他体内毁灭者的碎片。他也想起那种恶心的感觉，以及舌头上的刺痛。现在那种感觉又回来了，越来越强烈。

“快走！”他急切地说，同时推搡着蒂莫西让他离开，“快跑，趁我还没——啊！”

尖叫声没有发出来，他摔倒在地上，蜷缩成一团。蒂莫西爬向尼克，看到他翻出白眼。有那么一会儿，蒂莫西犹豫着要不要扶起他来。他看到白色的烟雾从尼克张开的口中涌出。

恐惧席卷了他的身心，他开始穿过避雷针，向山上跑去。只要能翻过这座山，不被发现就安全了。逃离闪电农场和持续爬升的浓雾……

在他身后，尼克把裤管抓得更紧了。他小声地自言自语，语无伦次，发疯一般。

“考威尔首都两百万主导产品制造银行两个物体间的引力与产品直接比例与产品黎明不是我的心四千八百风向一般转向白色狂热的父亲救我母亲救我萨姆救我莉芮尔——”

尼克停了下来，剧烈咳嗽着，喘息着。白色的烟雾慢慢融入浓雾之中，再没有烟雾从他嘴中冒出。尼克颤抖着吸了两口气，接着试探性地放开裤管和里面的风笛碎片。松手时，他感到一股寒意穿过身体，但他还知道自己是谁，该做什么。他扶着小屋的一角勉强站起来，跌跌撞撞地走进浓雾中。像以往一样，银色半球在他脑海中闪耀，但他将其压制在脑海深处。现在他正在回忆闪电农场的蓝图。如果蒂莫西依照尼克的设计建造了农场，那么九个接线盒中的一个就在主厂房的角落里。

雾气太浓，尼克几乎撞上了工厂西墙。他尽可能快地绕开墙向北边走去。亡者正在工厂南端将第一个半球吊上铁道平板车，他避开了那里。

半球。它们在尼克的脑海中闪耀，比闪电还要亮。突然间，他有种冲动，想去确保半球被妥善吊上平板车，电缆被正确连接好，铁道上撒满了沙子，以确保平板车在潮湿的雾气中很好地行驶。他必须亲自去监督。两个半球必须合为一体！

尼克跪倒在铁轨上，接着向前倒去，趴在了冰冷的铁轨和朽坏的枕木上。他抓紧裤管，努力抗拒想要右转，到放置在铁道平板车上的半球那儿去的意愿。绝望中，他想到莉芮尔将他扛进芦苇船的情景，还有他对她的承诺。他的朋友萨姆，在他被飞快的板球砸晕时扶起他。还有衣冠楚楚、戴着领结的蒂莫西·瓦拉赫，给他倒满一杯奎宁杜松子酒。

“塞尔的诺言，塞尔的诺言，塞尔的诺言。”他一遍遍地重复着。

尼克一边自言自语，一边强迫自己往前爬。他穿过铁轨，没有留意旧铁轨枕木上的尖刺。他继续往工厂另一端爬，扶着墙壁半爬半走地来到接线盒边。接线盒其实是一座混凝土砌成的接线间，从避雷针接过来的数百条电缆在此接入九条主电缆中的一根。每根主电缆都有尼克身体那么粗。

“我要阻止它。”他自言自语着来到接线间前。雷声震耳欲聋，闪电让人几乎什么都看不见，尼克痛得一瘸一拐，恶心到难以抑制，但他还是伸手去开上面标着鲜明的黄色闪电标志，写着“危险”的金属门。

门锁上了，尼克晃了晃把手，但这个小动作不仅没什么用，而且用尽了他最后一丝力气。他筋疲力尽地向后一滑，倒在了门口。

他失败了。闪电继续在山坡上蔓延，伴随着浓雾和隆隆的雷声。亡者继续着拖抬半球的工作。其中一个半球被装在平板车上向远处的终点驶去。推动平板车的亡者不时被闪电击中。另一个半球正从货船上被卸下，闪电烧断了绳索，半球猛撞下来，压倒了几个亡者手卒。但当半球被吊起时，被压倒的亡者手卒又爬了出来，几乎已经没有人形，也不能再搬运半球，于是它们扭动着向东走去，爬上山脊，加入另一批亡者之中。赫奇派这批亡者去山上确保毁灭者的最终胜利不被拖延。

“你必须相信我！”萨姆怒喊，“再跟她说一遍，我以古国王子的身份向你们承诺，你们每一个人都会得到一块农田！”

一个年轻的南方人正在替他翻译，尽管萨姆确定，女族长与大部分南方人一样，能听懂安塞斯蒂尔语。这一次，她中途打断翻译，将手中的纸页递到萨姆面前。他接过来迅速浏览一遍，同时敏锐地意识到一到两分钟后，他必须回到莉芮尔身边。

纸的两面分别印着几种文字，标题是“给南方人的土地”，接着承诺每个带着传单到福文加工厂“土地办公室”的人都能得到十英亩肥沃的农田。上面盖着一个非常正式的章，表明这是由“安塞斯蒂尔重新安置办公室”印发的。

“这是假的，”萨姆说，“根本没有安塞斯蒂尔重新安置办公室，即便有，他们为什么非要让你们去福文加工厂这样的地方呢？”

“那是农田所在地，”年轻的翻译流利地说，“而且肯定有重新安置办公室，否则警察为什么让我们离开营地？”

“看看那边正在发生的一切吧！”萨姆指着雷雨云和持续的闪电厉声说。即使从谷底，也一眼就能感受到电闪雷鸣，“如果你们去那里，都会被杀死！这就是警察让你们离开营地的原因！如果你们被杀死，就为他们解决了一个难题，而且他们可以对外宣称这不是他们的错！”

女族长抬起头望着山脊的闪电，然后又看看北方、南方和东方湛蓝的天空，碰了一下翻译的胳膊，说了三个字。

“你以自己的鲜血发誓，会给我们古国的土地？”翻译说着拿出一把用断了的勺子磨成的小刀问。

“是，我以鲜血发誓，”萨姆迅速说，“我会给你们土地，并尽我们所能帮助你们，让你们可以生活在那里。”

女族长伸出手，上面有数百个点状的伤疤，构成一个复杂的螺纹。翻译用刀子刺破她的皮肤，然后转动几下，划出一个新的伤口。

萨姆伸出手，他没有感觉到刀子划破皮肤。他全部的注意力都在身后，竖着耳朵仔细聆听有没有遇袭的声音。

女族长嘴唇迅速翕动，同时伸出手心。翻译做出手势，让萨姆将手心跟她的对在一起。他依言照做，女族长苍老而瘦削的手指紧握住他的手，力气大得惊人。

“好，很好，”萨姆小声说，“让你们的人回到河对岸去，在那儿等着。我会尽快，我们会……我会为你们安排土地。”

“我们为什么不能在这里等？”翻译问。

“因为这儿会发生战争，”萨姆焦急地说，“噢，咒契，帮帮我！请回到河对岸去！流水是唯一可以保护你们的屏障！”

他没等翻译再提出新问题，就转身跑开了。翻译在后面喊他，但萨姆没有回答。他感觉到亡者正从山这边下来，担心自己离开莉芮尔太长时间了。她就在山坡上，而他是负责保护她的人。安塞斯蒂尔人能做的事不多，即使是那些懂一点儿咒契魔法的人也是如此。

萨姆全力奔跑，没有听到身后的翻译和女族长正激动地说着什么。随后，翻译指着山谷中的河流，女族长又看了一眼闪电，接着撕碎了手中的传单，扔到地上吐了口唾沫。周围的人纷纷效仿，接着其他人也都照做，很快整个人群都开始撕传单，吐唾沫。然后女族长转身向东边的山谷和河流走去。就像羊群跟随领头羊一样，其他的南方人也都转身向山谷走去。

萨姆气喘吁吁地向山坡爬去，离莉芮尔还有四分之一的路程时，他听到山坡上传来叫喊声。

“停下！停下！”

萨姆并没有感觉到附近有亡者，但他还是加快速度，拔出佩剑。受惊的士兵纷纷为他让出一条路。莉芮尔还满身冰霜地站在那圈石块中间。格林和两个士兵站在她前面，在他们前面十英尺的地方站了另外两名士兵，他们用刺刀指着一个年轻人的喉咙。年轻人一动不动地躺在地上尖叫着。他的衣服和皮肤焦黑，头发也都几乎没有了。但他不是亡者。萨姆发现这个被烧焦的逃亡者比他大不了几岁。

“不是我，不是我，我跟他们不一样，他们在我后面。”他尖叫道，“你们必须帮我！”

“你是谁？”格林少校问，“那边发生了什么？”

“我是蒂莫西·瓦拉赫，”年轻人吸了一口气说道，“我不知道发生了什么！简直是场噩梦！那个……我不知道他是什么……赫奇。他杀死了我的工人！所有的工人。他用手指着他们，然后他们就死了。”

“谁在你后面？”萨姆问。

“我不知道，”蒂莫西呜咽着，“他们曾经是我的手下，但我不知道他们现在是什么。我看到克诺塔斯被闪电击中，他的头着了火，但他还在动。他们是……”

“亡者，”萨姆说道，“你在福文加工厂做什么？”

“我来自考威尔大学，”蒂莫西小声说，拼命控制自己的情绪，“我为尼古拉斯·塞尔建造了闪电农场。我不知道……不知道是用来干什么的，但绝对不是什么好事。我们必须阻止它被利用！尼克说他会尽力，但——”

“尼古拉斯在那儿？”萨姆打断他。

蒂莫西点头：“但他现在状况很不好，几乎不认得我是谁，我觉得他做不了什么。而且他鼻子里有白烟冒出来……”

听着这些话，萨姆的心沉了下去。莉芮尔告诉过他，白烟是被毁灭者控制的迹象。之前他还心存侥幸，希望尼克能够逃脱，但这个希望也破灭了。他彻底失去了这个朋友。

“有什么办法吗？”萨姆问，“有没有什么办法可以让闪电农场失灵？”

“九个接线盒上各有一个断路器，”蒂莫西轻声道，“如果断开它们……但我不知道需要切断几条线路。或许……或许你可以剪断避雷针上的电缆，有一千零一根避雷针，但现在它们正被闪电击打着……你需要特殊的装备。”

萨姆没有听到蒂莫西最后几句话。他后颈一阵发凉，尼克的困境和闪电农场都被一扫而光。他猛然抬头，从蒂莫西身旁走过。第一批亡者几乎已经到了他们身边，切断接线盒的计划只能暂时搁置。

“他们来了！”他大喊着跳上一块岩石，同时准备好毁灭咒印。不过令他惊讶的是，这并不费劲。此刻，风仍然从西面吹来，在离界墙如此遥远的地方，使用咒印本应非常困难。但他可以强烈地感觉到咒契，它清晰的存在几乎跟在古国时无异，不过咒契既像是存在于他体内，又像是存在于他之外。

“准备！”格林喊道，围着莉芮尔冻结的身体的中士和下士们纷纷重复着格林的命令，“记住，不能让任何东西靠近阿布霍森！什么都不行！”

“阿布霍森。”萨姆闭了一下眼，希望那种痛苦能够消失，现在根本没有时间悼念或思考失去父母后的世界。他看到亡者手卒缓慢地从山坡上爬下来，感觉到生命的存在后，他们加快了速度。

萨姆准备好一个咒印，迅速环视四周。所有的弓箭手已经将箭搭在弦上。每个弓箭手旁边都站着两个端着刺刀的士兵。格林和廷德尔就在萨姆旁边，都准备好释放咒语。莉芮尔在他们身后几步的地方，周围全是士兵在保护她的安全。

但莫格去哪儿了？那只小白猫现在全然不见了踪影。

## 第二十三章

# 讨厌鬼莱瑟

第五道门是一个倒置的瀑布：升瀑。冥水撞到一堵无形的墙上，不断往上涌流。穿过第五环的黑色缎带小路在距离升瀑还有一小段距离时戛然而止。莉芮尔和坏狗站在路的尽头向上望去，感觉五脏六腑都被挤到了嗓子眼。本该下坠的水流向上涌去，这种景象让人很没有方向感。好在升瀑在半空中就变得模糊不清了。即便如此，莉芮尔仍然感觉不太舒服，可能自己马上就要进入反常的重力区，或许会向天空坠去。

她知道在她念出通过第五道门的肆行魔法咒语时，这一切会变成现实，因此这种不适感更加强烈了。这里没有路，也没有阶梯——莉芮尔的咒语只能确保升瀑不会把她冲到太远的地方。

“你最好抓住我的项圈，女主人，”坏狗注视着向上的流水说，“否则咒语对我没作用。”

莉芮尔收剑入鞘，抓住坏狗的项圈，指尖传来项圈上咒印的暖意和熟悉的安全感。她手指绕过项圈时，有一种似曾相识的奇怪感觉涌上心头，就好像她是在别的地方见过项圈上的咒印——某个新近到过的地方，而不是因为她无数次抚摸过项圈。但现在她没有时间循着感觉追根溯源。

莉芮尔紧紧地抓住坏狗，念出能够将她们送往升瀑上面的咒语，鼻尖和口中再次感觉到肆行魔法的热度。她想这热量最终可能会让她失声，但似乎也治好了她在安塞斯蒂尔染上的感冒，不过她在现世的身体可能还在生病。对于在冥界的事物会如何影响她在现世的身体，她所知不多。当然，如果她在冥界被害，在现世的身体也会死去。

咒语起效花费了一段时间，就在莉芮尔思量要不要再念诵一遍咒语时，她看到一股水流从升瀑表面伸出，像一条诡异的扁平触须。它不断涌动，穿过升瀑和黑色缎带小路间的空隙，像一张大毛毯一样包裹着莉芮尔和坏狗，但并未真正触碰她们。随后，水流开始向上爬升，跟升瀑的水流保持相同的速度——带着莉芮尔和被她紧紧抓着的坏狗一起上升。

她们持续爬升了几分钟，直到脚下的第五环消失在模糊的灰白光线中。升瀑继续向上流去——可能永不停歇——但包裹莉芮尔的触须停下来了，突然退回升瀑——将两位乘客抛到了升瀑的另一边。

莉芮尔眨了一下眼，根据常识，她以为自己会被抛下一道悬崖。但升瀑背后的区域和升瀑的重力一样，并不遵循常识。事实上，她们被水流推进了冥界的下一环。在第六环，冥水化为一湾浅湖，水流不见了踪影，但这儿有无数亡者。

莉芮尔非常强烈地感觉到亡者的存在。他们或许就站在她身边——有些隐藏在水下。她立刻松开坏狗的项圈，拔出尼希玛，剑刃出鞘时嗡嗡作响。

她手中的剑和法铃对大部分亡者形成了震慑。不管怎样，绝大部分亡者只是在此等待，直到被迫向前进入冥界更深处，因为他们没有往回走的意愿和能力。极少数亡者则奋力挣扎着返回现世。

那些挣扎着返回现世的亡者看到莉芮尔身上现世的火花，垂涎欲滴。不论是有意而为还是无心插柳，有些役亡师缓解了他们的饥饿感，帮助他们从第九道门的边缘返回这里。眼前的役亡师非常年轻，靠近她的高等亡者可以很容易地捕获她。

这样的高等亡者有三个。

莉芮尔留意到几个巨大的身影正在默然的低等亡者间穿行。他们活着时原本是眼睛的地方变成了火焰。有三个高等亡者靠得很近，足以挡住她的去路——三个高等亡者很不容易对付。

但《亡者之书》对在第六环的这种遭遇早有对策。而且，她还有坏狗在身边。

这三个身形庞大的高等亡者冲向莉芮尔时，她收起岚纳，取出撒拉奈斯。这一次，她小心翼翼地调整好自己，然后摇响法铃，并在深沉的铃声中注入自己顽强的意志力。

撒拉奈斯响亮的铃声回响在第六环内，三个高等亡者听到后有些犹豫了。他们做好进攻的准备，打算跟自以为是，想要让他们屈服的役亡师战斗一番。

然后他们大笑起来，笑声十分可怕，像是一大群人挣扎于荒诞与痛苦之间。眼前这位役亡师太无能了，竟然没有将意志力施加在他们身上，而是施加在了周围横七竖八的低等亡者身上。

高等亡者大笑着向前冲去，神色贪婪，警惕地盯着彼此，估计着能否将另外两个亡者推开。因为谁先靠近这位役亡师，谁就能吸食更多的生命。生命和力量是走出冥界的漫长路途中唯一有价值的两样东西。

他们甚至没注意到最先抓住他们的腿或咬噬他们脚踝的几个低等亡者，只是抖了抖身体，就像一般人赶走蚊子一样甩掉了那些低等亡者。

越来越多的亡者从水下钻出来，纷纷冲到三个高等亡者的身边。他们不得不停下来，将这些烦人的低等亡者推到一边，将其撕碎，用燃烧的嘴将他们咬碎。他们恼怒地一边跺脚一边击打，愤怒的咆哮取代了之前的笑声。

心烦意乱中，最靠近莉芮尔的那个高等亡者没有注意到咒印已经将他的名字揭示给她。他忙于应对一群低等同胞，也没看到她径直向他走来。

但当莉芮尔摇响另一只法铃，高亢的铃声取代撒拉奈斯充满支配力的尖锐铃声时，这个高等亡者马上注意到她了。这只法铃是基佰司，它悬在那个高等亡者的耳边，专门为他奏出可怕的铃声。即使铃声停止后，亡者依然要听命于它。

“讨厌鬼莱瑟！”莉芮尔命令道，“你的末日到了，第九道门在召唤你，你必须过去！”

莱瑟听到莉芮尔的话尖叫起来，叫声中充满了一千年间的痛苦。他知道那个声音，莱瑟在过去一千年间曾两次长途跋涉返回现世，最终都被其他奏出相同冷酷音调的人驱逐回了冥界。那两次，他成功留在了永死之门外面。但这一次，莱瑟再也无法行走在阳光之下，再也无法品尝甜美的生命。他离第九道门太近了，迫使他服从的力量又太强大。

德鲁巴斯和索尼尔听到了铃声、尖叫声和役亡师的声音，他们知道这不是什么愚蠢的法师——而是阿布霍森。新任阿布霍森，否则他们早就逃之夭夭了，因为他们认识以前的阿布霍森。她手中的剑也跟以前的不同，但他们以后会记住这把剑。

莱瑟还在尖叫，他转身蹒跚而逃，低等亡者撕扯着他的双腿。他摇摇晃晃地穿过冥水，数次想转身往回走，但都失败了。

莉芮尔没有跟上去，因为她不想在他穿过第六道门时离得太近，以免突如其来的水流将她一并带走。另外的高等亡者急匆匆逃走，从缠住他们的亡魂中艰难地开出一条路。她看着这一切，面色凛然，十分满意。

“我可以抓住他们吗，女主人？”坏狗急切地问，盯着那些退却的暗影，充满期待，“可以吗？”

“不行，”莉芮尔坚定地说，“我突袭了莱瑟，但另外两个已经有所警惕，他们凑到一起就更危险了。而且，我们没有足够的时间。”

就在她说话时，莱瑟的尖叫声戛然而止，莉芮尔感觉冥水的水流突然在她腿的周围涌动。她分开双脚站定，靠在坚若磐石的坏狗身上。有几分钟，水流十分汹涌，威胁着要将她卷入水下；随后水流消失了——第六环的水又变得非常平静。

莉芮尔立即涉水走到能够召唤第六道门的地方。不同于其他环，第六环的门位置飘忽不定。只要距离第五道门有一定距离，这道门会时不时地随机开启——十分危险。

以防第六道门像第五道门一样，莉芮尔再次抓住坏狗的项圈，这就意味着她不得不将尼希玛收入剑鞘。随后她念诵出咒语，一边念，一边舔舔嘴唇，试图缓解肆行魔法的炽热。

咒语念完后，莉芮尔和坏狗周围半径十码的圆形区域中，冥水向外涌流而去。水完全排干后，圆形区域开始下沉，四周的水则开始升高。下沉的速度越来越快，直到她们好像到了一个充满干燥空气的狭小的圆柱底部，周围是高达三百英尺的水墙。

然后，随着一声巨响，圆柱周围的水墙崩塌了，水往四面八方涌流。过了一会儿，水流平静下来，泡沫和水花渐渐消失；冥水慢慢流淌回来，包裹着莉芮尔的双腿。一切平息后，莉芮尔看到她们正站在冥水中，水流又开始试图把她们拖入水下，席卷带走。

她们到了第七环，莉芮尔看到标志着冥界深处的三道门中的第一道。那是第七道门——水面上诡异地燃烧着一道没有尽头的红色火焰。经过前面几环灰蒙蒙的光线，这里明亮的火光令人十分不安。

“我们更近了。”莉芮尔说道，声音里透着欣慰，因为她们已经进入冥界深处，但与此同时，她也清楚，前路依然非常艰险。

但坏狗并没有听她说话——她正回头看，竖起的耳朵微微颤动。当她回过头看向莉芮尔时，她只是简单地说：“追捕者正在逼近，女主人。我想那是赫奇！我们必须加快速度！”

## 第二十四章
# 莫格的神秘举动

尼克拖着自己的身体站起来，靠在门上。他在地上找到了一枚弯弯钉子，以此作为工具，加上对门锁原理的模糊记忆，他再次努力尝试进入这座混凝土屋，里面放着九个接线盒中的一个，它们对整个闪电农场的运作来说至关重要。

现在耳朵里只剩下雷声轰鸣。他不能抬头，因为闪电近在咫尺，太过耀眼。体内的碎片希望他抬头查看，确保两个半球都已经妥善放入青铜支架。但即使他屈服于体内的力量，他的身体也虚弱得无法行动。

他向后一滑，摔倒在地，钉子也从手中脱出。他又开始去找钉子，尽管他心里明白这根本没用。但他必须做点儿什么，不管是否徒劳无功。

然后，他感觉有什么东西碰到了他的脸颊，不禁一缩。那个东西又碰了他一下——比雾气湿润，让他有点儿不安。他小心翼翼地把眼睛睁开一条缝，忍受着闪电白色的耀眼光芒。

他看到了闪电，但还看到另外一团柔和的白色，那是一只白色小猫的毛，他正在轻轻地舔着他的脸颊。

“走开，小猫！”尼克含糊地说，他的声音在雷声下显得格外微弱、伤感。他挥挥手，又说道，“你会被闪电击中的。”

“不会的，”莫格凑近他的耳朵说，“而且，我决定带你一起走。真不幸。你还能走吗？”

尼克摇摇头，惊讶地发现脸上竟然流下了泪水。一只会说话的猫，对他来说倒不足为奇。他周围的世界正在分崩离析，什么事请都有可能发生。

“不行，”他轻声道，“我身体里有个东西，小猫，它不让我走。”

“毁灭者的注意力在别处。”莫格说。他可以看到第二个半球正被安放到铁道平板车的支架上，烧焦崩坏的亡者麻木忠实地劳作着。莫格的绿色眼睛反射出一道道闪电，但他的眼睛眨都不眨。

“赫奇也是。”他又说道。莫格已经做了缜密的侦察工作，他看到赫奇站在这个一度十分繁荣的木材小镇的墓地里，浑身覆盖着冰霜，显然正在冥界聚集灵魂，将他们送回现世。莫格看到很多腐烂的尸体和骨架推开泥土，爬出墓穴，看来赫奇进展顺利。

不知怎么的，尼克很清楚这是他最后的机会。这只会说话的小猫就像他梦里出现过的那只狗一样，他们都跟莉芮尔，以及他的朋友萨姆有关。他努力使出最后一点儿力气，支撑着坐起来——但这已经是极限了。他太虚弱了，离银色半球也太近了。

莫格看看他，不停地摇着尾巴，一副不耐烦的样子。

“如果你只能做到这样，我想我必须抱着你走了。”小猫说。

“怎……怎么抱？”尼克咕哝道。这只小猫竟然想要抱起一个成年人，尽管他很瘦削，但这也是无法想象的。

莫格没有回答，他只用后腿站着——开始变身。

尼克盯着这只白色小猫原来所在的地方，不断袭来的闪电使他不停地流泪。他亲眼看到这只小猫变身，但即便如此，还是不敢相信自己的眼睛。

那只小猫现在变成一个细腰宽肩的矮个子男人。他比一个十岁的孩子高不了多少，头发是淡金色的，皮肤近乎透明，像白化病人一样，不过他的眼睛不像白化病人是红色的，而是明亮的绿色。杏仁形状的眼睛跟先前的白猫一模一样。他腰上系着一根亮红色的皮带，上面挂着一个小巧的银铃铛。随后，尼克注意到这个离奇出现的怪人穿着白色袍子，袍子袖口处有两条宽带，上面点缀着两把小小的银钥匙——跟他在莉芮尔外套上看到的钥匙一样。

“现在，”莫格小心地说。他可以感觉到毁灭者的碎片正潜伏在尼克体内，尽管他的注意力主要集中在两个半球的合并上，但莫格知道自己必须十分谨慎。不过，能力不够时，就需要靠智谋取胜，“我要把你抱起来，去找个可以看到两个半球合并的好地方。”

听到莫格提及半球，尼克感到胸口一阵刺痛，像有团白色的火焰在燃烧。是的，它们离得很近，他能够感觉到……

“我必须监督工作进展。”他用沙哑的声音说道。随后，他再次闭上了眼，两个半球浮现在他的脑海中，比任何闪电都要耀眼。

“工作已经结束。”莫格安抚他说。随后，他用出人意料的强壮手臂抱起尼克，小心地避免碰到尼克的胸口。这个白化病人看起来像一只蚂蚁，衔着比自己身体还大的重物，而且让重物略微离开自己的身体。“我们只是要找一个视野好一点儿的地方，好看看两个半球合并时的情景。”

“视野更好。”尼克咕哝着。奇怪的是，莫格的话平息了尼克胸口的疼痛，这也让他能够再次用自己的大脑思考。

他睁开双眼，看着抱着他的人的绿色眼睛。他说不清是害怕——还是殷切的期待。

“我们必须阻止它！”他喘息着说。剧烈的疼痛重新袭来，尼克不禁尖叫出声，但尖叫声马上淹没在了雷声中。莫格低头凑近，尼克还在絮絮低语，“我可以带你去……啊……拆开接线盒……断开主电缆……”

“太迟了。”莫格说。他继续在避雷针之间穿梭闪躲，这些都表明他有预视能力，可以预测闪电会在何时何处劈下来。

莫格和尼克身后的山坡下，赫奇最后一个活着的工人把主电缆接入铁道平板车上安放半球的支架上。两辆平板车相距约五十码，停在短短的铁轨上。半球已经立了起来，伸出支架，两个半球平坦的一面相对着。电缆接入承载两个半球的青铜架子上。看不到有什么东西可以驱动平板车——和两个半球，但很明显，让它们合并是初衷所在。

很多避雷针已经被闪电击中，并开始将能量注入半球。细长的蓝色火花在平板车周围噼啪作响，莫格能够感觉到毁灭者正在贪婪地吸收能量，也能够感觉到银色金属球内禁锢的远古力量正在蠢蠢欲动。

白化病人开始加快速度，不过还没到他的极限，他可不想惊动尼克体内的碎片。但这个年轻人在他的手臂环绕中安静地躺着，大脑的一部分对于阻止半球合并已经为时已晚感到满意，另一部分则对他的失败感到万分悲痛。

很快，奥兰尼斯挣脱束缚的迹象逐渐显现。半球周围的闪电停了下来，开始向四周移动，像被一只无形的手推开。原本集中击打在平板车周围的闪电越来越密集地击打着山坡上的避雷针。暴风雨带来的闪电也更加密集。之前半球周围的一小片区域内每一分钟有九道闪电，但随着暴风雨汹涌袭来，雷声阵阵，现在山坡上有九十道闪电，接着又增加到一分钟几百次，笼罩着整个闪电农场。

在几分钟之内，暴风雨的中心闪电彻底消失。但在下面，半球因为获得的能量闪闪发光。莫格每一次回头，都能看到黑暗的影子在银色金属中扭动翻腾。两个半球内的影子不断向彼此相对的方向移动，愤怒地反抗那股迫使它们分开的力量。

越来越多的闪电袭来，雷声隆隆，地面为之颤抖。半球更加明亮，里面的影子也更加黑暗。长期废置的轮子发出尖锐的响声，两辆平板车同时向对方驶去。

“两个半球合并了！”莫格喊道。他以更快的速度向山坡上爬去，在避雷针之间蜿蜒向上。他弓着腰保护尼克不被投射在他们周围的巨大能量所击中。

尼克心中，一小片金属正在颤动，它感受到了主体的强大吸引力。有一瞬间，碎片碰撞着心脏，好像要冲破束缚，伴随着鲜血喷薄而出。但吸引力还不够强，而且距离太远，毁灭者的碎片没有从尼克的血肉之躯里迸发出来，而是随着血管中的血液流淌，沿着一年前进入尼克体内的路径返回。

一个亡者尖叫着倒下，萨姆垂下手臂，看着金色的咒契火焰吞噬着每一块腐肉。它在两棵燃烧的树后面蜷缩着，翻腾扭动。火焰的烟雾盘旋上升，仿佛笼罩着整座山峰的大片浓雾的先遣队。

“真希望我的箭也能有这样的力量。”埃文斯中士说道。他已经将几支银箭射入那个亡者体内，但只是让他速度减慢了一点儿。

“那个魂魄还在，”萨姆严肃地说，“只是尸体不能用了而已。”

他感觉到更多的亡者在与浓雾一起，从另一侧爬上山脊。目前，萨姆和士兵们已经成功击退第一波袭击，但那只是六个亡者。

“我想他们是想把我们分开来，然后再发动猛攻。”格林少校说着向后推了推头盔，擦掉额头上的汗珠。

“对，”萨姆表示赞同。他犹豫了一下，接着平静地说，“那边大概有一百个亡者手卒，每分钟还有更多的会出现。”

他回头看向立于岩石中间的莉芮尔冰冻的身体，又看了一眼守在她周围的那一圈士兵。他们的人数比刚才减少了。没有人被亡者杀害，但至少有十二个士兵逃跑了。他们太害怕了，根本无法战斗。少校很不甘心地放走了他们，但整个连队并非必须在此战斗，因此无法射杀逃兵。

“要是我能知道莉芮尔，还有那对该死的半球现在怎么样了就好了！”萨姆脱口而出。

“等待总是最难熬的。”格林少校说，“不过，无论情况如何，我们也等不了太久了。浓雾正在向下蔓延，再过几分钟，我们就都被笼罩在雾里了。”

萨姆再次向前看，他很确定，浓雾的移动速度更快了，丝丝缕缕的雾气从山坡上蔓延而下，大片的浓雾紧随其后。与此同时，他强烈地感觉到大批亡者出现在了山脊上。

“他们来了！”少校喊道，“伙计们，顶住！”

萨姆发觉亡者太多了，根本来不及用咒印一一抵挡。他犹豫片刻后，取出莉芮尔给他的排笛，放到嘴边。他或许不再是继任阿布霍森，但在汹涌而来的亡者面前，他必须扮演这一角色。

少校不见了踪影，萨姆则全神贯注于不断逼近的亡者和嘴边的排笛。他将嘴唇凑近能奏出撒拉奈斯的笛孔前，用鼻子深吸一口气——然后吹响了排笛。纯净有力的声音顿时划过被雷声和浓雾笼罩的长空。

萨姆在排笛发出的声音中倾注了自己的意志力，感觉到笛声蔓延在战场上，覆盖了五十多个亡者。他感觉到他们下坡的速度慢了下来，感觉到他们极力反抗他的意志，愤怒的亡魂驱使着腐躯继续挣扎着向前走。

有一瞬间，萨姆将他们全部控制住了，亡者手卒逐渐停了下来，最终像腐坏的雕塑一样站在那儿，在屡屡雾气中。箭镞纷纷射入他们的身体，附近的士兵冲过去用刺刀砍断他们的腿，或刺穿他们的膝盖。

腐尸中的亡魂还在反抗，萨姆明白自己无法一直控制他们。于是，在撒拉奈斯的笛音在山坡上回荡时，他将嘴唇凑近了能奏出岚纳的笛孔。但他现在必须再吸一口气，就在这短暂的瞬间，撒拉奈斯的声音减弱，萨姆的意志力随之被减弱。他的控制失效了，遍地的亡者颤抖着重新开始冲下山坡，渴望吞噬鲜活的生命。

## 第二十五章

# 永死之门

莉芮尔和坏狗快速穿过第七环，即使在莉芮尔念出打开第七道门的咒语时，她们都没有停下脚步。面前一道火焰随着咒语颤抖，然后在正前方跃起，形成狭窄的拱门，宽度仅容她们通过。

低头穿过拱门时，莉芮尔回头一瞥——看到一个人影向她们冲来，那个人影是火焰和黑暗组成的，手中握着一把剑，剑刃滴着红色的火焰，就像第七道门燃烧的火焰。

然后他们进入第八环，莉芮尔不得不迅速地念出另一段咒语，避开从水面上跃起、直冲她们而来的一团火焰。火焰是这一区域的主要危险，河面被漂浮着的一团团火焰照亮，火焰随着诡异的水流四处浮动，或者冷不防地从什么地方突然冒出。

莉芮尔勉强避开另一团火焰，然后迅速通过。她感觉眼皮不听使唤地颤抖着，这是紧张和恐惧的表现。目之所及，到处都是肆虐的火焰，有些移动迅速，有些移动缓慢。与此同时，她感觉赫奇随时都有可能从背后袭来。

坏狗在她身边咆哮，一大束火焰随之涌到一边。她甚至没有看到它燃烧起来，她全神贯注地留心自己看到的火焰和身后可能出现的威胁。

“稳住，女主人，”坏狗平静地说，“我们马上就要穿过这里了。”

“赫奇！”莉芮尔倒吸了一口气，然后立刻喊出两句咒语，驱使一团长蛇般扭动的火焰与另一团盘绕在一起，两团火焰跳舞一般燃烧着。莉芮尔看着它们盘旋在一起，感觉它们更像是活的生灵，而不是像静止时那样，只是燃烧的浮油。莉芮尔意识到，它们与正常的火焰还有一点儿不同，那就是没有烟。

“我看到赫奇了，”避开又一团火焰之后，她再次说，“就在我们身后。”

“我知道，”坏狗说，“等我们到第八道门的时候，我留下来阻止他，你继续前进。”

“不，”莉芮尔喊道，“你必须跟我一起！我不怕他……只是……只是对付他有点麻烦！”

“小心！”坏狗吠叫。她们赶紧跳向一边，避开一团冲过来的巨大火球。火球的灼热几乎令莉芮尔感到窒息。她咳嗽着弯下腰来——冥水的水流乘机要拽倒她。

她差点跌倒，但突如其来的急流只是让她脚下一滑，腰部没入水中，但她随即用佩剑当拐杖撑住身体，轻轻跳起来并站稳。

坏狗已经扑入水中，想把自己的女主人拖出来。等她全身湿透，浮出水面时，却尴尬地发现莉芮尔不仅稳稳地站在水中，而且身上基本是干的。

“我以为你跌进了水里。”她喃喃地说，然后突然冲着火焰吠叫，既是为了转移威胁，也是为了岔开话题。

“快走！”莉芮尔说。

“我要在这儿等着伏击——”坏狗说，但莉芮尔转过身，抓住她的项圈。执拗的坏狗立刻坐了下来，莉芮尔试图把她拽起来。

“跟我走！”莉芮尔命令，不过她声音的颤抖使命令的语气大大减弱，“我们一起对付赫奇——等万不得已的时候。现在，我们赶紧走。”

“哦，好吧。”坏狗咕哝着。她站起身，摇摇身体，溅了莉芮尔一身水。

“无论发生什么，”莉芮尔平静地补充说，“我都希望我们待在一起，坏狗。”

坏狗困惑地望着她，但没有说话。莉芮尔还想说点别的，但都哽在了喉咙里，她不得不去念诵咒语，挡开另一波袭来的火焰。

随后，她们并肩向前走去，几分钟后，自信地走入了一堵黑暗之墙，那就是第八道门。所有的光都消失了，莉芮尔眼前一片漆黑，耳朵听不到任何声响，身体也感觉不到任何东西，包括自己的身体。她觉得自己突然变成了一个没有实体的生命，孤独无依，感受不到任何外界刺激。

但她已经预料到这种情况，虽然她感觉不到自己的口腔和嘴唇，耳朵也听不到声音，但她还是念出了那个可以带她们穿过这片终极黑暗，进入冥界最深处——第九环——的咒语。

第九环与冥界其他几环完全不同。莉芮尔走出第八道门的黑暗，突然被光芒照耀时，不禁眨了眨眼。冥水变浅了，膝盖处熟悉的水流推拉的感觉消失了。冥水只在她脚踝周围轻轻地涌动，而且水流是温暖的。冥界其他环刺骨的寒意也消失了。

冥界的其他地方总有种封闭的感觉，因为诡异的灰暗光线限制了视野。这里则恰恰相反，有一种无限广大的感觉，莉芮尔的视线可以越过大片波光粼粼的水，看到几英里之外的地方。

在冥界其他环，她抬头只能看到令人沮丧的灰蒙蒙的一团模糊。但现在，她第一次看到一片繁星密布的夜空。繁星相互交叠，形成一团巨大而浩渺的星云，闪耀着星光。没有可辨识的星座，也看不出什么图案，就是无数的星星，发射出与太阳一样明亮，但更柔和的光芒。

莉芮尔感觉星星向她发出召唤，她心中升起一股回答的渴望。她收好法铃和佩剑，向着明亮的天空伸出双臂。她感觉自己被托举起来，双脚离开水面，留下一圈柔和的涟漪。河水同时发出轻轻的声音。

她看见，许多亡者也升了起来，各种形状，大大小小的亡者，都向着星星的海洋飞升而去。有些缓慢上升，有些则速度极快，已经变成了模糊的一团。

莉芮尔心中一个小小的声音在警告她，她正在回应永死之门的召唤。繁星所组成的屏障就是最后的边界，那是无法回归的终极死亡。那个小小的意识同时尖声喊着责任、奥兰尼斯、坏狗以及萨姆、尼克和整个现世。它愤怒地踢打、尖叫，反抗着星星带来的平静与安息的感觉。

现在还不行，它呼喊着，现在还不可以。

尽管莉芮尔没有出声，但她听从了内心的声音。星星突然后退，变得无限遥远。莉芮尔眨了眨眼睛，晃了晃脑袋，身体下落了几英尺，掉入冥水，落在坏狗旁边。这时坏狗还在静静地望着发光的天空。

“你为什么不阻止我？”从刚才的惊吓中缓过来之后，莉芮尔问。她知道再晚几秒，她可能就穿过永死之门再也回不来了。

“所有走到这里的人都必须独自面对考验，”坏狗喃喃，她仍然仰望着星空，没有看莉芮尔，“每个人，每个生物，都有面对死亡的时刻。有些人对此一无所知，有些人试图推迟，但死亡是无法回避的，尤其在你望着永死之门的繁星时。很高兴你回来了，女主人。”

“我也很开心。”莉莉尔紧张地说。她可以看到亡者从第八道门的黑暗中不断出现。每次有亡者出现，她心里都会揪紧一下，认为那一定是赫奇来了。她感觉到的亡者比看到的多，但他们通过第八道门后都立即投入天空的怀抱，转眼间消失在繁星之间。而赫奇，他应该只比莉芮尔和坏狗落后几分钟的路程，却一直没有穿过第八道门现身。

坏狗仍然仰头望着天空。莉芮尔最终注意到她的举动时，心脏几乎停止跳动。坏狗不会是在回应永死之门的召唤吧？

终于，坏狗低下头，轻轻地吠叫一声。

“我的时间也还没到。”她说。莉芮尔这才松了一口气。“你不应该赶紧完成我们到这里的任务吗，女主人？”

“我知道。”莉芮尔可怜兮兮地说，她突然意识到自己浪费了很多时间，她摸了摸口袋里的暗镜，“但是，如果我观看暗镜的时候赫奇来了怎么办？”

“他现在还没有穿过第八道门，很可能不会进来了，”坏狗嗅闻着冥水回答，“很少有役亡师会冒险来到永死之门凝视星空，因为他们的本性决定了他们要抗拒永死之门的召唤。”

“哦。”莉芮尔听到这里如释重负。

“他肯定会在回去的路上等着我们，”坏狗继续说，莉芮尔刚刚放下的心又提了起来，“但现在，我会守护你的。”

莉芮尔笑了起来，不安的笑容中包含了她的爱和感激之情。她心想，现在自己的身体和灵魂都脆弱不堪，在现世的身体由萨姆守护，在冥界的灵魂则由坏狗守护。

尽管面临各种危险，她现在必须完成自己该做的事。

她先用尼希玛割破手指，然后将剑收入剑鞘。随后她取出暗镜，果断地将它打开。

鲜血从她指尖滴落，但没有落入冥水，而是飞向天空。莉芮尔没有留意，她按照《回忆与忘却之书》中的内容，全神贯注地将手指靠近暗镜，在模糊的镜面上留下一滴鲜红的血珠。鲜血一碰到镜面就扩散开来，在黑暗的玻璃镜面上形成一层薄膜。

莉芮尔把镜子举到右眼前，左眼则继续望着冥界。鲜血使镜子蒙上了一抹淡红色，但当她专注地看着镜面时，红色慢慢消失，黑暗的镜面也开始变得清晰。莉芮尔再次透过暗镜望向别处，不过她还能看到第九环波光粼粼的冥水。很快两个视野的景象融合在一起，莉芮尔看到光线旋转，太阳穿过冥水飞速后退，她感觉自己越来越快地坠向极其遥远的过去。

现在莉芮尔开始考虑她想看到的东西，左手无意识地垂下来，依次抚摸铃带上的每只法铃。

“以血脉之名，”她说，每念出一个字，声音就更加洪亮，更加自信，“以传承之名，以咒契之名，以编构咒契的七位光明者之名，我将透过时间之幕，看向创世之初，见证束缚和截断奥兰尼斯的过程，了解过去的一切和将来应做之事！开始吧！”

她说完很久，天空中的无数颗太阳依然在飞速后退，莉芮尔则继续向它们坠去，直到所有的太阳汇聚成一个，耀眼的光芒使她睁不开眼睛。然后光芒渐渐消退，她望向一片黑暗的虚空。虚空中有一个光点，她向着光点坠去。很快她发现那不是个光点，而是月亮。随后，一颗巨大的行星出现在视野之中。她从天空坠落，从一片无边无际的沙漠上空飘过。不知道为什么，莉芮尔很清楚那片沙漠就是整个世界。被烘烤着的焦土上，悄无声息，没有任何生命活动的迹象。

整个星球在她下方旋转，越来越快。莉芮尔看到行星最初的情景，看到全部生命的灭绝。然后她再次坠向天空中的无数太阳，再次看到黑暗的虚空，再次看到即将变为沙漠的苦苦挣扎着的星球。

莉芮尔六次看到星球毁灭。第七次时，她看到了自己的星球。虽然没有地标性建筑或特征，但她十分清楚这一点。她看到毁灭者选择了它，但这一次其他几位光明者也选择了这颗星球。这将是他们对抗毁灭者的战场；这一次大家必须选定立场，永远忠诚于自己的决定。

莉芮尔看到的景象似乎持续了很多天，充满了无数恐怖场景。但同时，她通过另一只眼睛看到坏狗在前后踱步，因此，莉芮尔知道，在冥界时间只过去了一点。

最后，她看了足够多的景象，无法再继续看下去。她闭上眼睛，啪的一声合上镜子，慢慢地屈膝跪下，把小小的银色盒子紧握在手中。温暖的河水在她周围环绕，但她丝毫没有感到慰藉。

片刻之后，她睁开眼睛，坏狗正舔着她的嘴巴，十分关切地望着莉芮尔。

“我们必须抓紧时间，”莉芮尔说着以手撑地站起身，“之前我没有真正了解……我们必须抓紧行动！”

她开始向第八道门走去，带着新的决心取出佩剑和法铃。她已经看到奥兰尼斯可能造成的破坏，远比她之前想象中糟糕。确实，毁灭者正如其名。奥兰尼斯存在的唯一目的就是毁灭，咒契是曾经阻止它毁灭世界的敌人。它憎恶所有的生命，不仅有毁灭他们的想法——也有毁灭他们的力量。

只有莉芮尔知道怎样才能束缚奥兰尼斯，这件事困难重重——甚至根本不可能。但这是他们唯一的机会，她铁了心要回到现世。她必须完成这件事，为了她自己，为了坏狗、萨姆、尼克、格林少校和他的士兵们，为了可能死于未知危险的安塞斯蒂尔人，为了在古国的所有人，她珂睐的姐妹们，甚至吉瑞丝姨妈……

头脑中想着他们所有人和她的责任，莉芮尔走近第八道门，准备念出打开门的咒语。但正当她开口准备念咒语时，一团火焰从门的黑暗中出现，冲向莉芮尔和坏狗。

被火焰包裹着的赫奇冲了过来。他的剑重重地砍在莉芮尔的左臂上，莉芮尔左手的撒拉奈斯掉落下来，短暂的叮当声很快被冥水吞没。充满魔法的钢刃与盔甲鳞片的撞击声在水面上回荡。盔甲扛住了这一剑，但是即便如此，莉芮尔的手臂还是一片瘀青——短短几天之内她第二次受伤。

莉芮尔勉强挡住冲她头上砍来的第二剑，然后向后一跃，挡住了正要跳起的坏狗。疼痛贯穿了莉芮尔的左臂，直冲肩膀和脖子。但她还是努力伸手去拿法铃。

不过，赫奇动作更快。他手里已经拿着一只法铃，并且摇响了它。撒拉奈斯，莉芮尔听出了声音。莉芮尔强迫自己抵挡它的力量。但是法铃的鸣响中什么也没有，没有强迫的力量，也没有对意志的考验。

“坐下！”赫奇命令。莉芮尔突然意识到，赫奇将撒拉奈斯的力量集中在了坏狗身上。

这时，坏狗咆哮着弓起身子，准备跃起。但撒拉奈斯控制了她，她僵在原地，无法动弹。

莉芮尔绕着坏狗转圈，试图用剑去砍赫奇执铃的那条胳膊，就像他刚刚砍向她那样。但赫奇也向着相反的方向转圈。莉芮尔注意到他的打斗姿态有些古怪，但一时想不出是哪里奇怪。随后她意识到，他一直低着头，从不向上看。显然，赫奇是害怕看到永死之门的星空。

他开始冲向她，但她又往回绕，让动弹不得的坏狗隔在他们中间。经过坏狗面前时，她看到坏狗眨了眨眼睛。

“你让我追了好久。”赫奇说，声音中满是肆行魔法的气息，听起来更像个亡者，而不是活人。他的样子看起来也像死人。他比莉芮尔高出许多，整个人都被火焰填满，眼睛和嘴巴闪着红色的火光，手指上滴着火焰，皮肤也闪着光亮。莉芮尔甚至不确定他是否还是个活人。他看起来更像是个徒有人类躯体的肆行魔法幽灵。“但现在结束了，不论是这里还是现世。我的主人已经重归完整，毁灭已经开始。生命世界将只有亡者四处行走，歌颂奥兰尼斯的功绩。只有亡者——和我，他忠实的仆人。”

他的声音有种催眠作用。莉芮尔意识到他正在试图使她分心，好乘机给她致命一击。他还没有对她使用法铃，这很奇怪——不过，毕竟她之前摆脱过赫奇和撒拉奈斯的束缚。

“抬起头来，赫奇，”她回答说，他们继续绕圈，“永死之门在召唤。你没有感觉到星星的召唤吗？”

她在说到“星星”时突然挥剑刺向赫奇，但赫奇早有防备，用剑也得心应手。他挡住了这一击，并且迅速回击，划破了她胸口上方的外套。

她迅速后退，这一次离开了坏狗。赫奇跟过来，仍然低着头，用深陷的双眼看着她。

在他身后，坏狗开始动弹。她慢慢地从浅浅的河水中抬起一只爪子，小心翼翼地避免溅起水花。然后，她偷偷跟在正向莉芮尔走去的役亡师身后。

“我也不相信你说的关于毁灭者的事，”莉芮尔边说边后退，试图用自己的声音掩盖坏狗前进的脚步声，“如果我的身体在现世遭遇不测，我肯定会知道。而且，如果毁灭者已经重获自由，你就不会在这儿跟我周旋了。”

“你只是个小麻烦而已，”赫奇说，他现在正在微笑，剑上的火焰由于他猎杀的欲望变得更加明亮，“可以亲手杀死你，我很开心，但也仅此而已。正如我的主人摧毁一切让他讨厌的东西，我也是。”

他恶狠狠地将剑劈向她，莉芮尔勉强挡住并将他的剑推到一边。他们纠缠在一起，身体靠着身体。他的头低下来，正在她头顶上方，满是金属气息，如火焰般灼热的呼吸喷在她的脸颊上。莉芮尔把头转向一边。

“不过，我可以跟你先玩会儿。”赫奇笑了笑，脱身后退。

莉芮尔用尽全身力气愤怒地向他砍去。赫奇大笑着挡住她的剑，再次后退——正好被坏狗绊倒。

他跌倒在水中，冥水冒着蒸汽，发出咝咝的声音。他立刻丢下剑和法铃，用双手捂住眼睛。但他还是晚了一步。他跌倒时看见了天空的星星，它们对他的召唤超越了使他留在现世一百多年的咒语和力量。他一直推迟死亡，一直在寻找可以让他永远生活在阳光下的力量。他以为自己找到了答案，就是效忠奥兰尼斯。他丝毫不关心别人或者别的任何生命。毁灭者向他承诺永生，让他统治亡者。赫奇费尽了心力，只为博取这一奖赏。

现在，对繁星的轻轻一瞥，所有的一切都破灭了。赫奇双手垂在背后，璀璨的星光下他眼中泪光闪烁。泪水缓缓熄灭了他体内的火焰。翻涌的蒸汽慢慢飘散开，冥水平静下来。赫奇举起双手，开始向天空、繁星和永死之门升去。

坏狗从河水中捡起莉芮尔的法铃，交给她，小心地不让它发出声音。莉芮尔默默地接过来，收好，她没有时间去品味战胜役亡师的喜悦。莉芮尔知道他只是个小小的敌人。

她们一起穿过第八道门，心中充满恐惧，她们害怕赫奇的谎言在她们回到现世之前就成为现实。

了解到过去的历史，莉芮尔肩上的担子更为沉重。现在她知道如何重新束缚毁灭者，但她也知道凭她一己之力无法完成。萨姆需要真正成为筑墙人的继承者，而不仅仅是有资格穿上带银色泥刀的外套。

还需要其他拥有血统的人，但他们都不在那儿。

更糟糕的是，束缚毁灭者只是任务的一半。即使莉芮尔和萨姆通过某种方式成功束缚毁灭者，还需要截断它的灵魂，而那需要莉芮尔拿出数倍的勇气。

## 第二十六章

# 萨姆斯和影手卒

亡者摆脱了撒拉奈斯的控制时，萨姆吹响了岚纳，但轻柔的催眠曲有点太迟了，萨姆的呼吸也太过急促。在岚纳的笛音中，只有六个亡者倒地睡去，而且几个听到铃声的士兵也昏昏入睡。剩下的九十多个亡者手卒穿过浓雾冲了下来，跟剑、刺刀、银匕首和咒契魔法释放出的白色闪电短兵相接。

疯狂和混乱中，萨姆一边砍杀，一边躲避，根本看不清到底发生了什么。接着他就看到自己面前的亡者手卒倒了下来，腿被砍掉了。萨姆简直不相信眼前的事情是自己所为，剑刃上的咒印闪耀着蓝白色的火花。

“再试试排笛！”少校喊道。他向前一步站到萨姆前面，准备对付下一个没了下巴的亡魂。“我们掩护你！”

萨姆点点头，坚定地将排笛放到嘴边。亡者步步紧逼，士兵不断后退，现在莉芮尔就在萨姆身后几英尺的地方，像一尊冰冻的雕塑，毫无还击之力。

大部分亡者手卒是刚刚死去的尸体，还穿着工装。但寄居其中的灵魂，大多久居冥界，能够很快改变尸体的模样，变成它们在冥界时的可怕外形。一个亡者向萨姆冲过来，像蛇一样在格林少校和廷德尔中尉之间蜿蜒而行，下巴已经断裂，张开嘴想大咬一口。萨姆下意识地用剑刺穿了它的喉咙。咒印吞噬着尸体，火花四溅。他扭动翻滚着，但无法从剑刃逃脱，于是寄居在那具尸体中的亡魂开始想从躯体中挣脱，像一只黑色的虫子从一个彻底腐烂的苹果中爬出来一样。

萨姆低头看向那个亡者，感到自己的恐惧已经被愤怒取代。这些亡者怎么胆敢侵入现世？他深吸一口气吹响排笛，鼻孔微扩，脸庞发红。这不是亡者该走的路，他会逼它们另择他路。

肺部充满空气后，他吹响了基佰司。一个声音响起，高昂清越——但那个声音紧接着变成一首灵动而富有感染力的曲子，让战士们精神振奋，甚至微笑起来，随着基佰司的节奏挥动着武器。

但亡者听到的曲调则全然不同，那些嘴、肺和喉咙还能用的亡者发出恐惧而痛苦的可怕哀号。但它们的哀号无法掩盖基佰司的笛声和召唤，这些亡魂开始不由自主地脱离自己占据的腐烂尸体，返回冥界。

“它们知道厉害了！”廷德尔中尉喊道，亡者手卒成片倒下，只留下空空的尸体，基佰司将寄居其中的灵魂驱赶回了冥界。

“不要兴奋过头了。”少校吼道。他迅速环视四周，看到几个人躺在地上，有的已经死了，有的奄奄一息。很多负伤的士兵正往山脚下的临时救护站走去，不少伤员被好几个强健的士兵搀扶着。很多士兵都逃下山，回到了南方人那里，希望河流能多少提供一点儿保护。

其实连队大部分士兵已经逃走了，格林知道刚才大概是他最后一次下达命令，不禁感到失望。绝大部分士兵都是刚应征入伍的新兵，即使那些在防御带服役一段时间的士兵，也从没见过这么多亡者。

“该死！我们就要赢了，这帮蠢货！”

廷德尔中尉终于也注意到那些逃跑的士兵，对自己手下的年轻人的表现非常愤慨。他想去把他们追回来，但格林少校拉回了他。

“让他们走吧，弗朗西斯。他们不是侦察队员，受不了这种场面。而且我们需要你在这里——这可能只是第一波攻击，后面还有更多亡者。”

“对，而且很快就会来了，”萨姆匆忙说道，“少校——我们需要让大家再靠近莉芮尔一点，以防任何一个亡者钻进来。”

“好的！”少校热情地表示赞同，“弗朗西斯、爱德华——靠拢一点儿，大家都尽快靠拢。另外，看看你们能为伤员做点儿什么，我不想损失任何一个士兵。快！”

“是，长官！”两名中尉齐声回应。他们随后大声下令，士官们也纷纷传令下去。现在只剩大概三十个士兵。很快，他们就肩并肩形成了一个紧密的圈，围着莉芮尔冰冻的躯体。

“还有多少亡者攻过来？”少校看到萨姆正凝视浓雾，随即问道。浓雾还在向山下蔓延，而且越来越浓，包围着他们。山上的闪电也越来越频繁，雷雨云布满天空，像一个巨大的墨点，覆盖在白色的浓雾之上。

“我不确定，”萨姆皱着眉，“越来越多的亡者出现在现世，赫奇现在一定就在冥界，不断将它们送出来。他可能找到了一个以前的坟场，或者其他能为他提供尸体的地方。因为到目前为止，攻击我们的都是亡者手卒。蒂莫西说过他只有六十个工人，第一波袭击中就用光了。”

萨姆说话时，另外两人不约而同地看向蒂莫西·瓦拉赫。他捡起了一个死去的士兵的步枪、刺刀和头盔，站在包围圈队伍中——这让大家都很惊讶，大概他自己也感到惊讶。

“做总比不做强。”萨姆引用坏狗的话说道。话说出口时，他发觉自己现在真的相信这句话了。他还是很害怕，内心恐惧万分。但他知道这不会阻碍他去做必须要做的事情。萨姆心想，这正是他父母所期待的，但他没有细想。他不能去想念萨布莉尔和塔齐斯顿，否则他会崩溃——不能，决不能去想。

“我的观点就是……”少校说，接着他看到萨姆颤抖着伸手去拿排笛。

“是影手卒！”萨姆叫道，用剑指着远处，同时将排笛凑近唇边。

“准备！”少校一边大吼，一边从咒契中找出火焰与毁灭的咒印，尽管他知道，对于影手卒来说这只是杯水车薪。影手卒没有肉身，因此不能烧伤或者损毁它们。士兵们所知晓的咒契魔法可以拖慢它们的速度，但仅此而已。

山顶上四个漆黑的人影穿过浓雾而来，波纹一般滑过岩石和荆棘。箭矢直直地穿过它们，它们却像坟墓一般安静，径直前行——

冲着莉芮尔和站在石头间隙中，阻挡它们去路的萨姆、格林少校和廷德尔中尉而来。

当它们距莉芮尔只有二十码时，一个影手卒突然停下来袭击一个被落下的伤兵。他正躺在一块巨大的岩石下面。他发狂似的拼命站起来逃脱，但影手卒像块裹尸布一样整个围住了他，吸走了他的生命。

士兵垂死的尖叫声变成喉咙里的咯咯声，随后渐渐消失。萨姆深吸一口气，用排笛拼命吹响了撒拉奈斯。他必须控制住影手卒，让它们屈服在自己的意志力之下，因为他和战友们没有别的武器了。他的剑和剑上的咒印可以伤到它们，但也仅此而已。

他吹响排笛，同时向咒契祈祷，希望自己的力量能够战胜影手卒。

撒拉奈斯嘹亮的声音甚至穿透了雷声。萨姆立即感觉到影手卒在抵抗他的控制。它们愤怒地反抗他的意志，他用尽全身力量，汗流浃背。他只能使它们停在原地。它们的灵魂很古老，比萨姆用基佰司送回冥界的亡者手卒强大得多。他用尽全力不让它们再逼近一步，而影手卒一直在反抗撒拉奈斯在它们周围形成的——微弱的——束缚。

渐渐地，萨姆的世界越来越小，他只能感觉到四个亡魂以及它们的反抗，其他的一切都消失了——浓雾的潮湿，周围的士兵，还有电闪雷鸣。世界上只剩下他和他的对手。

“屈服于我吧！”他喊道，但这只是思想和意志的呼喊，一般人的耳朵无法听到。萨姆听到四个不能说话的亡魂用同样的方式回答他，它们用意念齐声号叫嘶吼，显然并不服从。

这些影手卒很狡猾，其中一个影手卒会假装畏缩不前，但当萨姆将意志力集中在他身上时，其余三个影手卒会趁机反击，差点挣脱他的控制。

萨姆渐渐意识到它们不仅在反抗他，还在一点点侵蚀魔法的束缚。他每一次转移注意力，影手卒就会前进一点儿。每次只前进几步，但慢慢地，距离越来越近。很快它们就可以跃过他，吸走身边士兵的生命——并攻击莉芮尔毫无还击之力的身体。

他也意识到，从他吹响撒拉奈斯到现在，仅过去了几秒钟而已——而他需要再吸一口气。尽管排笛的响声还在持续，但已经慢慢减弱。如果他能停下来，深吸一口气，重新吹响撒拉奈斯，就可以极大地增强束缚的力量。萨姆知道他很快就可以完全控制这四个亡魂了，但还差一点点。他也知道如果他将注意力从四个影手卒身上转开，深吸一口气，它们马上就会扑过来。

想到这些，他只能尽力继续这场意志力的较量，尽力拖慢它们的脚步。莉芮尔随时都会回来，用法铃驱逐它们。萨姆只需要尽量拖延时间。

他不再去考虑重新吸一口气，将身体对氧气的渴望埋入内心深处。最重要的是要阻止影手卒。他将最后一丝意念和力量都集中在它们身上，用肺里的最后一丝空气吹响排笛。决不能让它们靠近莉芮尔，决不能。她是这个世界对抗毁灭者的最后希望。

此外，她是他的血亲，而且他对她作出了承诺。

影手卒又近了一步，萨姆用尽全力阻止它们，全身颤抖着。他颤抖的肌肉也反映出他思想上的挣扎。但他知道自己越来越弱，亡者却越来越强。而且他也因为缺氧几乎要晕过去，脑海中一个念头催促着他后退。让开！喘口气！让这些怪物过去！

不过他在跟亡者战斗的同时，也在跟自己的恐惧抗争，将恐惧驱赶到脑海中的角落，同那种拼命想吸口气的想法一同锁住。这些恐惧和想法将永远待在那个角落，他已经决定了，要抗争到底，直到最后一口气。与此同时，他努力思考对付亡者的策略和计谋。

但什么办法都没想到。尽管他没看到或感觉到影手卒再向前移动，但它们确实又前进了些许，就在宝剑所及范围的边缘。它们高大的黑暗身影散发着一股比最寒冷的冬日中还要凛冽的寒气。

萨姆发觉，外侧的两个影手卒正绕向他的两侧，不过移动得很慢。很明显，它们计划从两侧包抄，用影子般的身体将萨姆围在中间，进而把他包裹在四个饥饿亡魂形成的蚕茧中。接下来，它们就能对付莉芮尔了。

最近的那个影手卒头顶突然迸发出火焰，那是一团拳头大小的蓝色火球。但那个亡者并没有退缩，火焰噼噼啪啪地变成了召唤它的单个咒印，然后慢慢消失在浓雾中。

又一个咒印袭来，但仍旧没有作用。火焰从亡者阴影般的身体上弹开，落到旁边一棵矮树上，瞬间着了火。萨姆意识到格林少校和廷德尔中尉正在用咒语帮他，但他无法分神，也无法喘口气告诉他们，对付这样的敌人，这些咒契火根本无济于事。

萨姆的注意力全部集中在亡者身上。同样，亡者的注意力也都集中于萨姆和它们之间的对抗上。

它们没注意到浓雾突然之间在它们身边打旋，好像是被一股强风卷起，也没听到身后士兵的哭喊声。

直到后来，它们听到法铃的声音。一阵能量惊人的洪亮铃声从半空传来，像木偶师提起牵线木偶装回盒子一样抓住四个影手卒。影手卒无力抵抗，弯下腰来，影子般的头高高抬起，像在无声地求饶。

但它们没有被饶恕。又一只法铃响了起来，在第一种法铃洪大的铃声之上，奏出一种愤怒而激烈的乐曲。影手卒听到尖锐的铃声，猛地直起身，阴影般的身体被拉伸成了细条，好像要被吸入一个狭小的洞穴。

接着它们消失了，彻底被消灭，永远地消失了。

萨姆看到亡者消失，不禁跪倒在地，颤抖着深深吸了一口气，空气充满饥渴的肺部。在他头顶上，一架蓝色和银色相间的纸翼盘旋着，像一只巨大的鹰在寻找猎物。然后它快速下降，盘旋着落在空荡平坦、易于着陆的山谷之中。萨姆盯着它，然后看到另外两架纸翼滑翔降落在南方人前方。

三架纸翼。第一架在头顶飞过时，萨姆注意到它是蓝色和银色相间，这是阿布霍森的颜色。第二架是绿色和银色相间，这是珂睐的颜色。第三架是红色和金色相间，是皇室的颜色。其中两架纸翼上除了飞行员，还各载有一位乘客。

“我不明白，”萨姆小声说，“是谁摇响了法铃呢？”

莫格就要爬到山顶了，他在亡者和避雷针之间穿梭。听到法铃的声音，他微笑着停下脚步，对挡在前面的一个亡者喊道："听听撒拉奈斯的响亮铃声！趁你还有机会赶紧逃吧！"

然而莫格的计谋并未奏效。这个亡者刚刚返回现世，根本听不懂莫格的话，而且也没有莫格那不同寻常的灵敏听力。雷声轰鸣中，它根本听不到法铃声，也感受不到山那边释放出的能量。它所关心的只有眼前这个鲜活的猎物，触手可及。

它伸出腐烂的手指，抓住这个矮小的白化病人的腿。莫格吼叫着乱踢，亡者干枯的骨架应声作响。但它还不放弃，其他的亡者也被这个鲜活的生命吸引，纷纷向莫格缓慢走来，想要饱餐一顿。

莫格再次吼叫，然后放下尼克，猛地转过身，用长着长指甲的手不停地抓挠亡者，用长着尖牙的嘴巴紧紧咬住亡者的手腕。

如果亡者还有正常人的思维，它肯定会非常惊讶，因为从没有人这样战斗，弓着背，疯狂地叫着，又咬又抓。

莫格咬穿了那个亡者的手腕，彻底把它咬断。然后他立即跑回去，抱起尼克，躲闪着亡者手卒，得意地吼叫着向前冲去。

那个亡者无视自己被咬断的手，试图跟上他们。这时，他才发现，那个奇怪的敌人挠断了它的脚筋。它跌跌撞撞地向前走了两步，随即摔倒在地上。寄居其中的亡魂马上开始拼命寻找其他可以占据的尸体。

此时，莫格已经到了山脊另一侧。他一边跑一边把尼克手臂放到外侧，让他与自己的身体保持距离。那只手臂颤抖晃动，皮肤下的肌肉开始痉挛，手肘和前臂上满是深色的瘀伤。

莫格身后，电闪雷鸣开始逐渐减少。浓雾的边缘在闪电的照射下仍闪着蓝光——但在最中心，浓雾和上面的雷雨云已经变成了鲜艳的红色。

## 第二十七章
# 闪电停止

萨姆强打起精神。他感觉非常虚弱，筋疲力尽，而且十分困惑。他慢慢转过身，望着几百码远的山谷中的三张纸翼。在一大群南方人前面，纸翼看起来非常渺小。纸翼是用层压纸和咒契魔法制成的魔法飞行器，看起来像是长着鲜艳羽毛的巨型鸟。

飞行员和乘客正爬出纸翼。萨姆盯着他们，简直不敢相信自己的眼睛。

“是国王和阿布霍森，对吧，萨姆斯王子？”廷德尔中尉问道，“我以为他们死了！”

萨姆点点头，笑了起来，同时又摇了几下头。他如释重负，整个身体都轻飘飘的。他不知道是该狂笑、大哭，还是高歌。眼泪肆无忌惮地在他脸上流淌，同时他又无法抑制地大笑起来。从蓝色和银色相间的纸翼中爬出来的人，无疑就是塔齐斯顿和萨布莉尔。他们都活着，而且安然无恙。这一幕让人惊喜万分，所有关于他们去世的谣言都不攻自破。

但令人惊讶的还不止这些。萨姆擦去眼泪，在自己歇斯底里地狂笑之前努力平静下来。他看到一个头发乌黑的年轻女子从红色和金色相间的纸翼中出来，小跑着赶上他的父母。她的佩剑已经出鞘，闪烁着光芒。在她身后，两个金发棕肤的苗条女子从绿色和银色相间的纸翼中走出，稍显稳重，但也行色匆忙。

“那个女孩是谁？”廷德尔中尉问道，他对救援者的兴趣显然不只是因为她们的增援，“我的意思是，那些女士是谁？”

“那是我姐姐，艾丽米尔！”萨姆说，“还有两个珂睐，从她们的装束看！”

他拔腿向他们跑去，但跑了两步便停了下来。他们正加速往上面赶，而他要守在这里，守在莉芮尔身边。她的身体还在冰冻中，她的灵魂还在冥界某处，面对着未知的危险。想到这里，萨姆清醒地意识到眼前的境况。亡者因为阿布霍森摇响了撒拉奈斯四散逃离，但他们只是真正的敌人手下的小奴才。

“闪电已经停止了，”蒂莫西・瓦拉赫说道，“听——现在雷声也停了。”

所有人都转身望向山脊。萨姆刚才的轻松感瞬间消失。雷声和闪电已经完全停止，这无可否认，但雾依然很浓重，不再被蓝色的闪电照亮，而是被一道越来越亮、沉稳跳动的红光照射着——仿佛巨大的火焰之心正在那边的山谷中生长。

有东西正从山脊上下来，看身形似乎有很多条手臂，在山脊后面血红的光芒映照下显出可怕的身影。

萨姆举起佩剑，同时伸手去摸排笛。无论那是什么，都不像是亡者——至少他没有感觉到亡者的气息。但他带着肆行魔法的灼热和恶臭——并且径直向萨姆走来。

然后，那个东西开始大喊，是莫格的声音。

“是我——莫格！我把尼古拉斯带来了！”

雾气旋动中，萨姆听到声音来自那个奇怪的白发白肤的小个子男人，他上一次在红湖边的山上见过。此刻，他抱着一个瘦弱的身体，看样子很可能是尼克。无论那是谁，莫格把他的右臂伸向外面。那只手像一只有生命的触手一般，扭动抽搐。

“那是什么？”格林少校小声问道，同时发出指示让手下的人再次围拢在莉芮尔身边。

“是莫格，”萨姆皱着眉头回答，“我祖父在世时，他是这样的身形。另一个……另一个是我的朋友尼克。”

“当然是我！”莫格喊道，他一直向山下走来，“阿布霍森在哪儿？还有莉芮尔？我们必须抓紧——半球马上要合并了。如果我们能把尼古拉斯带到再远一点儿的地方，他体内的碎片就无法融合进去，半球就不是完整的——”

他被一声可怕的尖叫打断。尼克的眼睛突然睁开，整个身体猛地一颤然后变得僵硬，一只手臂像枪一样指着后面的海湾山谷。一个比太阳更耀眼的东西在他的指尖闪烁，然后迅速飞过山脊，速度太快，肉眼根本无法追踪。

“不。”尼克尖叫。他的嘴巴里满是血沫，手指徒劳地向空中抓去。但他的尖叫声被另一个声音淹没了，声音从山脊另一侧浓雾中的红色心脏传出。那是个无法形容的喊声，充满了胜利、贪婪和愤怒的情绪。伴随着喊声，一束火焰冲上天空，一直向上升腾，高耸在山脊之上。浓雾像斗篷一样环绕着火焰旋转，然后逐渐消散。

“自由！”毁灭者高呼。那词语像一阵热风拂过所有旁观者，带走他们眼睛和嘴边的水汽。声音一直飘向远方，在远山回响，穿过遥远的城镇，所有听到这声音的人都心生恐惧，声音消失很久之后，恐惧依然在人们心中。

“太迟了。”莫格说。他把尼克小心地放在岩石密布的地面上，然后蜷缩起来。雪白的头发散布在脖子和脸上，骨头向内收缩，在皮肤下绷紧。一分钟后，他又变成了一只小白猫，岚纳在他的项圈上叮当作响。

萨姆几乎没有注意到莫格变形。他冲到尼克身边，跪在地上，选出他所知道的最强大的治愈咒语，并在脑海中将它们组合在一起。毫无疑问，他的朋友正在死去。萨姆可以感觉到他的灵魂正步入冥界，也看到尼克脸色苍白得可怕，嘴上血迹斑斑，胸部和手臂上有青紫色的瘀伤。

萨姆迅即从咒契中选出咒语，金色的火焰在他手掌上燃起。然后他轻轻地把手掌放在尼克的胸前，将治愈的魔法注入他奄奄一息的身体。

但是咒语根本救不了他。咒印滑向一边，然后消失了。萨姆手掌下迸出蓝色的火花。他咒骂着再次尝试，但都没有用。尼克体内还残存着强大的肆行魔法，它们在排斥萨姆的魔法力量。

萨姆的努力只起到了一点作用，尼克恢复了意识——在某种程度上清醒了。他看见萨姆然后笑了起来，以为自己又回到了学校，被一个快球击倒了。但是萨姆穿的是奇怪的盔甲，而不是白色的板球服。他身后浓雾弥漫，而非阳光明媚。周围是石头和矮小的树木，而非新修剪的草坪。

尼克恢复了记忆，他的笑容随之消失，疼痛从身体每个部位袭来，不过他同时也感到一丝轻松。他感觉头脑清晰，有种自由的感觉，像一个在一间牢房中被囚禁了一生的犯人刚刚被释放。

“对不起，”他喘着粗气，嘴里的鲜血使他不时哽咽，“我不知道，萨姆。我不知道……”

“没关系，”萨姆说，他用外套袖子擦去尼克嘴上的血沫，“这不是你的错。我应该想到你遇到了意外……”

“那条沉陷的路，”尼克低声说，他再次闭上眼睛，用力喘息，“我现在想起来了。你在山上进入冥界后，我跑下去看可以做些什么，结果摔倒在路上。赫奇就在那儿等着。他以为我是你，萨姆……”

他的声音越来越微弱。萨姆弯下腰，试图用意志力迫使治愈符进入他的身体。但它们第三次滑到了一边。

尼克的嘴唇动了动，但声音太微弱了，完全听不清说了什么。萨姆弯腰靠近一点，耳朵凑到尼克的嘴边。他紧紧握着尼克的手，仿佛要硬生生地把他的朋友从冥界拽回来。

“莉芮尔，”尼克低声说，“告诉莉芮尔，我记得她。我尽力了……”

“你可以自己告诉她，”萨姆急切地说，“她马上就来！随时都可能回来。尼克——你必须打败它！”

“她就是这样说的。”尼克咳嗽起来。血迹沾到萨姆的脸颊，但他没有动。他没有听到坏狗回到现世时轻轻的叫声，没有听到冰块碎裂的声音，也没有听到莉芮尔的惊呼。对萨姆而言，周围的一切都消失了，只剩下他和尼古拉斯。

然后，他感到一只冰冷的手放到了自己的肩膀上，于是环顾四周。莉芮尔站在那里，仍然覆盖着冰霜。她走动时，冰霜从她身上脱落。她看着尼克，萨姆看到她脸上闪过一丝让人无法确定的表情。但那表情转瞬即逝，明显是被内心的坚韧压制住了，这让他想起了自己的母亲。

“尼克就要死了，”萨姆说，眼中闪着晶莹的泪水，“治愈咒语根本没用——碎片已经从他身上飞走了——我什么都做不了！”

“我知道如何束缚和截断毁灭者，”莉芮尔急切地说，她把目光从尼克身上转开，直视萨姆，“你必须给我制造一件武器，萨姆。现在！”

“但是尼克快死了！”萨姆抗议道，始终没有松开他朋友的手。

莉芮尔望了望火柱。现在她可以感受到它的炽热，可以通过火焰的颜色和高度来推测毁灭者的力量已经达到了什么状态。还有几分钟的时间——但已经不多了。即使有两倍的时间也无法治愈尼克。

“你帮……帮不了尼克，”她说话时忍不住啜泣，“没时间了，我需要……我需要告诉你该做些什么。我们有机会的，萨姆！我本以为不可能做到，但是珂睐确实预视到了我们需要的人，他们全都在这儿。但我们必须马上行动！”

萨姆低头看着他最好的朋友。尼克的眼睛又睁开了，但他的目光越过萨姆，望着莉芮尔。

“按她说的做，萨姆，”尼克低声说，并努力挤出一丝微笑，“尽力，让一切重新归位。”

然后他的眼睛失去了焦点，断续而沉重的呼吸渐渐停止。萨姆和莉芮尔都感觉到他的灵魂离开了。他们知道，尼古拉斯·塞尔死了。

萨姆松开尼克的手站了起来。他感觉自己很疲惫，一下子苍老了很多，关节也很僵硬。他有些迷茫，还无法接受尼克的尸体就躺在自己脚下的事实。他赶来救他，但是失败了。其他的一切似乎也都注定要失败。

他转过身面向莉芮尔，瞳孔失去了焦点。失去尼克的打击让他无所适从，莉芮尔一把抓住他，使他从抽离的状态中惊醒，他勉强迎向她的目光。她拽着他转过身，指着萨布莉尔、塔齐斯顿、艾丽米尔和两个珂眯，他们正快速向山坡上走来。

“你得从我、你父母、艾丽米尔、萨娜和瑞尔身上各取一滴血，然后把它们连同你自己的血，以及排笛的金属一起熔入尼希玛。你能做到吗？现在！”

“可我没有熔炉。”萨姆呆呆地回答，但他还是从莉芮尔手中接过了尼希玛，低头看着尼克。

“用魔法！”莉芮尔大声喊道，同时用力摇晃他，“你是筑墙人，萨姆！快点！”

莉芮尔的大力摇晃使萨姆慢慢回到了现实。他突然感觉到炽热的火柱所发出的热量，对毁灭者的恐惧充满了他的身体。他从尼克身边转开，用剑割破手掌，使血液沿着剑刃流下。

莉芮尔接着划破自己的手，让血液流到剑刃上。

“我会铭记这一刻。”她手抚剑刃低声说。想到时间紧迫，她深吸了一口气，向士兵们喊道。

“格林少校！集合你全部的士兵，让他们到南方人那儿。警告他们！你们必须都留在河流另一边，尽可能躺在低处。不要看火柱，如果它突然变亮，闭上眼睛。快！快去！”

没等人回应，莉芮尔又对着萨布莉尔带领的一群人大喊。他们已经快赶到了。

“快点！请快一点！我们必须在十分钟内制造至少三个保护法阵。快！”

萨姆冲下山坡去迎接他的父母、姐姐和两位珂睐。他将带血的剑平举在胸前，准备接受其他人的血液。他边走边在脑海中编织着锻造和绑缚的咒印，将咒印编织成一个狭长而复杂的网。剑刃涂上所有人的血后，他就把排笛放在上面，然后再释放咒语。如果一切顺利，鲜血和金属将融为一体，锻造出一把崭新的绝无仅有的利剑。如果一切顺利……

在他身后，坏狗溜到四肢伸展、毫无声息的尼古拉斯身旁。她环顾四周，确定没人注意后，在他耳边轻轻吠叫了几声。

什么都没发生。坏狗看起来很困惑，她似乎期待吠叫声立即奏效。然后她又舔舔他的额头，留下一个闪光的印记。还是什么都没有发生。片刻之后，坏狗离开尸体，越过他来到莉芮尔身边。莉芮尔正在投下一枚东咒印，构建一个巨大的菱形保护法阵。如果有时间构建三个法阵，这将是最外面的防线。如果没有时间完成三个法阵，他们都将在此死去。

山脊另一侧，巨大的火柱越烧越旺，热量越来越大，不过还是保持着一种可怕的鲜红色，让人不安。那是从新伤口中涌出的鲜血的颜色。

## 第二十八章

# 七个光明者

“萨姆斯，你又做了什么好事！”艾丽米尔一见面就如是说。不过她这样说着，却走向前来，想要拥抱萨姆，但萨姆不得不转身避开。

“没时间解释了！”他边说边伸出染血的尼希玛，“我需要你们几个把血滴到剑刃上，然后你们必须去帮莉芮尔姨妈！”

艾丽米尔立即照做。换成以前，萨姆会对姐姐的言听计从倍感惊讶。但艾丽米尔不是傻瓜，显然她知道山那边高耸的火柱是某件可怕怪事的开端。

“母亲！父亲！你们还活着，我……我太开心了！”艾丽米尔从他身旁跑过时，萨姆大声喊道。艾丽米尔掌心的伤口还在滴血，这时，萨布莉尔和塔齐斯顿爬了上来。

“见到你没事我们也很开心。”塔齐斯顿说道，但他也没浪费时间，伸出手让萨姆割破。萨布莉尔同时也伸出手，另一只手则揉了揉萨姆的头发。

“珂睐告诉我，我有一个妹妹，也是新的阿布霍森继承人，”

萨布莉尔说着用剑刃划过掌心，咒印感受到构成咒契的家族的血液开始熠熠生辉，“而你找到了另一条路，但那同样重要，我相信你帮了你姨妈很大的忙。”

“我想是吧，”萨姆回答，他正努力将所有用于锻造的咒语铭记在脑中，根本顾不上说话，“她现在需要帮助，三个菱形法阵！”

萨布莉尔与塔齐斯顿没等萨姆说完就走了，两个珂睐站在他前面，同样伸出手。萨姆没有说话，只是轻轻划破她们的掌心。她们在剑刃上留下自己的血液。但萨姆几乎没有注意她们的动作，无数咒印在他的脑海中旋转。他也没有感觉到她们扶着他的手肘，带着他重新爬上山坡。他没有时间思考走路这样的琐事，全神贯注于咒契之中，发掘着自己几乎不认识的咒印。成千上万个咒印充盈于他的脑海中，闪闪发亮，向内渗透，向外蔓延，自发有序地组成一个能够将尼希玛和排笛融合在一起的咒语，从而锻造出一把对施法者和敌人同样致命的武器。

山顶上，大家也没有时间寒暄交流。艾丽米尔、萨布莉尔和塔齐斯顿一赶到，莉芮尔就高声下令。她派他们去释放三个法阵的头三个咒印，等所有人进入后，再释放出最后一个咒印，完成法阵。起先，莉芮尔磕磕巴巴地下令，害怕大家会反对她，她凭什么去命令国王和阿布霍森啊？但大家都没有反对，反而迅速执行任务，每个人释放一个方位咒印，通力合作，从而节省打造法阵的时间。

格林少校也没有质疑她的命令，莉芮尔如释重负。连队剩下的士兵乱糟糟地向山谷内跑去，健全的士兵背着伤员，少校的喊声催促着他们加快脚步。他们也冲南方人大喊，让他们躺下来，扭过头看向别处。莉芮尔希望那些南方人会听指挥，不过旋转的火柱让人恐惧的同时又令人着迷，十分危险。

萨姆在萨娜和瑞尔之间踉踉跄跄地走着，来到刚刚构建的法阵中间。她们对莉芮尔报以一笑，莉芮尔也对她们微笑，这个微笑让她瞬间想到了离开冰川时的情景，这对双胞胎当时对她说："你必须记住，不管你有没有预视能力，你都是珂睐的女儿。"

莉芮尔用一个方位印完成了外侧的法阵，接着踏入下一个未完成的法阵中。她经过塔齐斯顿时，他让北印从剑刃上流淌下来，完成了她身后的第二个法阵。塔齐斯顿向她致以微笑，然后他们一同后退到第三个——也是最后一个法阵内。她看到他和他儿子有很多相似之处。

萨布莉尔自己完成了内侧的法阵。短短几分钟，他们一同构建了三重力量的魔法防御。莉芮尔希望这样的防御能够让他们生还下来，完成他们必须要做的事。她感到一阵短暂的惊慌，不得不扳着手指确认已经凑齐七个人。莉芮尔自己、萨姆斯、艾丽米尔、萨布莉尔、塔齐斯顿、萨娜和瑞尔。这就够七个了，尽管她并不确定这就是最恰当的七个人选。

法阵的边缘闪着金光，但与火柱的强光相比，显得十分黯淡。肆意咆哮的火柱巨大无比，但莉芮尔知道这只是毁灭者九种显现形式中最初、最弱的一种，更可怕的马上就会显现。

萨姆跪在剑和排笛旁边，编织着自己的咒语。莉芮尔确认坏狗和莫格都安全地待在法阵里面，并且注意到尼克的尸体也在里面，这样比较恰当。法阵中还有一大片蓟丛，很是恼人，这也显示出她的仓促。她根本没有时间考虑法阵的位置。

法阵中的所有人，除了萨姆，在灾难降临前的短暂平静中，都很拘谨尴尬。然后，萨布莉尔将莉芮尔轻轻拥入怀中，亲吻了一下她的脸颊。

“所以你就是我素昧平生的妹妹了，”萨布莉尔说，“真希望我们早一点相遇，在一个更合适的时间。一下子这么多真相，我疲惫的大脑无法马上领会。我们一路上乘船、乘车、坐飞机、乘纸翼赶到这儿，几乎一点都没休息。珂睐突然预视到很多事情。她们说，我们面对的是一个创世之初的强大邪灵。而你不仅是阿布霍森继承人，也是忆往师，能像珂睐预视未来一样看到过去。所以，请告诉我们——我们必须要做些什么？”

“大家都在这儿真是太好了。”莉芮尔回答。这片刻的安宁真的太诱人了，莉芮尔真想彻底放松下来，但她不能。所有的事情都要依靠她，所有的事情。

她深吸一口气，继续道：“毁灭者正在增强，即将以第二种形式显现，但愿……但愿法阵可以保护我们。之后，它会稍微减弱一段时间，那时我们就冲向它，避开第二种显现形式残留的火焰。我们自己使用的绑缚咒语很简单，我现在教给你们。但是每个人必须先从我……或者阿布霍森那儿取一只法铃。”

“叫我萨布莉尔，”萨布莉尔坚决地说，“每个人取哪只法铃有关系吗？”

“每个人有一只适合的法铃，一只可以跟你的血统相通的法铃。我们每个人代表最初的七个光明者中的一个，他们通过我们的血脉和法铃延续至今。”莉芮尔有点结巴，给自己的姐姐下命令让她非常紧张。相隔那么近，萨布莉尔让她感到敬畏，莉芮尔很难想象她是自己的亲姐姐，而不只是富有传奇性的役亡师。但莉芮尔很清楚自己在做什么。她在暗镜中看到了如何束缚毁灭者，知道现在必须做些什么，而且她可以感觉到每只法铃和他们每个人的密切联系。

不过，萨娜和瑞尔有些特别。莉芮尔看向她们，突然意识到这对双胞胎的灵魂彼此相连，心跳差点停止。她们俩只能使用一只法铃，那就是说，需要的七个人只凑够了六个。

她僵硬地站在原地，内心极度恐惧，其他人则走上前来，从萨布莉尔处拿走属于自己的法铃。

“我想，撒拉奈斯是属于我的，”萨布莉尔说，她把这只法铃留在了法铃带中，“塔齐斯顿，你呢？”

“岚纳是我的，”塔齐斯顿回答，“考虑到我过往的经历，安眠者好像很适合我。”

“如果可以的话，我要从姨妈这儿拿一只法铃，”艾丽米尔说，“我想应该是戴芮姆。”

莉芮尔机械地将法铃交给她的外甥女。艾丽米尔长得很像萨布莉尔，泰然自若。虽然莉芮尔此刻十分惊慌，但她仍然看得出艾丽米尔的笑容很像她父亲。

“我们俩一起使用墨思锐尔。”萨娜和瑞尔异口同声地说。

莉芮尔闭上眼睛，心想，也许自己没数清楚呢。但她能感觉到谁应该拥有哪只法铃。她又睁开眼睛，双手颤抖着解开法铃带上的系带。

“萨姆拿贝尔基，我……我就留阿斯塔睿尔和……基佰司了，这样就凑齐七个了。”

她尽量自信地说出这些话，但声音里还是有一丝颤抖。她不能同时摇响两只法铃，这样无法束缚毁灭者。必须有七位摇铃人，而不仅仅是七只法铃。

“嗯，”坏狗低吠一声，站起身来，有些尴尬地扭动着自己的屁股，“你不能拿基佰司，我要代表我自己。”

莉芮尔笨拙地摸索着系住阿斯塔睿尔的带子，差点让它发出悲鸣，把所有听到铃声的人送入冥界。

“但你说过你不是七个之一！”莉芮尔抗议道，尽管她早就怀疑坏狗的真实来历。她只是不想承认这一点，因为坏狗是她最好的朋友，相处时间最长的朋友，长期以来也是她唯一的朋友。莉芮尔无法想象基佰司是自己的朋友。

“我撒谎了，”坏狗兴高采烈地说，“所以我才叫‘坏狗’。而且，我只是基佰司以某种方式延续下来的残留物，并不完全是原来的基佰司，但我会反抗毁灭者，作为你们七个中的一个，反抗奥兰尼斯。”

坏狗说出毁灭者的名字时，火柱瞬间增高，穿透残存的雷雨云。现在火柱的高度已经超过一英里，盘踞在西面的天空中，发出红色的光芒，令金色的太阳黯然失色。

莉芮尔想说点什么，但顿时涌出的眼泪让话哽在了喉头。她不知道眼泪是因为感到宽慰还是悲哀。不过她知道，不管即将发生什么，她和坏狗之间都不会再像以前那样了。

她终于还是没说话，只是挠了两下坏狗的头，让手指穿过坏狗柔软的毛发。接着她迅速念诵出束缚咒语，告诉大家需要使用的咒印和咒语。

“萨姆正在铸剑，一旦毁灭者被束缚，我就用这把剑来斩断它。”莉芮尔说。至少她希望萨姆能铸造出这样一把剑。似乎为了增强自己的信心，她补充道：“他是筑墙者能力的真正传承者。”

她指向萨姆，他正俯身于尼希玛之前，双手做着复杂的手势。咒印的名字从他的口中滚滚而出。他将闪光的咒印编织成一条在空中翻腾的线条，倾注在光滑的剑刃上。

“这需要多久？”艾丽米尔问。

“我也不知道，”莉芮尔轻声说，随后她又大声重复道，“我也不知道。”

大家都站在原地焦急地等待，每一秒钟都像一分钟那么长。萨姆召唤咒印，奥兰尼斯则在山那边隆隆作响，他们缔造着截然不同的咒语。莉芮尔发觉自己每隔几秒钟就俯瞰山谷，格林少校似乎已经成功让南方人躺了下来；然后她看向萨姆；再看向毁灭者的火柱；之后又重复看一遍，内心充满各种各样的焦虑和恐惧。

虽然南方人在山谷中的位置已经比之前低了很多，但他们离毁灭者的火柱还是太近。萨姆好像还需要一段时间才能完成咒语，毁灭者变得越发高大猛烈，莉芮尔知道它随时可能显现出第二种形态，而那种形态就是它名字的由来。

毁灭者。

萨姆突然站起身，大家都吓得跳了起来。而他念诵七个主咒印时，大家又吓了一跳。一条由金色和银色的火焰融合而成的河从他伸开的掌心流到莉芮尔染血的剑刃上和排笛上，萨姆早已将排笛拆分成单个笛管，并摆放在镀银的剑刃上。

不久之后，毁灭者的光芒更加耀眼，他们脚下的土地也震动着。

“不要看，闭上眼！”莉芮尔厉声叫道。她举起一只胳膊，挡住自己的脸，蹲下来，面向下方的山谷。在她身后，一个发亮的银色球体——合并后的半球——逐渐上升到火柱顶部，在此过程中，球体越来越明亮，最后比太阳还耀眼。球体在高空盘旋了几秒，好像是在观察地面的情况，然后逐渐下沉，消失在众人视野中。

莉芮尔等了漫长的九秒钟，她闭紧双眼，脸埋在脏兮兮的袖子里。她知道将发生什么，但这毫无益处。

她数到九时，爆炸发生了。一股狂热的愤怒席卷了山谷中的一切。工厂和铁路在第一道闪光中化为了蒸汽，片刻后海湾里的水沸腾着被蒸干了，一团巨大的高温蒸汽云直冲天空。岩石融化了，树木变为灰烬，鸟和鱼都消失了。避雷针眨眼间熔为铁水，被抛至空中，化为致命的雨点。

爆炸冲击波扫平了山顶，毁灭了土地、岩石、避雷针、树木，以及其他的一切。所有能燃烧的东西都被点燃了，不过，火焰很快就被风和蒸汽熄灭了。

爆炸破坏了山上起保护作用的土层后，击中了最外侧的保护法阵。这层防护魔法闪耀片刻，随即消失了。

第二层保护法阵在可以将血肉剥离骨头的热风和蒸汽中坚持了几秒钟，然后也消失了。

第三层也是最后一层法阵坚持了一分多钟，抵挡碎石、金属熔液和碎片的攻击。但它最后也分崩离析，而最糟糕的时刻还没过去。一阵炙热——但还可以忍受——的风吹进破损的法阵，席卷里面的七个人，他们都蹲在地上，紧闭双眼，身心俱颤。

在他们上空，一团由尘埃、灰烬、蒸汽和被摧毁的物质构成的巨大云朵冲入数千英尺的高空，然后像蘑菇顶盖一样蔓延开来，将一切笼罩在它的阴影中。

莉芮尔第一个恢复过来，她睁开眼睛看到灰烬四落，像黑色的雪一样。而他们脚下的一小片菱形土地像是一片荒原中的孤岛。周围的土地上所有的颜色都不复存在，头顶的天空像乌云密布的夜空，太阳已经不见了踪影。但莉芮尔对此并没有十分惊讶，她已经在过去看到过这种毁灭，现在她的大脑高速运转，努力思考他们必须做的事情，以及她自己必须要做的事情。

“保护好自己，别被烫伤！”其他人慢慢站起来四下察看时，莉芮尔喊道，大家的眼中纷纷流露出震惊和恐惧。她很快召唤出保护咒印，让它们从意念中流出，环绕着她的肌肤和衣服。然后她开始寻找武器，她希望萨姆已经将其打造成功。

萨姆手握剑刃，看上去很彷徨，好像是对自己铸造的剑有点迟疑。他将它交给莉芮尔，她手持剑柄，没有一丝恐惧。这把剑不再是尼希玛，而是已经成为另一把剑，剑身比以前更长，剑刃也更宽，剑柄顶端的绿松石不见了。整把剑上都流动着咒印，闪着银红色的光泽，好像在某种奇怪的油中浸洗过似的。莉芮尔心想，这是一把行刑人的剑。剑刃上面的铭文好像还跟以前一样。是一样的吧？她记不太清了。现在它上面简单地写着：

铭记尼希玛。

“是这把吗？”萨姆问道。他苍白的脸上满是震惊。他越过莉芮尔看向山谷，但什么也看不到，没有南方人，也没有格林少校和他的士兵。到处都是尘埃，几乎没有一丝光。他也听不到任何声音，没有尖叫，也没人呼救，而他还在担心最糟糕的情况。“我照你说的做的。”

“对。”莉芮尔用嘶哑的声音说道，她喉咙干涩。剑重重地压在手上，也压在她心上。当……如果……他们能够束缚住奥兰尼斯，这就是用来将它一分为二的武器，因为没有办法可以将完整的毁灭者长久束缚。这把剑可以斩断奥兰尼斯，代价就是施法者的生命。

也就是她的生命。

“每个人都有法铃了吗？”她快速问道，试图转移思绪，“萨布莉尔，请把贝尔基给萨姆，并告诉他束缚咒语。”

没等萨布莉尔回答，她就率先向着被夷平的山脊走去，穿过火焰和被毁掉的山坡，踏过灰烬和冷却的金属，一直到达干涸的海湾边，毁灭者正在短暂休整，准备显现第三种形态，那将释放出更大的毁灭性力量。

大家都表情肃穆地跟在她身后，每个人手中握着一只法铃，心里一遍又一遍地重复着莉芮尔教给他们的束缚咒语。

他们靠近毁灭者时，肆行魔法的恶臭盖过了烟雾的味道，酸腐的气味冲入他们的肺部，引起阵阵恶心。这股恶臭似乎要侵蚀他们的骨头，但莉芮尔不会因为疼痛或恶心而放慢脚步，其他人也都跟随她的脚步，尽力压下涌上喉头的苦涩和胃部的抽痛。

蒸汽下沉化为雾气，乌云将天空笼罩在一片黑暗中，世界似乎进入了黑夜，莉芮尔根本无法判断方位，只能靠直觉前行。她选择了那条被毁坏得最严重的路，这条路无疑可以将他们带到球体那里，那是毁灭者的核心所在。她很清楚，如果慢慢选择一条更好走的路，那么他们很快就会见到一根新的火柱，那座火焰的灯塔只会标志着他们的失败。

然后，莉芮尔突然看到了流泻着火焰的球体，那就是毁灭者目前显现出的形态。那个火球悬在她头顶的半空中，平滑而闪亮的球面上暗流与火舌交替出现。

“在它周围围成一圈。”莉芮尔下令。周围漆黑一片，浓雾笼罩，在这处毁灭性的深渊中，她的声音显得十分微弱。她用左手取出阿斯塔睿尔，疼痛顿时袭来，她不禁手臂一缩。匆忙之间，她忘记了自己曾被赫奇击中。但现在没时间处理伤口，一个念头在她脑海中一闪而过，很快这点疼痛就无关紧要了。倚放在右肩上的剑，已经蓄势待发。

莉芮尔悲伤地意识到，她的同伴其实正是她的家人，无论是新认识的，还是旧相识。大家安静地分散开，围成一个圈，将火焰和黑暗构成的球体围在其中。这时，莉芮尔才发觉从刚才的毁灭开始，莫格就不见了踪影，不过他之前确实在法阵内。现在他不见了，莉芮尔心头又增添了一丝恐惧。

大家围成圆圈后纷纷看向莉芮尔。她深吸一口气，然后咳嗽起来，极具侵蚀性的肆行魔法侵入了她的喉咙。没等她缓过来念诵咒语，球体就开始扩张，红色的火焰迸发出来，像千万条长舌直冲着七个人围成的圆圈，想要吞噬他们的血肉。

火焰翻滚时，奥兰尼斯开口说话了。

## 第二十九章
# 雷尔的选择

“如此说来，赫奇也让我失望了，所有的奴才都一样，”奥兰尼斯声音低沉，耳语一般，却尖锐刺耳，“因为所有的生命都注定失败，直到死寂穿过尘埃之海，使我得到永恒的安宁。”

“而现在又来了七个碍手碍脚的人，一群乌合之众嚷嚷着要再次将奥兰尼斯锁入金属的监牢，深埋地下。但是，如此稀释的血脉，如此单薄的力量，可能战胜九个毁灭者中最后的也是最强大的那一个吗？”

奥兰尼斯停了一会儿，那是一阵可怕的绝对静默。然后，它说出三个字，使周围的每个人深感震慑，仿佛被狠狠地打了一耳光。

“不可能。”

这几个字力量如此强大，所有人都动弹不得，说不出话。莉芮尔必须念出束缚咒语，但她的喉咙突然干涩无声，四肢沉重，无法动弹。她拼命抵抗那股控制她的力量，胳膊上的疼痛，尼克垂死的脸庞，以及她因周围可怕的彻底性毁灭而感到的震惊都在刺激着她，给她反抗的力量。

她的舌头终于能动了，嘴里还有一点湿润，尽管奥兰尼斯的身体朝着七位光明者组成的圆环涌来，长长的火舌卷向试图反抗的蠢货。

“我以阿斯塔睿尔之名反对你。”莉芮尔沙哑着嗓子说，同时用佩剑画出一个咒印。咒印悬在空中，闪闪发光，火舌稍稍退缩了一点儿。

这个举动足以让其他几位缓过神来，开始释放束缚咒语。萨布莉尔用她的剑画出咒印，然后说：“我以撒拉奈斯之名反对你。”她声音有力，充满自信，向所有其他人传递了希望。

“我以贝尔基之名反对你。”萨姆说。他想到尼克，想起他苍白的脸望着他，告诉他“让一切重新归位”，他的声音越来越洪亮，也越来越愤怒。

“我以戴芮姆之名反对你。”艾丽米尔自豪地说，仿佛是在下决斗的挑战函。她仔细地画出咒印，就像在沙滩上画出一道痕迹。

“之前如此，如今依旧，”坏狗说，“我是基佰司，我也反对你。”

与其他人不同，她没有画咒印，但她身体表面泛起波纹，棕色的皮上出现一道咒印组成的彩虹，各种形状，不同颜色的咒印在她身上流淌，其中一个咒印流到她的鼻尖前，她吹出一口气，使它悬浮在空中。

“我们两个代表墨思锐尔反对你。”萨娜和瑞尔同时吟诵道。她们手掌紧握，一起用力画出她们的咒印。

“我是塔齐斯顿，我以岚纳之名反对你。”塔齐斯顿说，声音中透着国王的威严。他画出咒印，随着火焰的燃烧，他第一个摇响了法铃。接着，珂睐摇响了墨思锐尔，坏狗有节奏地吠叫，艾丽米尔摇响戴芮姆，萨姆摇响贝尔基，萨布莉尔则用撒拉奈斯低沉的声音将它们融合在一起。

最后，莉芮尔摇响了阿斯塔睿尔，哀恸的铃声融入包围奥兰尼斯的铃声和魔法之环。通常，哀恸者的铃声会将所有听众送入冥界。但现在，与其他六只法铃的声音融合在一起，她的铃声唤起一种无法抵抗的悲伤。法铃声和狗的吠叫一起奏出一首超越一切声音和力量的歌曲。这是大地、月亮、星星、海洋和天空之歌，是生命和死亡之歌，是过去与未来之歌，是咒契之歌。很久很久以前，它曾将奥兰尼斯束缚住，现在，它要再次束缚毁灭者。

法铃声一直持续，似乎在莉芮尔身体的每个部分回响。她身体充满了能量，像饱和的海绵一般再也无法吸收更多。她感觉到能量不仅充满她的身体，也充满了其他几位的身体，然后从身体中流淌出来。

那能量注入她画出的咒印之中。咒印随之发出光芒并向旁边延伸，形成一条光带，连接着下一个咒印，随后另一个咒印也融合进来，形成一个发光的环，围绕着奥兰尼斯那充满危险的黑暗球体。

莉芮尔念出绑缚咒语的剩余部分，咒语随着一股能量的浪潮飞出她体外。伴随着咒语，光环变得愈加明亮，并开始收缩，迫使火焰的长舌扭动着向奥兰尼斯的黑暗球体后退。

莉芮尔向前迈出一步，其他几个人也同样迈出一步。在魔法光环之后围成一圈，并一步一步紧随魔法光环向内收缩，迫使空中的半球收缩。法铃持续鸣响，这是荣耀之声，执铃者下意识地按照坏狗吠叫的节奏摇动法铃。莉芮尔内心感到一股强烈的胜利和如释重负的感觉，消解了肩头的宝剑所带来的恐惧。很快，她将挥舞宝剑。很快她将再次走到永死之门外，永远不再回来。

然后魔法光环停了下来。法铃声颤抖起来，执铃人前进的脚步也停了下来。莉芮尔退缩了一下，感觉到一股反冲的力量，好像突然碰到一堵意料之外的墙。

“不。”奥兰尼斯说，它的声音很平静，没有丝毫情绪。

奥兰尼斯话音一出，魔法光环抖动起来，然后被膨胀的球体推动着向外扩张。火焰的长舌重新出现，比之前更甚。

法铃仍在鸣响，但执铃人被迫后退，脸上露出绝望的表情，继而是必死的决心。随着奥兰尼斯的力量越来越强，魔法光环不断扩张，越来越细，渐渐消退。

“我在金属坟墓中待得太久了，”奥兰尼斯说，“我受够了这蝼蚁般生命的屈辱。我是毁灭者——一切都将被毁灭！”

说完，火焰猛地向外探出，用无数黑色火焰形成的手指狠狠地抓住魔法光环。它们扭动着向各个方向拉扯光环，加速了魔法光环的毁灭。

莉芮尔看着一切，仿佛自己是个远远的旁观者。一切都完了。别无他法。她看过创世之初，奥兰尼斯被束缚的过程。七位光明者胜利了。但这一次，他们失败了。莉芮尔早已知晓并接受了自己必将死于这场战斗的事实，并且认为为了打败奥兰尼斯，拯救她深爱的一切，这是值得的。

现在，他们仅仅是第一批牺牲者，奥兰尼斯会带来一个只有灰烬的世界，陪伴它的只有亡者。

绝望之中，莉芮尔听到萨姆的声音，看到他旁边闪耀起一道灿烂的光芒，形成了一个由白色火焰勾勒出的模糊人影。

“自由吧，莫格！”萨姆高举着一个红色的项圈，高喊道，“做出你的选择吧！”

火焰形成的人影变得更加高大。他不再看着萨姆，而是转向萨布莉尔，低下头似乎随时准备咬人。萨布莉尔坚忍地抬头看着他，他犹豫了一下，飘到莉芮尔身边。莉芮尔感觉到他的热量，以及肆行魔法与奥兰尼斯几乎令人肺部爆炸的力量混合在一起产生的冲击。

“求你了，莫格。”莉芮尔轻声说道，声音小得几乎谁都听不到。

但白色的身影听到了。他停下来，转身面对奥兰尼斯，从一根火柱变成一个更像人类的形状，他的皮肤像燃烧的星星一样明亮。

“我是雷尔，”他说着伸出手将一串银色的火焰掷入即将破裂的魔法光环，声音强而有力，发出噼噼啪啪的声音，“我也反对你。”

魔法光环再次收缩，所有人都自动向前迈步。这一次没有停顿，持续收缩着。随着光环收缩，火焰的长舌熄灭了，球体越来越暗。随后，它开始发出银色的光泽，那是长久以来禁锢奥兰尼斯的半球的色泽。

莉芮尔再次向前迈步，眼睛盯着收缩的球体。她隐隐知道阿斯塔睿尔还在她的手中鸣响，她模糊地听到雷尔现在在歌唱，歌声盖过了法铃声和吠叫声。他的声音也汇入了那首歌曲之中。

球体继续收缩，银色一圈圈在球体表面慢慢扩散，就像滴入水中的水银。当球体完全变成银色时，莉芮尔知道她必须在奥兰尼斯被彻底束缚的短暂瞬间快速出手。她意识到，这一次，不是七个，而是八个束缚了奥兰尼斯。莫格，也就是雷尔，一定是第八位光明者，他很久以前也被那七个光明者束缚了。

法铃鸣响，雷尔歌唱，基佰司吠叫，阿斯塔睿尔哀鸣。银色继续蔓延，莉芮尔走近球体，举起萨姆用鲜血、宝剑和排笛中的七个灵魂为她铸造的武器。

然后，奥兰尼斯用苦涩而尖锐的声音又说话了。

“为什么，雷尔？”它说，球体上最后的一点黑色也已经变为银色，闪耀着光芒的半球逐渐陷入地面，“为什么？”

雷尔的回答似乎穿过辽阔的空间传来，一点一点汇入莉芮尔的意识。这时，她身体后仰，高高举起宝剑，准备全力一击，彻底打破整个球体。

“生命，”雷尔说，他不知道自己早已变成了莫格，“鱼和飞禽，温暖的阳光和阴凉的树荫，麦田里的老鼠，清冷的月光。所有——”

莉芮尔没有听到后面的话。她鼓起全部勇气，用力一击。

宝剑击打银色金属时响起一声尖叫，周围的人一片静默。剑刃穿过球体，蓝白色的火花喷涌而出，冲向灰白的天空。

宝剑切割球体时，剑刃开始熔化，红色的火焰冲向莉芮尔的手，她尖叫着，但坚持了下去，把全部的力量和愤怒注入这一击之中。她可以从火焰和炽热中感觉到奥兰尼斯的存在。它将最后的报复全部发泄在她身上，毁灭性的力量冲击着她，要将她烧成灰烬。

火焰吞没刀柄时，莉芮尔再次尖叫。现在她的手只剩下疼痛的感觉。但她还是坚持下去，完成着最后一击，斩断奥兰尼斯。

宝剑穿过，球体一分为二。尽管明知徒劳，她还是想要松手。但是，奥兰尼斯抓住了她，它的灵魂暂时还保持完整，因为剑刃的残余在两个半球之间形成一道桥梁。这是让她毁灭的桥梁。

“坏狗！”莉芮尔本能地大喊。她不知道自己在说些什么，痛苦和恐惧吞没了她，她只想快点儿死去。她再次试图松开手，但她的手指像被焊接在了金属上，奥兰尼斯已经进入她的血液，用最后的火焰吞噬着她。

然后，坏狗的牙齿突然咬住了莉芮尔的手腕。她感到一种新的疼痛，但这突如其来的尖锐痛感让她清醒了过来。奥兰尼斯和吞噬她的火焰一同从她身上消失了。片刻之后，莉芮尔意识到坏狗咬断了她的手。

奥兰尼斯报复的力量全部投射到了坏狗身上。红色的火焰在她周围花朵般绽放开来。她将那只手吐出来，丢在半球之间。那只烧得焦黑的手像一只可怕的蜘蛛一般扭动着。

一团巨大的火焰喷涌而出，吞没了坏狗，将莉芮尔的眉毛烤得卷曲脱落，她跌跌撞撞地后退。然后，伴随着一声绝望的尖叫，半球轰然分开。其中一半差点儿压到莉芮尔，从她身旁翻滚着落入海湾重新盈满的海水中。另一个半球从萨布莉尔头顶飞过，落在她身后，扬起一阵灰尘。

“束缚并打败了它。”莉芮尔低声说。她难以置信地盯着自己的手腕，仍然能感觉到手的存在，却只剩下被烧焦的断臂和袖管。

她全身颤抖，痛哭流涕，眼前一片模糊。她心里只想着一件事，虽然什么都看不到，她还是蹒跚前行，呼喊着坏狗的名字。

“我在这儿。”坏狗轻声回应。她侧躺在刚刚半球所在的地方，身下是一堆灰烬。听到莉芮尔的声音，她摇了摇尾巴，但只有尾巴尖在动。她没有起身。

莉芮尔跪在她身旁。坏狗似乎没有受伤，但莉芮尔看到她口鼻灰白，脖子上的皮松松垮垮，仿佛一下子苍老了许多。当莉芮尔俯下身体，坏狗缓慢地抬起头，轻轻地舔了舔她的脸。

“嗯，完成了，女主人，”她轻声说，脑袋又躺回地上，“现在我要离开你了。”

“不，”莉芮尔抽泣着说，她用断臂抱着坏狗，将脸颊贴在坏狗的鼻子上，“该死的本来是我！我不会让你走！我爱你，坏狗！”

“你还会有其他的狗，其他的朋友和爱，”坏狗轻声说，“你已经找到了你的家人，还有你要继承的东西；你已经在世界上赢得了高贵的地位。我也爱你，但我和你在一起的时间已经结束了。再见了，莉芮尔。”

然后她消失了，只剩下莉芮尔跪在一只小狗的皂石雕像旁。

在她身后，她听到雷尔和萨布莉尔的声音，以及贝尔基短暂的铃声。在听过所有法铃一起奏出的歌声后，贝尔基自己的声音显得非常独特。它的声音将莫格从几千年的奴役中释放了出来，但听来如此缥缈，像是来自不同的时空。

片刻之后，萨姆发现莉芮尔蜷缩在灰烬中，断臂中抱着坏狗的雕像。还完好的手中握着阿斯塔睿尔——哀恸者。她的手指紧紧抓住铃舌，不让它发出声音。

# 尾声

尼克站在冥水中，饶有兴趣地看着水流在他膝盖处推拉涌动。他想躺在河水中，随波逐流，让河水把他连同内疚和悲伤一起带走。但是他无法动弹，额头上的一片温热释放出的力量把他定在了原地。这十分奇怪，因为周围的一切都非常冰冷。

过了一会儿，不知道是几分钟、几小时，还是几天——在这个永远灰蒙蒙的地方，已经说不清时间是否还有意义——尼克注意到有一只狗坐在他旁边。那是一只棕色和黑色相间的大狗，表情严肃，看起来有些面熟。

“你是出现在我梦里的狗，”尼克说，他弯下腰挠挠狗的头，“只是那并不是个梦，对吗？那时你有一对翅膀。”

“是的，”那只狗回答，“我是坏狗，尼古拉斯。”

“很高兴认识你，”尼克郑重地说，坏狗伸出一只爪子，尼古拉斯握了握，“你知道我们现在在哪儿吗？我以为我……”

“死了，”坏狗欢快地回答，“你确实死了。这里是冥界。”

“啊，”尼克回答，在以前他会对此争论一番，现在他有了不同的想法，头脑中想着别的事情，“你……他们把……半球？”

“奥兰尼斯被重新束缚了，”坏狗宣布，“他再次被囚禁在半球中。适当时，两个半球会被运回古国，深埋于石头和咒语之下。”

尼克的脸上露出释然的表情，眼睛和嘴巴周围因忧虑产生的皱纹也消失了。他跪在坏狗身边拥抱她，感受到她毛皮的温暖，与周围河水的冰冷形成强烈反差。她脖子上明亮的项圈也使他的胸口感到阵阵暖意。

“萨姆和……和莉芮尔呢？”尼克满怀希望地问。他垂着的头靠在坏狗耳朵旁边。

“他们活下来了，”坏狗回答，“不过受了伤。我的女主人失去了一只手臂。当然，萨姆斯王子会用金子和聪明的咒语为她再打造一只手。她将成为永远的金手莉芮尔，成为忆往师和阿布霍森，并获得其他很多头衔。但还有其他的伤害，需要用其他的方式治疗。她还很年轻。站起来，尼古拉斯。”

尼古拉斯站起来，稍微摇晃了一下，因为水流试图绊倒他，将他吞没。

“我给你做了一次洗礼来保护你的灵魂，”坏狗说，“现在你额头上带有咒印，可以平衡你血液和骨头中的肆行魔法。你会发现咒契和肆行魔法既有好处但也是负担，它们将使你远离安塞斯蒂尔，你即将走的路与你之前所想的将迥然不同。”

“你是什么意思？”尼克问道。他摸摸额头上的咒印，它突然发出光芒，使他不禁眨了眨眼。坏狗的项圈也闪闪发光，还有许多明亮的咒印环绕着她的脑袋，形成一个金色的光晕。“你说远离安塞斯蒂尔是什么意思？我怎么可能去别的什么地方？我死了，不是……”

“我会送你回去。”坏狗轻轻地说，同时用鼻子轻轻地蹭蹭尼克的腿，使他转过身面对现世。然后，她发出一声尖锐的吠叫，既是欢迎，也是告别。

“这样做可以吗？”尼克问。他感觉水流并不情愿放他走，但他迈出了返回现世的第一步。

“不可以，”坏狗说，“不过我可是坏狗。”

尼克又迈出一步，他感受到现世的温暖，微笑起来，然后渐渐大笑，笑着迎接一切，包括等待他的身体上的疼痛。

在现世，他睁开眼睛望着天空，温暖的阳光透过低沉的乌云洒在他身边的一片菱形土地上。除了这片土地，周围已经成了一片废墟。尼克坐起身，看到一群士兵正在靠近，他们正艰难地穿过一片满是灰烬的沙漠。在士兵身后是南方人，他们刚刚清洗过的帽子和围巾呈现出鲜亮的蓝色，成为这片荒漠中唯一的颜色。

一只白色的猫突然出现在尼古拉斯的脚边。他厌恶地嗅闻着，然后说：“我就知道会这样。”然后他越过尼克望着某个无形的东西眨了眨眼，然后向着北方跑去。

片刻之后，那只猫回来了，身后跟着六个步履沉重的人，他们搀扶着第七个人。尼克努力站起来向他们挥手。在挥手和收到回应的短暂瞬间，他憧憬着未来，并且相信未来会比过去更加光明。

坏狗歪着头坐了几分钟。她古老而智慧的双眼看到了冥水之外的景象，她灵敏的耳朵听到了汩汩的流水声之外的声响。过了一会儿，一个小小的，心满意足的隆隆声从她胸口深处响起。她站起来，让腿变长，使身体离开水面，用力抖干身上的水。然后，她沿着现世和冥界的边界曲折前进，尾巴用力甩动，把身后的冥水打起阵阵白沫。